Temperamentvolle Leidenschaft

Zwischen Liebe und Lust

#ZwischenLiebeUndLust

Don Ramirez

Temperamentvolle Leidenschaft

Zwischen Liebe und Lust

Eine erotische Autobiographie

Bibliografische Information der Deutschen Nationalbibliothek:
Die Deutsche Nationalbibliothek verzeichnet diese Publikation in der Deutschen Nationalbibliografie; detaillierte bibliografische Daten sind im Internet über http://dnb.dnb.de abrufbar.

Vollständige Erstausgabe 5/2015, 2. Auflage 1/2016
Ereignisse aus den Jahren 2002 - 2004
© Don Ramirez
Titelbild: konradbak / Shotshop.com

Internet: www.geiles-zur-nacht.com
Facebook: www.facebook.com/GeilesZurNacht
Google+: plus.google.com/+Geileszurnacht_com
Twitter: www.twitter.com/donramieres

Herstellung und Verlag:
BoD – Books on Demand, Norderstedt

ISBN: 978-3-7347-6998-6

Vorwort

"Nach der ersten großen Liebe,
folgt meistens eine noch größere"
Don Ramirez

Viele Leserinnen und Leser sind nach dem ersten Buch gespannt, wie es weitergeht. In diesem Buch erzähle ich Dir, wie ich zu meiner bisher größten Liebe Anita gefunden habe und was wir zusammen erlebten.

Bis wir aufeinandertrafen, sammelte ich viele Erfahrungen. Wilde Abenteuer und romantische Beziehungen bestärkten mich darin, dass Anita etwas besonderes war, denn sie vereinte alles in einer Person. Doch unsere Fernbeziehung wurde nicht nur durch ihr südländisches Temperament mit Leben gefüllt. Unsere offene Beziehung sorgte für Freiheit, ebenso für Schmerzen und Leid. Ich wünsche Dir ein paar aufregende Lesestunden.

Einen besonderen Dank möchte ich an dieser Stelle meinen engagierten Testleserinnen aussprechen, die mich immer mit guten Ideen bei der Überarbeitung unterstützen.

Don Ramirez

Anita, danke für die Zeit mit dir.
Mai 2015

☆ Prolog ☆

Die Musik ist so laut, dass ich die Fahrgeräusche gar nicht wahrnehme.

Die Tachonadel liegt über 200.

Ich schlage mit der Faust aufs Lenkrad.

Was hat diese Frau sich nur dabei gedacht? Warum war ich jetzt eigentlich hier? 560 Kilometer für einen Weg und nun dieses Theater. Warum macht sie so etwas? Das hätte sie mir auch einen Tag vorher sagen können. Dann wäre ich gar nicht losgefahren. Verdammt!

Die Wut steigt weiter in mir auf und lässt meinen Kopf erröten. Mein innerer Ärger will hinaus und ich schreie laut gegen die Musik an. Meine Faust trifft erneut das Lenkrad und mein Fuß drückt das Gaspedal bis zum Anschlag durch.

Die Autos auf der rechten Seite scheinen zu schleichen, während ich auf der linken Fahrspur freie Bahn habe und das Gefühl, zu fliegen.

Ein Flug nach Hause mit jeder Menge Aggression im Bauch. Ich will nur zurück und meine Ruhe, möchte mich in einer Ecke meiner Wohnung verkriechen und weinen. Jedoch habe ich noch über vier Stunden vor mir und muss mich durch den Verkehr kämpfen.

Werde ich mir einfach die Nächste suchen, meine Gefühle verdrängen. Habe ich doch schon öfters geschafft. Wer kann mich schon dabei aufhalten?

Im nächsten Moment blinkt ein LKW auf der rechten Spur und zieht auf die linke Fahrbahn ...

Sunny Sandra
Rückblick

Ich war völlig aufgeregt. Endlich hatte ich es geschafft, mit Sandra ein Treffen zu vereinbaren. Schuld war wieder das Internet. Ich lernte sie und ihre Freundin Annalena während meiner Beziehung mit Phebey kennen.

Von Phebey hatte ich schon mehrere Wochen nichts mehr gehört. Es war Funkstille. Irgendwann hatte ich aufgegeben, sie erreichen zu wollen. Mir war inzwischen klar, dass es kein Zurück mehr gab und dass unsere Beziehung selbst bei einem zweiten Versuch zum Scheitern verurteilt war. Zumindest zu diesem Zeitpunkt.

Man wärmt keine alten Beziehungen auf, denn es hatte schon seinen Grund, warum es nicht funktionierte. Wäre sie die Richtige gewesen, hätten wir uns gar nicht erst getrennt, dachte ich mir.

Sandra und ich hatten in den letzten Wochen viel telefoniert, gechattet und Fotos getauscht. Ich bekam sogar erotische Bilder zugeschickt, die mein Herzschlag deutlich erhöhten. Die Attraktivität ihrer dunkelblonden Mähne und ihren braunen Augen erinnerten mich an eine wilde Raubkatze, die auf Beute lauerte. Ihre geheimnisvolle Art vernebelte mir dabei vollkommen die Sinne. Ich konnte gar nicht sagen, was so mysteriös an ihr war, aber vielleicht war genau dies das Geheimnisvolle.

Auf den neusten Fotos fiel mir auf, dass sie im Hintergrund an der Wand einige Fotos von mir aufgehängt hatte, direkt über ihrem Bett.

Das machte mich bei der Anreise noch nervöser, denn ich wusste nicht, was sie sich versprach. Sollte es nur ein One-Night-Stand sein? Würde daraus eine Affäre oder gar eine Beziehung?

Es war Freitag und ich saß im Zug nach Berlin, den ich direkt nach dem Arbeitsende meines Studienjob betreten hatte. Meine Aufregung stieg mit jedem Kilometer, mit dem ich mich Berlin näherte. Ich überlegte, was ich von der ganzen Sache halten sollte. Irgendwie hatten wir eine Art Abmachung getroffen. Sie wurde nicht offiziell ausgesprochen, aber ich wusste, dieses hier würde nach langer Zeit wieder einmal ein aufregendes Sexdate werden. Anscheinend versprachen wir uns beide aber mehr davon, denn unser Schreiben war schon sehr innig. Weil Sandra sich gerne fotografieren ließ, hatte ich meine Kamera eingesteckt.

Der Zug hatte den Bahnhof von Magdeburg hinter sich gelassen und ich versuchte mit Hilfe der Kopfhörer und der Musik die ganzen Gedanken aus meinem Kopf zu verdrängen. Das gelang mir aber nur mit mäßigem Erfolg. Ich blickte nach draußen und bemerkte, dass der Regen an die Scheibe prasselte. Immer wieder fragte ich mich, was Sandra wohl fühlte.

Spielte sie mit mir? Wollte sie wirklich mehr als nur ein Date?
Ich hatte gar nicht vor, vorsichtig nachzufragen, wie weit ich gehen könnte, denn ich würde erfahren, wie viel passieren würde.

Ob ich das durchhalten konnte, blieb abzuwarten. Manchmal warfen mich Frauen mit ihrem Verhalten so aus der Bahn, dass ich mich gar nichts mehr traute.

Am Bahnhof in Berlin angekommen, holte Sandra mich mit zwei Freunden ab. Das war nicht geplant und ich war nicht sehr positiv überrascht, erst recht nicht, als sich herausstellte, dass sie den Abend blieben, um sich zu betrinken. So hatte ich mir unser Date nicht vorgestellt. Ich wollte mit Sandra alleine sein.

Wir saßen bei Sandra zu Hause und die beiden Jungs leerten eine Flasche nach der anderen. Mir war es schon unangenehm, dass Sandra noch zu Hause wohnte. Jedes Mal, wenn man mal auf dem Flur war, lief man zwangsläufig der Mutter über den Weg. Zum Glück war sie sehr nett und hatte immer ein Lächeln auf den Lippen. Irgendwann bemerkte Sandra, dass ich mit der Situation nicht ganz zufrieden war. Sie sagte zwar nichts, blickte mich aber eindringlich an und nahm mich mit auf den Balkon. Ich folgte ihr und schloss die Tür. Sie lehnte sich über das Geländer und zündete sich eine Zigarette an.

Was hatte ich mir bloß dabei gedacht, fragte ich mich. *Das hätte ich wohl vorher besser geklärt.*

Sandra schaffte es immer wieder, mich zu verunsichern. Ob am Telefon, im Chat und nun auch noch im wahren Leben. Oder war ich einfach zu verklemmt? Ich beschloss, meine Zweifel beiseite zu schieben und in den Angriff überzugehen.

Deshalb stellte ich mich hinter sie, berührte mit meinen Händen ihre Hüfte und zog sie an mich. Ich spürte keine Gegenwehr. Im Gegenteil, Sandra drehte sich um und schaute mich erwartungsvoll mit ihren großen braunen Augen an. Mit meinen Händen umfasste ich ihr Gesicht und gab ihr den ersten zarten Kuss. Ein weiterer folgte, dieses

Mal spürte ich ihre Zungenspitze. Wir küssten uns weiter und ich ließ meine Hände zu ihren Brüsten wandern, um sie zu massieren. Zur Belohnung schob sie ihre Hand in meinen Schritt und rieb meinen harten Schwanz, der sie am liebsten auf der Stelle genommen hätte. Sandra zog mich näher zu sich. Ich schob mein Bein zwischen ihre Oberschenkel, was mir nicht wirklich gut gelang, da sie sehr klein war. Das hielt mich aber nicht davon ab, weiter zu machen. Ich spürte, dass sie mich wollte, auch wenn die Jungs drinnen saßen und uns sehen konnten.

Ich schob meine Hand zu ihrem Venushügel, der sich durch die enge, weiße Stoffhose abzeichnete. Sandra küsste mich noch inniger, ihre Zunge vergrub sich fordernd in meinem Mund.

Dann zog sie mich zu einem Stuhl. Der Besuch bekam davon nichts mit, weil sich die beiden in Sandras Zimmer unterhielten. Sandra setzte sich auf den Stuhl und schaute mich lächelnd an. Sie spreizte die Beine und ohne dass sie etwas sagen musste, führte ich meine Hand zu ihrer Perle, um sie durch den dünnen Stoff ihrer Hose zu reiben.

Sandra stöhnte leise, ich konnte dabei ihre schmalen Lippen beobachten, durch die warme Luft in die Kälte strömte. Ihre Lust war deutlich zu sehen, die Augen waren weit aufgerissen und sie griff mir mit festem Griff in meine Hose. Nach vorne gebeugt stand ich vor ihr, während sie meinen Schwanz unter meiner Boxershorts massierte.

Auf einmal hörten wir ein Geräusch. Sandra riss ihre Hand aus meiner Hose, die Tür ging auf und einer der Jungen grinste uns an. Sandra lief rot an, drehte sich um und verließ den Balkon. Ich begab mich ebenfalls ins Zimmer und eineinhalb Stunden später verließ der Besuch die Wohnung.

Endlich waren wir alleine. Sandra war mittlerweile angetrunken und schaute sehr müde aus. Ohne viele Worte, sondern nur mit ein paar Küssen und ihrer Hand, machte sie mich aufs Bett aufmerksam. In Unterwäsche verschwanden wir unter der Bettdecke.

Sandra löschte das Licht. Das Zimmer war nicht dunkel, weil die Straßenlaternen den Raum erhellten. Ich umarmte Sandra, als sie vor mir lag und tastete nach ihren festen Brüsten.

Mein Verlangen nach mehr war geweckt als ich ihre wohlige Körperwärme und den Geruch ihrer Haare wahrnahm. Jetzt würde ich sie bestimmt nicht einschlafen lassen. Sie hatte mich zuvor schon sehr erregt und ich war sehr neugierig darauf, was ich bei Sandra noch erkunden konnte.

»Du bist wohl nicht müde, was?«, fragte mich Sandra und riss mich damit aus den Gedanken.

»Nein, kein bisschen«, antwortete ich, denn ich wollte sie spüren, sie schmecken und mit ihr kommen.

Mein Angriff ging in die nächste Phase über. Ich öffnete ihren BH, den ich von ihren Schultern strich.

»Ich schon«, flüsterte Sandra und drehte sich zu mir.

Ich erwartete jetzt eine Predigt, denn ich ließ mich nicht so einfach abweisen. Doch kaum hatte sie den Satz zu Ende gesprochen, wanderte ihre Hand unter meine Boxershorts. *Soooooo müde also,* dachte ich und grinste innerlich.

Ihre Fingernägel glitten über den Schaft und ließen meinen Schwanz augenblicklich zu einem Ständer wachsen.

»Ich glaube, mit dem Schlafen können wir noch etwas warten«, flüsterte Sandra und begann ihn zärtlich zu wichsen.

Die zärtliche Art brachte mich dazu, ihr leise ins Ohr zu stöhnen, während ich ihre Brüste knetete. Ich wanderte mit meinen Küssen ihren Hals entlang und gelangte zu ihren Brustwarzen, an denen ich saugte.

Sandra verstärkte den Druck auf meinen Schwanz. Das letzte Stück ihrer Unterwäsche, ihr Tanga, fiel zu Boden. Meine Hand tastete über ihren dünnen Streifen mit Schamhaar zu ihrer Muschi, die schon fast auslief. Meine Fingerspitzen versanken in der weichen Haut ihrer Lustgrotte und rutschten noch tiefer, um ihre feuchte Pussy zu erkunden.

Langsam begann ich ihr enges Loch zu fingern und lutschte mit meinem Mund an ihren zarten Nippeln, die vor Erregung standen. Sandra schloss die Augen. Ich kehrte mit meinem Mund zu ihren Lippen zurück und gab ihr einen innigen Kuss.

Ihren Körper mit weiteren Küssen bedeckend, wanderte ich bis zu ihrem Bauchnabel. Sandra fuhr mit ihren zarten Fingern durch meine Haare und spreizte unterdessen ihre Schenkel, als ich mit meinem Mund an ihrer Pussy angelangte. Meine Zungenspitze tauchte in ihren süß-bitteren Saft ein. Ich leckte sie und fickte ihre Lustgrotte hart mit meinen Fingern. Sandra gab einen leichten Seufzer von sich.

»Möchtest du gern, dass ich dich ficke?«, fragte ich sie. Sandra nickte.

»Warte Süße, ich hole ein Kondom.«

Ich stand auf und kramte ein Kondom aus meinem Rucksack, um es dann über meinen Schwanz zu ziehen. Sandra spreizte ihre Schenkel noch weiter und ich legte mich auf sie, um mit meinem Schwanz in ihre Pussy einzutauchen.

Das wollte aber nicht gleich klappen und darum verlor ich mich ein weiteres mal mit meiner Zunge in ihrer Vulva, um sie zu lecken und ihre Perle zu liebkosen. Beim nächsten Versuch rutschte ich in ihre enge Pussy und begann sie ganz langsam zu ficken.

Sandra schloss wieder die Augen und gab mit jedem Stoß einen Seufzer von sich. Ich stieß immer heftiger zu und ihre Fingernägel vergruben sich in meinen Armen und hinterließen ein paar rote Streifen. Je heftiger es wurde, um so mehr begann sie sanft, aber doch spürbar zu kratzen.

»Ohh ...«, stöhnte ich etwas lauter.

»Mhmm ...«, stimmte sie ein.

Ich nahm sie hart und kam dadurch, trotz der Pausen, schnell meinem Orgasmus näher. Der Anflug des Drucks, das Pulsieren in meinem Schwanz und die kurze Pause, ein Gefühl der Stille vor einem gewaltigen Sturm, ließen mich wissen, dass es soweit war. Mit Glücksgefühlen überschüttet kam ich tief in ihr. Sandra ließ mich noch einmal ihre Nägel auf meinem Rücken spüren, bevor ich meinen Schwanz herausziehen konnte. Ich legte mich auf die Seite und wir küssten uns noch ein paar Minuten. Danach schlief sie in meinen Armen ein, ich blieb jedoch noch wach und stellte mir immer wieder die Frage, was Sandra für mich empfand.

Es war früh morgens, als ich von der Sonne wach wurde. Sandra schlief anscheinend noch, denn sie lag zur Wand gedreht und rührte sich nicht. Bei ihrem Anblick und den Gedanken an den Abend zuvor überkam mich die Geilheit. Noch einmal wollte ich Sandra erleben, gab ihr einen Kuss auf die Wange, aber sie reagierte nicht. Sie lag noch in meinen Armen und ich begann, ihre Brüste zu massieren, um sie vielleicht damit aufzuwecken. Sandra legte sich auf den Rücken und spreizte ihre Beine. Ich folgte ihrer Einladung und begann sie zu fingern. Mit einem Blick auf sie sah ich, dass ihre Augen noch geschlossen waren.

»Sandra, Süße bist du wach?«

Keine Reaktion.

»Hey Süße ... aufwachen ...«, flüsterte ich leise.

Sie reagierte nicht und schlief weiter. Ich überlegte. Sie war bestimmt wach und tat nur so, als wenn sie schlief. Sie hatte die Beine gespreizt, ich fingerte sie und sie schlief. Das konnte ich gar nicht glauben.

Was man jetzt wohl noch alles mit ihr machen könnte.

Sandra dreht sich von mir weg. Ich suchte ihre Pussy von hinten und fingerte sie weiter. Noch einmal versuchte ich es.

»Sandra, mein Schatz, aufwachen.«

Nichts.

Ich holte ein Kondom, zog es über und versuchte in sie einzudringen. Es gelang nicht. Ich nahm ihr Bein, welches oben lag, und schob es weiter nach vorn. Sie schlief weiter. Ich schüttelte den Kopf und musste grinsen.

Gleich wirst du schon aufwachen, Kleine.

Ich schob meinen Schwanz in ihre nasse Vulva und begann sie von hinten zu ficken. Nach ein paar Stößen bewegte sich ihr Arm und ihre Hand drückte mich an sie.

»Na Süße ... doch wach?!«

Sie murmelte ein paar Laute. Dann drehte sie sich mit meinem Schwanz in ihr auf den Bauch, um sich auf alle Viere aufzurichten. Ich küsste ihren Nacken.

»Wach?«

»Joar schon, Süßer ...«

Ich umfasste ihre Titten und spielte mit ihren harten Nippeln.

Ziemlich hart und groß.

Sandra hielt bei jedem Stoß dagegen. Ich richtete mich auf, umfasste ihre Schenkel und zog sie immer wieder an mich. Meine Stöße wurden härter und schneller. Unsere Schenkel klatschten gegeneinander. Sandras Stöhnen wurde lauter und sie vergrub ihren Kopf im Kissen.

»Mhhmm ... jaaa ...«, klang es gedämpft durch den Stoff.

Nach ein paar Pausen nahm ich sie noch einmal, bevor ich laut stöhnend zum Orgasmus kam.

Sandra stand auf, setzte sich auf einen Stuhl und zündete sich eine Zigarette an.

Ihre Pussy ließ ein Geräusch ab.

»Ooh nein! Das hasse ich danach«, fluchte sie und hielt sich die Hände vor das Gesicht.

Ich musste lachen.

»Nicht schlimm. Das sagen irgendwie alle, aber trotzdem ist es eure Lieblingsstellung.«

»Weil es so schön tief ist«, konnte sie es sich nicht verkneifen, meine Ausführung zu ergänzen.

Ich grunzte zufrieden.

Nachdem sie mit ihrer Zigarette fertig war, kam sie wieder ins Bett und wir schliefen noch ein paar Stunden aneinander gekuschelt, bevor wir gegen Mittag aufwachten.

Nachdem wir etwas gegessen hatten, fuhren wir zur YOU. Auf der Messe wollten wir eigentlich Annalena treffen, die ich auch schon mal besucht hatte. Annalena sagte jedoch ab.
Ich hatte mir schon fast so etwas gedacht. Sie war einfach komisch. Vermutlich hatte sie keine Lust darauf, mich mit Sandra zusammen zu sehen.
Wir gingen durch die verschiedenen Hallen, in denen es die unterschiedlichsten Stände von Unternehmen gab, die alle zum Mitmachen, Gewinnen und Ausprobieren einluden. Der Müll von etlichen Proben lag auf dem Boden, so dass man aufpassen musste, wo man hintrat. Die nächste ausgedrückte Pflegelotion lag keine zwei Schritte entfernt.
»Hier ist was los ...«, sagte ich.
»Echt schlimm, dieser ganze Müll«, stimmte mir Sandra zu.
»Da vorne gibt's meine Lieblingsschokolade.«
Keine Sekunde später nahm Sandra meine Hand und zog mich hinter sich her. Ich versuchte, nicht zu stolpern, weil ich auf den Müll achtete – und wäre beinahe über meine eigenen Füße gestolpert.
Dieser ganze Scheiß hier auf dem Boden, fluchte ich innerlich.
Nachdem Sandra ihre Schokolade bekommen hatte und glücklich war, traten wir den Rückweg an. So viele Leute auf einmal, die sich um kleine Probepackungen stritten. Auf dem Weg zum Ausgang kamen wir an einem Stand ei-

ner Krankenkasse vorbei, an dem sich zwei Mädchen um einen Kugelschreiber stritten.

»Jetzt schau dir das an«, grunzte ich.

»Ich will den blauen …«, schrie die Blonde der Beiden.

»Oh – mein – Gott«, brachte Sandra nur stoßweise heraus.

»Gib her …«, schrie die Andere.

Der Mitarbeiter der Krankenkasse beobachtete das Spiel und grinste vergnügt.

Endlich hatten wir den Ausgang erreicht und fuhren mit der U-Bahn wieder zurück. Die letzten Stationen ging es mit dem Doppeldeckerbus weiter. Als wir bei Sandra eintrafen, flüchteten wir direkt in ihr Zimmer. Wir saßen auf dem Bett und Sandra schielte auf die Kamera, die ich morgens aus dem Rucksack geholt hatte.

»Wollen wir Fotos machen?«, fragte sie.

»Klar«, willigte ich ein.

»Was soll ich denn anziehen?«

Sie zeigte mir mehrere Sachen. Ich entschied mich für einen schwarzen Rock und ein weißes hautenges Oberteil ohne Unterwäsche und als zweites für durchsichtige Unterwäsche mit schwarzer durchsichtiger Nachtwäsche. Es war bereits Abend, als wir uns entschlossen, mit dem Shooting zu starten.

»Wollen wir anfangen?«, fragte Sandra ungeduldig.

»Okay.«

»Zuerst der Rock und das weiße Oberteil.«

Sandra wechselte ihre Kleidung und stellte sich vor mich. Ich lächelte.

Dieses Outfit war eine wirklich gute Wahl. Ich grinste. *Man sieht die Nippel. Entzückend!*

Sandra poste in den unterschiedlichsten Positionen. Im Stehen, auf dem Bett und dem Fußboden, kniend oder liegend. Ihre aufreizende Art ließ keinen Zweifel: Sie wusste, wie man einen Mann um den Finger wickelt.

Wir hatten das Fenster geöffnet und es war etwas kühl im Raum. Sandra's Brustwarzen drückten sich durch den hauchdünnen, weißen Stoff, was ich mit Entzücken verfolgte und auf den Fotos festhielt.

»Man, deine Nippel sind hart«, rutschte es mir heraus und ich musste lachen.

Sie schaute nach unten.

Sie grinste mich an, denn es störte sie nicht.

»Was soll ich jetzt machen?«, fragte sie.

»Nimm mal den Stuhl dort und beweg dich ein bisschen darum.«

Ich schoss sehr viele Fotos, auch ein paar, bei denen sie ihre Beine spreizte und man ihre Lippen unter dem Rock sehen konnte. Dann schob sie ihr Oberteil über die Brüste, strich mit ihren Fingern darüber und hockte sich auf den Stuhl.

»Man bist du ein Arschloch. Ich hocke hier ohne Unterwäsche und bin schon ziemlich feucht! Komm endlich her!«, fuhr sie mich an.

Was hatte sie gerade gesagt? Ich sollte sie direkt hier nehmen? Ein wirklich freches Biest … aber warum nicht.

Ich grinste, legte die Kamera beiseite und ging zu ihr, um ihr einen innigen Kuss zu geben und meine Hand über ihren weichen Venushügel zwischen ihre Lippen gleiten zu lassen. Sandra küsste mich fordernd mit ihrer Zunge und meine Finger rutschten in ihre Pussy, um sie zu fingern. Ihre Hand wanderte ebenfalls an ihre Muschi.

»Willst du ein paar Fotos, wie ich mich fingere?! Dann hol deine Kamera«, hauchte sie.

Ohne ein Wort zu sagen, griff ich zu meiner Kamera und drückte ab. Ich konnte immer noch nicht glauben, was sie mir dort gerade angeboten hatte. Nachdem ich ein paar Fotos geschossen hatte, legte ich die Kamera zur Seite und kniete nieder, um ihren Saft zu schlecken.

Sandra schloss dabei die Augen und genoss es sichtlich. Meine Zungenspitze kreiste um ihre harte Perle. Sandras Stöhnen wurde lauter.

Ich stellte mich hin, um ihre Brüste zu massieren und Sandra einen weiteren Kuss zu geben. Dabei zog ich hastig meine Hose und die Boxershorts aus. Langsam drang ich mit meinem harten Schwanz in ihre Muschi ein. Ich versuchte, Sandra auf mich zu bekommen, aber irgendwie kippte der Stuhl und wir mussten abbrechen.

»Nehmen wir den Schreibtisch«, schlug Sandra vor.

Auf dem Schreibtisch war jedoch nur die Kante frei, weil gleich dahinter schon der Monitor Sandra in den Rücken stieß. Also brachen wir ab und schossen die zweite Fotoserie.

Ich würde noch eine Nacht bleiben. Da gäbe es genug Zeit.

Nach der Fotosession ging es direkt ins Bett. Meinen Wunsch nach einem weiteren Mal, wies Sandra kühl ab. Sie verwirrte mich. Es dauerte etwas, bis ich einschlief, weil ich die ganze Zeit über sie nachdachte.

Warum hatte sie mich zurückgewiesen? Zuvor wollte sie doch noch Sex und hatte mich angefahren, warum ich sie nicht nehme. Komische Launen hatte sie. In dem einen Moment so und im anderen wieder so ...

Morgens wachte ich eher auf und Sandra schien wieder im Tiefschlaf. Nach der Erfahrung vom Vortag wusste ich, wie ich sie aufwecken konnte. Meine Lust war noch ungestillt, deswegen erkundete ich mit meinen Händen ihren wohlig warmen Körper. Ich schob ihren Tanga beiseite und ließ eine Hand unter ihrem T-Shirt verschwinden, um ihre festen Brüste zu kneten. Die Finger meiner anderen Hand massierten ihre Perle und glitten in ihre feuchte Lustgrotte.

Sie schlief und war so erregt, dass sie feucht war?

Mit meinen Fingern fickte ich sie von hinten.

Sandra schlief weiterhin tief und fest.

Ich kroch unter die Decke nach unten, drehte Sandra auf den Rücken und zog ihren nassen Tanga aus.

Keine Reaktion.

Sie schlief weiter. Ich begann sie zu lecken und zu fingern. Es war einfach geil, dieses so lange machen zu können, wie ich es mochte. Nach einer halben Stunde ließ ich meinen Schwanz in Sandras Lustgrotte eintauchen.

Wie es wohl sein würde, wenn man wachgefickt wird?

Eine Ex-Freundin von mir wollte das unbedingt mal, aber sie hatte einen zu leichten Schlaf. Sandra dagegen nicht. Sie wurde noch nicht mal bei diesem Fick wach, obwohl es so schien, denn sie bewegte sich dabei.

Ein paar Minuten später lag ich neben ihr und schlief ein, bis ich eine Hand an meinem harten Schwanz spürte. Sandra begann ihn zärtlich zu wichsen.

»Na Süße, bist du doch wach ...«, flüsterte ich.

Keine Reaktion. Ich schaute. Ihre Augen waren geschlossen.

Sie schlief noch? Oder tat sie nur so, fragte ich mich.

Aber sie rieb meinen Schwanz zärtlich mit ihrer Hand bis ich kam und alles auf ihre Hand spritzte.

»Sandra????«, fragte ich verwirrt.

Ich erhielt keine Antwort.

Wie verrückt war das denn? Ich gab mir selbst die Antwort: Sandra. Nachdem, was du erlebt hast, fragst du dich das noch?

Ich beließ es dabei und schlief nach einigen Minuten ein.

Mittags wachten wir auf und kuschelten, bevor Sandra sich auf die Bettkante setzte und eine Zigarette anzündete. Ich drehte mich noch einmal um und bemerkte gerade noch rechtzeitig, dass Sandra aus dem Zimmer in Richtung Flur stürmte.

»Hey, zieh dir mal deinen String an«, rief ich ihr nach.

Sandra stand noch in der Tür, schaute an sich herunter und drehte sich auf der Stelle um.

»Was hast du gemacht?«, fragte sie und schaute mich mit großen Augen an.

»Ähm, nichts schlimmes«, sagte ich und grinste.

»Ich kann es mir schon denken ...«

Sandra brachte mich am Nachmittag zum Bahnhof und gab mir zum Abschied einen Kuss. Auf der Rückfahrt dachte ich darüber nach, was für einer Frau ich da begegnet war. Ich fuhr nach Berlin mit der Ungewissheit und war nun auf dem Rückweg – mit der gleichen Ungewissheit. Ihre mysteriöse Art fesselte mich, weil ich mehr über Sandra wissen wollte. Auf der anderen Seite mahnten mich meine Gefühle zur Vorsicht.

Das erste Mal verliebte ich mich nicht einfach Hals über Kopf. Durch Sandras Persönlichkeit war ich dieses Mal vorsichtiger. Ich wollte zuerst wissen, was sie fühlte. Bislang war alles nur ein heißes Sexabenteuer, wobei ich nicht einmal zuordnen konnte, ob es ihr gefallen hatte.

Wenn sie eines konnte, dann war es Männer zu verunsichern. Das hatte sie an diesem Wochenende bewiesen.

Ich blickte aus dem Fenster des Zuges. Es dämmerte und das Wetter war genau so undurchsichtig wie Sandra: Nebelig und trübe. Ich seufzte.

In den nächsten Tagen beschäftigte ich mich mit dem Studium, welches sich langsam dem Ende näherte. Die Frage, ob ich weiter studieren oder mir einfach einen festen Job suchen sollte, war schon entschieden. Ich wollte im nächsten Jahr nach dem Studium endlich Geld verdienen. Das Praktikum, das ich im Sommer absolvierte, hatte mir jedoch gezeigt, dass es nicht so einfach war. Ich hatte zweimal das Unternehmen gewechselt, weil es entweder Ärger gab oder die Arbeit überhaupt nicht meinen Geschmack traf.

Trotz meiner Bemühungen, mich auf das Studium zu konzentrieren, kreisten meine Gedanken zu oft um Sandra und so wollte ich ein paar Tage später wissen, was mit uns sei. Sie hatte sich kaum gemeldet, sodass ich mir die Antwort bereits denken konnte. Aber es ist doch immer so, dass wir es erst schwarz auf weiß lesen müssen, bevor wir es akzeptieren können.

Viel mehr hatte Sandra mir auch nicht zu sagen. Mit uns würde es nichts werden. Sie hatte sich »das Ganze« anders vorgestellt.

Was sie damit meinte? Sie konnte oder wollte es mir nicht erklären. Dieses Mal nahm ich es gelassen, hatte ich doch nicht viele Gefühle investiert und mir große Hoffnungen gemacht.

Natürlich war ich enttäuscht. Mit dieser Enttäuschung landete ich bei Annalena, ihrer besten Freundin. Wir kannten uns schon länger. Durch sie hatte ich erst Sandra kennengelernt und so sah sie es als ihre Aufgabe, mich zu trösten. Das Ganze geschah über die Community, in welcher Sandra ebenfalls unterwegs war. Sandra hatte natürlich mitbekommen, dass ich mehr mit Annalena schrieb. Das schien ihr gar nicht zu gefallen.

Nach einiger Zeit ahnte ich, warum Annalena damals nicht zur YOU gekommen war. Sie schrieb so viel mit mir, dass man das Gefühl hatte, sie wollte mich.

Mein Jagdinstinkt war geweckt und ich ging auf ihre Signale ein. Sandra schrieb mir unterdessen gar nicht mehr, denn sie war sauer.

Das führte wenig später zu einem weiteren Ereignis:

Ein öffentlicher Schlagabtausch in den Gästebüchern der Beiden. Jeder konnte den Streit mitlesen.

Annalena: Du bist so auf nem Egotrip. Merkst du das eigentlich nicht?

Sandra: Ich brauch mich nicht für andere Leute ändern, check' es endlich!

Annalena: Deswegen muss man noch lange nicht allen weh tun!

Sandra: Was hast du mit den anderen zu tun? Kann dir doch egal sein.

Annalena: Du hast dich echt so verändert. Auf so eine Freundin kann ich gerne verzichten. Und das mit den

Typen hast du früher auch nicht gemacht.

> *Sandra: Was soll das jetzt? Ich kann ja wohl meinen Spaß haben.*

Annalena: Deswegen musst du nicht gleich jedem erzählen, dass du ihn liebst. Das ist arm!

> *Sandra: Ich hab wirklich keinen Bock mehr auf deine Vorwürfe. Bye.*

Mein Name fiel dabei nicht. Der Streit eskalierte jedoch kurze Zeit später so sehr, dass sie sich gegenseitig sperrten.

Die beste Freundin

Nach dem Streit meldete sich Annalena bei mir und wir telefonierten das erste Mal miteinander. Am Telefon wirkte sie sehr niedergeschlagen.

Ich schaffte es, sie etwas aufzuheitern. Dabei umschiffte ich das Thema »Sandra« gekonnt und brachte sie sogar zum Lächeln.

Annalena legte sich in der Community ein neues Profil an. Ich schrieb ihr fortan über dieses Profil. Eines Tages lud sie mich in den Chat ein und wir unterhielten uns. Das Gespräch entwickelte sich dieses Mal in eine ganz andere Richtung. Es wurde versaut und ging dabei sehr ins Detail.

Mann, dachte ich, *sie sieht so niedlich und unschuldig aus, aber sie hat es faustdick hinter den Ohren.*

Ein paar Wochen später bekam ich ein paar Fotos von ihr. Das erste Foto zeigte ihren Oberkörper mit einem hellblauen BH und einem durchsichtigen String. Auf den weiteren

Fotos war ihr Oberkörper nackt. Ihre festen Brüste standen ab und sie lächelte dabei in die Kamera. Ihre dunklen, offenen Haare verteilten sich über die nackten Schultern. Ihre braunen Augen stachen aus dem Foto hervor und sprachen nur drei Worte: Ich will dich!

Durch ihre Unterwäsche kamen wir schnell auf das Thema Dessous. Sie erzählte mir, dass sie gern mal schwarze Dessous mit Strapsen hätte. Der Zufall wollte es, dass sie eine Woche später Geburtstag hatte und so erklärte ich mich bereit, ihr etwas nettes auszusuchen und ihr vorbeizubringen.

Ein Woche später stieg ich wieder in den Zug Richtung Berlin. Dieses Mal war der Hauptbahnhof mein Ziel. Als der Zug durch den Spandauer Bahnhof fuhr, musste ich kurz an Sandra denken, schob den Gedanken jedoch gleich beiseite. Ich blickte auf meinen Rucksack, nahm das Geschenk für Annalena heraus und betrachtete es.

Das schwarz-goldene Geschenkpapier sah edel aus und ich hatte noch eine rote Schleife drum herum gebunden. Am Hauptbahnhof angekommen, wartete Annalena schon am Bahnsteig auf mich.

Ich war etwas verwundert, denn auf ihren Fotos wirkte sie um einiges größer. Ihre braunen Augen blickten mich an, als ich aus dem Zug stieg. Annalena strich sich ihre dunklen langen Haare aus dem Gesicht. Die schmalen Lippen formten ein kurzes »Hi«, während mich ihre aufgerissenen Augen erwartungsvoll anblickten.

»Hi«, gab ich kurz und knapp zurück, um sie in die Arme zu schließen.

»Alles klar bei dir?«, fragte ich.

»Ja, alles okay! Und? Was wollen wir machen?«, fragte sie.

Ich nahm ihre Hand, als wir die Treppen vom Bahnsteig hinabstiegen.

»Wir wollten doch in einen Wald«, sagte ich und grinste breit.

Das hatten wir am Tag zuvor im Chat besprochen. Wir wollten uns eine Stelle außerhalb der Menschenmengen suchen, an welcher wir ungestört waren.

»Hm, da muss ich erst überlegen«, sagte sie und legte ihre Stirn dabei in Falten, während sie zu mir nach oben schaute.

»Ich weiß was! Onkel Toms Hütte«, triumphierte sie und gab mir einen flüchtigen Kuss auf die Lippen.

Ein paar Minuten später waren wir in einer S-Bahn und hatten einen weiteren flüchtigen Kuss ausgetauscht. Dort konnten wir sitzen und ich zog Annalenas Gesicht mit beiden Händen zu mir, um sie zu küssen. Sie erwiderte den Kuss, erst vorsichtig und dann voller Sinnlichkeit. Ihre Lippen waren sehr sanft und ließen mich verspüren, wie zärtlich sie sein konnte. Welcher kleiner Teufel in ihr steckte, ahnte ich noch nicht.

Sehr zögerlich, aber das würde sich bestimmt noch ändern, schlussfolgerte ich bereits richtig.

15 Minuten später waren wir in einem Wald an einem See. Dieser war leider trotz des mittelmäßigen Wetters gut besucht. Der Himmel war bedeckt und das Laub färbte sich langsam in verschiedene Brauntöne.

Wir verließen den Gehweg und machten es uns zwischen den Bäumen gemütlich. Dieser Platz war jedoch trotz der Bäume sehr einsehbar. Wir schauten nach etwas besserem, fanden nichts und kehrten wieder zurück. Der Ausblick zum See war atemberaubend. Verstecken konnten wir uns in diesem lichten Wald jedoch nicht.

»Darf ich jetzt auspacken?«, drängelte Annalena.

»Okay«, sagte ich und öffnete den Rucksack, um ihr das Geschenk zu geben.

Sie schaute mich mit großen Augen an und ihre zarten Finger rissen derweil das edle Geschenkpapier auseinander. Sie hielt die Wäsche vor sich und betrachtete sie.

»Sieht ja schön aus. Muss ich gleich heute Abend mal anprobieren und ein paar Fotos machen«, sagte sie und warf mir dabei einen lasziven Blick zu.

Das konnte ich nicht unbeantwortet lassen. Ich nahm sie in die Arme und gab ihr einen langen Zungenkuss. Dabei schob ich mein Bein zwischen die ihren und strich mit meiner Hand über ihren Pulli.

Annalena seufzte kurz. Wir küssten uns erneut und ich schob meine Hand unter ihren Pulli, um ihre festen Brüste zu kneten.

Du wirst nicht einfach gehen und das Geschenk mitnehmen, schoss es mir durch den Kopf.

Plötzlich hörten wir ein Geräusch und Annalena schaute sich nervös um, ob uns jemand beobachtete.

Ich ließ mich nicht aus der Ruhe bringen und beobachtete sie, wie ihre dunklen Haare durch die schnelle Bewegung als Strähnen in ihrem Gesicht landeten.

»Wollen wir uns nicht hinlegen? Ich zieh meine Jacke aus, dann kannst du dich darauf setzen«, schlug ich vor, um ihr die Angst zu nehmen.

Annalena legte ihren schwarzen Mantel dazu und setzte sich darauf. Ich küsste sie erneut, schob sie etwas weiter nach unten, damit sie sich hinlegen konnte. Ihre Brüste waren wieder das Ziel meiner Hände, während ich sie weiter küsste. Langsam tastete ich nach unten zu ihrer Hose, um ihr den Gürtel zu öffnen.

Annalena schaute sich wieder nervös um. Jederzeit konnte uns jemand entdecken, doch mir war das egal.

Ich öffnete den Knopf, zog den Reißverschluss herunter und tastete mit meiner Hand ihren Tanga entlang, bis ich zu ihrer Vulva gelangte.

Annalena spreizte ihre Beine, damit ich leichter unter den Tanga gelangte.

Sie war wirklich sehr feucht, dachte ich und konnte mir ein Lächeln nicht verkneifen.

Annalena ließ ihre Hose hinabgleiten. Ich sah ihren roten Tanga und schob ihn beiseite, um mit meinen Fingern in ihre Lustgrotte einzutauchen und sie zu fingern. Annalena hatte alles bis auf einen schmalen Streifen rasiert.

»Du bist voll süß«, flüsterte ich ihr leise ins Ohr.

Doch Annalena schaute sich immer wieder um. Ihr war anscheinend unwohl bei dem Gedanken daran, entdeckt zu werden. Ich gab ihr einen Zungenkuss, um sie abzulenken und fingerte sie immer heftiger.

»Ich würde dich gern lecken, Anna«, flüsterte ich ihr ins Ohr.

Inzwischen war ihre Hand schon unter meiner Hose und sie wichste meinen Schwanz hart.

Gar nicht so schüchtern, wie sie vorgab ...

»Würdest du gerne? Hatten wir das abgemacht?«, fragte sie frech.

»Nein«, musste ich zugeben, »aber du hast bestimmt im Augenblick nichts dagegen, oder?!«

»Versuchs doch ...«

Das bedeutete wohl, ich durfte. Ich musste grinsen.

Ich hob ihre Beine nach oben, um mein Gesicht zwischen ihren Schenkeln zu positionieren und langsam mit der Zunge in ihre Vulva einzutauchen. Sie presste ihre Beine zusammen und drückte meinen Kopf noch tiefer in ihre Lustgrotte. Ich nahm ihren süßbitteren Saft auf, während Annalena sich auf die Lippen biss, um nicht zu stöhnen.

Es kümmerte mich nicht, dass wir irgendwo im Grunewald lagen. Anna schloss die Augen und genoss meine Zungenspitze. Ich drehte sie auf die Seite und legte mich hinter sie.

»Das war aber bestimmt nicht ausgemacht«, protestierte sie.

Traurig schaute ich sie an und musste mich beherrschen, nicht zu grinsen.

»Bitte, Süße ...«, bettelte ich sie an.

Sie fasste hinter sich und zog meine Boxershorts herunter, um meinen harten Schwanz von hinten in ihre Pussy zu stecken.

»Mhmm. Okay, ist genehmigt. Der kann drin bleiben, der fühlt sich gut an«, hauchte sie leise.

Ich stieß langsam zu und presste mich an Annalena. Mit den Händen hielt ich ihre Brüste.

»Dooon ...«, stöhnte sie auf, als ich härter zustieß.

»Mhmm ...«, stöhnte ich leise in ihr Ohr.

Sie tastete nach meinem Po und schob ihn bei jedem Stoß mit nach vorne. Ich küsste Annalenas Nacken und knetete ihre festen Brüste, deren Nippel hervorstanden.

»Mhmhmm ... Don ... schneller«, hauchte sie

Ich schob meinen Schwanz schneller in ihre feuchte Lustgrotte. Ihr Griff in meine Pobacken wurde kräftiger.

»Mhmmm.«

Ihr Stöhnen wurde lauter. Auf einmal ließ sie los, während ich noch ein paar Mal zustieß, um selbst laut zum Orgasmus zu kommen.

»Annaaaa ... jaaaha!«

Als Annalena wieder normal denken konnte, überkam sie die Panik. Sie schaute sich um, weil sie erneut ein Geräusch hörte.

»Hoffentlich hat das keiner gesehen. Lass uns lieber schnell verschwinden«, sagte sie und rückte ihren Tanga zurecht.

Wir zogen uns an, packten unsere Sachen und machten uns auf den Weg zur S-Bahn. Annalena brachte mich wieder zum Bahnhof und gab mir noch einen langen Abschiedskuss, bevor ich den Bahnsteig aufsuchte.

Ich hatte mir für die Zugfahrt noch ein paar Burger besorgt und suchte mir im Zug einen Sitzplatz in einem Abteil.

Was sollte ich bloß von ihr halten, fragte ich mich und biss in einen Burger. Der Zug setzte sich langsam in Bewegung.

Erst so schüchtern und nun überfiel sie einen, wie ein Vampir. Ich kam aus dem Grübeln nicht heraus.

Zwischendurch bekam ich die erste Nachricht von Annalena.

»Passt wie angegossen. Ich habe dir Fotos per Mail geschickt. Wenn sie dir gefallen, können wir uns ja noch mal treffen.«

Das hatte sie ja toll hinbekommen. Ich saß im Zug und hatte noch fast zwei Stunden vor mir, bis ich überhaupt mal in der Nähe meines PCs war, um mir ihre – wahrscheinlich sehr heißen – Fotos anschauen zu können.

Die Bahnfahrt schien ewig zu dauern. Als ich zu Hause ankam, schaltete ich sofort den PC an. Ich sollte mit meiner Vermutung recht behalten. Die drei Fotos von ihr waren wirklich sehr attraktiv.

Am nächsten Tag schrieben wir über die Community. Es war Sonntag und ich hatte nichts besseres zu tun. Annalena kam gleich zur Sache.

»Komm doch noch mal nach Berlin. Nimm dir ein Zimmer und bleib für eine Nacht. Dann kann ich dir Gesellschaft leisten. Vielleicht können wir ja noch etwas ausprobieren, was du noch nicht gemacht hast«, lockte sie mich im Gespräch.

»Das klingt gut«, stimmte ich zu. »Darf ich noch ein paar mehr Fotos machen?«

»Möchtest du mit mir ein kleines Shooting machen? Fände ich toll. Dafür erfüllst du mir aber auch einen Wunsch ...«

Sie tippte längere Zeit und als sie auf »abschicken« klickte, stockte mir der Atem. Das war wirklich neu.

Mein Gott, ist sie pervers. Sie sieht so lieb aus und steht auf solche Sachen? Ich war schockiert.

»Okay, ich bin dabei«, schrieb ich und starrte mehrere Minuten auf den Bildschirm.

Jetzt hast du zugesagt.

»Eine perverse Aktion im Hotel ...« freute sich meine innere Stimme. »Endlich mal wieder was neues!«

Einfach nur irre

Irgendwie schon verrückt, was du hier machst, dachte ich und musste grinsen.

Ich saß in diesem Berliner Hotelzimmer und wartete darauf, dass das Handy klingelte.

Wieso hatte ich mich zu solch einer Aktion überreden lassen, grübelte ich weiter. *Jetzt hatte sie einen neuen Freund und sie traf sich trotzdem mit mir. Sie war etwas verrückt. Irre wäre vielleicht passender,* dachte ich und blickte die helle Wand an.

Mein Blick fiel auf den großen Spiegel, der hinter einem Tisch stand. *Das würde sich doch für das Shooting eignen ...*

Ich hatte mich morgens auf den Weg nach Berlin begeben, wieder einmal mit dem Zug. Irgendwie hatte ich doch ein komisches Gefühl in der Bauchgegend. Vom Bahnhof Zoo ging es weiter mit der U-Bahn. Annalena hatte mir den Weg zum Hotel vorher genau beschrieben. Ich war schon ein wenig beeindruckt, wo sie mich einquartiert hatte. Dort eingecheckt ging es hoch in die 5. Etage.

Jetzt wartete ich nur noch auf eine Nachricht von ihr. Ich schaute mir das Zimmer genauer an: Ein Fernseher, ein Schrank, ein Stuhl und der besagte Tisch mit dem großen Spiegel. Ungeduldig rutschte ich auf dem Bett hin und her. *Warum dauerte das so lange?*

Als ich es im Zimmer nicht mehr aushielt, beschloss ich, nach draußen zu gehen und dort zu warten. Annalena schickte mir eine Nachricht, dass es später werden würde. Ich fluchte innerlich.

Nach einem Spaziergang setzte ich mich an die Hauptstraße auf eine Steinmauer, beobachtete die Leute und das bunte Treiben. So eine Großstadt war nun wirklich nichts für mich, entschied ich. So nett es war, dass man alles schnell erreichen konnte, aber ich brauchte meinen Freiraum. Deswegen suchte ich mir meine Wohnungen immer am Stadtrand.

Meine Laune sank von Minute zu Minute. Zwei Stunden wartete ich schon. *Wollte sie mich verarschen?* Ich rief Annalena an. Sie wollte sich zurückmelden. Irgendwie hatte ich keine Lust mehr auf dieses Date.

Wenn ich das gewusst hätte, fluchte ich im Inneren.

Um halb sechs war sie endlich da.

»Tut mir leid, dass es so lange gedauert hat, Süßer«, flüsterte sie mir ins Ohr und schaute mich mit ihren glänzenden braunen Augen an. Ich schluckte meine Wut herunter.

Wir gingen ins Hotel und ich ließ mir den Zimmerschlüssel geben. Zum Glück gab es keine Anmerkung wegen der Begleitung. Im Zimmer zogen wir unsere Jacken aus und legten uns aufs Bett. Während eines Kusses umfasste ich Annalenas Hüfte, um sie etwas dichter an mich zu ziehen.

»Willst du gar nicht anfangen?«, drängelte sie.

»Hast du es etwa eilig?«, fragte ich und verdrehte die Augen, weil ich die Antwort schon kannte.

»Naja, ich meine nur. Ich muss um 20 Uhr wieder weg, sonst fällt das auf!«

Diesen Freund hätte sie sich auch später zulegen können, steigerte ich meine Aggressionen gegen das Date.

Ich atmete tief durch und versuchte, mir nichts anmerken zu lassen. Vergraulen wollte ich Annalena nicht. *Ein teurer Kurztrip nach Berlin wäre das,* schaltete sich mein Kopf wieder ein.

Annalena schaute mich erwartungsvoll an. Als ich nichts unternahm, ergriff sie meine Hand und schob sie vorsichtig über ihr Bauchnabelpiercing zu ihrer Hose.

»Du hast es wirklich eilig«, flüsterte ich.

»Schlimm?«, fragte sie.

»Nein ... kein Problem«, stammelte ich.

Meine Hand strich über ihre Brüste, während ich ihren Hals liebkoste und griff etwas fester zu. Annalena ließ einen kurzen Seufzer verlauten. Sie öffnete ihre Hose und ich griff unter ihren roten String, um ihre Vulva zu erkunden.

»Warst du eigentlich auf Toilette?«, fragte ich neugierig.

»Ja«, bekam ich als Antwort.

Ich runzelte die Stirn.

»Wir hatten doch ausgemacht, dass du nicht gehst!«

»Ich weiß, aber vielleicht klappt es ja trotzdem. Ich versuch es, okay?«

»Okay, muss ich irgendwas besonderes machen?«, fragte ich, weil ich noch keine Erfahrung mit ihrer Vorliebe hatte.

»Lecken oder mit dem Finger meine Muschi reiben, das hilft«, flüsterte sie.

Zielstrebig streifte ich ihre blaue Jeans ab und warf sie hinter das Bett.

Und das Ganze in einem Hotelzimmer von einem 4-Sterne-Hotel, dachte ich und hätte am liebsten mit dem Kopf geschüttelt.

Das wird einen schönen Fleck geben.

»Ich hol lieber mal ein Handtuch, sonst bekommt die Bettwäsche noch viel ab.«

»Das ist eine gute Idee«, stimmte Annalena zu und grinste mich dabei voller Vorfreude an.

Ich nahm das Handtuch doppelt und legte es unter ihren Po. Annalena schaute mich ganz süß an und strich ihre schulterlangen dunklen Haare aus dem Gesicht, während ich ihren String abstreifte. Ihre Schenkel geöffnet, rutschte ich auf dem Hotelbett nach unten und fing an Annalenas rasierte Vulva mit meiner Zungenspitze zu verwöhnen.

Annalena schloss ihre Augen.

Ihr gefiel es anscheinend gut, denn sie stöhnte immer wieder leise. Nach einiger Zeit zog sie mich jedoch hoch und wir verkrochen uns unter die Decke.

»Ich weiß nicht, das klappt wohl heute nicht. Wir können uns ja morgen früh noch einmal treffen. Dann komme ich vorbei und wir holen das nach.«

»Okay, dann machen wir das so.«

»Genau. Morgen früh geh ich nicht zur Toilette! Ich verspreche es. Und wenn ich muss, halte ich auf!«

Ich küsste ihren Hals und streichelte sie nebenbei mit meinen Fingern ihre Pussy.

»Du hast dich noch gar nicht ausgezogen«, bemerkte Annalena und lächelte mich an.

Ihre Hand schob meine Boxershorts herunter und sie begann damit, meinen Schwanz zu wichsen.

Ich schaute sie ein wenig überrascht an. Annalena kam anscheinend immer recht schnell zur Sache. Sie schien also nicht nur situationsbedingt im Wald eine schnelle Nummer zu mögen.

»Oder hattest du etwas anderes vor?«, kicherte sie.

»Nein«, gab ich knapp zu verstehen und kramte nach einem Gummi, um es mir über meinen Schwanz zu ziehen. Annalena drehte sich auf die Seite und streckte mir ihren Po entgegen. Ich drückte sie dicht an mich und sie ließ meinen Schwanz mit ihrer Hand in ihre Lustgrotte gleiten. Sie fest an mich ziehend, stieß ich zu. Während mein Schwanz immer wieder in ihre feuchte Vulva tauchte, befreite ich ihre harten Nippel aus dem BH und rieb sie zwischen den Fingern.

»Ah ... ahm ...«, stöhnte sie mit jedem Stoß.

Annalena vergrub ihr Gesicht in dem weißen Kissen. Mit einer Hand drückte sie meinen Po bei jedem Stoß an sich. Auf den Bauch rutschend, richtete sie sich etwas auf, so dass ich sie auf allen Vieren von hinten nehmen konnte.

»Mhm ... ah ... mhm ...«, stöhnte sie, jedoch viel lauter als zuvor.

Jeder Stoß und jedes Klatschen von ihrem Po wurde von ihr mit einem lauteren Stöhnen quittiert, während sich ihre Finger in das Bettlaken gruben. Der Anblick machte mich noch geiler, zu sehen, wie sich ihr Körper mit jedem Stoß nach vorne schob. Ihre Hand fühlte wieder meinen Po und drückte ihn wieder an sich, als wollte sie mir sagen »Nimm mich noch härter!«

Ich griff ihr von vorne zwischen die Beine und massierte ihre Muschi.

»Ah ... aaah ...«, stöhnte sie in immer kürzeren Abständen.

»Mhmmm«, entgegnete ich, während ich noch einmal tief in ihre Lustgrotte stieß und zum Orgasmus kam.

Annalena drehte sich auf den Rücken und ich legte mich neben ihr auf das Bett.

»Willst du es noch einmal versuchen?«, fragte ich vorsichtig.

»Ja ...«

Annalena fuhr mit ihrer Hand zwischen die Beine und massierte ihre Muschi. Ich schaute ihr gespannt dabei zu.

»Ist das so geil? Darf ich filmen, wie du es dir machst?«, fragte ich sie.

»Klar ...«, erwiderte sie sofort und ich holte die Kamera.

Annalena spreizte ihre Beine, während ich filmte und sie mit den Fingerspitzen ihren Kitzler rieb.

»Na, gefällt dir das so?«

»Ja, das reicht schon«, entgegnete ich, weil ich mir für den nächsten Tag noch Speicher überlassen wollte.

»Ich muss gleich wieder weg, es ist schon 20 Uhr«, schaute sie mich an.

»Kommst du noch mit raus und begleitest mich ein Stück?«

»Ja klar, ich wollte sowieso etwas essen«, stimmte ich zu.

Wir zogen uns an und ich gab den Zimmerschlüssel an der Rezeption ab. Zum Glück konnte ich ihn einfach auf den Tisch legen, da keiner anwesend war.

Ich begleitete Annalena noch ein Stück und wir verabschiedeten uns mit einem Kuss. In der gleichen Straße gab es eine Pizzeria. Draußen war es warm und so beschloss ich, mir eine Pizza zu bestellen und vor dem Restaurant im Biergarten zu essen.

Am nächsten Tag wachte ich um 9 Uhr auf. Nachdem ich mich geduscht und angezogen hatte, setzte ich mich aufs Bett und wartete auf Annalenas Anruf.

Es klopfte an der Tür. Ich war etwas überrascht, denn Annalena wollte sich vorher bei mir auf dem Handy melden.

Ich öffnete vorsichtig die Tür und mein Blick fiel auf eine junge Dame.

»Guten Morgen.«

»Guten Morgen«, blinzelte ich etwas verblüfft.

»Wann kann ich in das Zimmer?«, fragte sie mit einen kecken Lächeln auf den Lippen.

»Wann müsste ich denn raus?«, entgegnete ich stumpf.

Ich musterte sie, während ich auf die Antwort wartete. Sie war sehr zierlich, hatte lange braune Haare und ein süßes Gesicht. Es dauerte, bis die Antwort kam.

»Hm, eigentlich jetzt«, sagte sie und biss sich auf die Lippen. Sie schaffte es nicht, meinem Blick standzuhalten und blickte auf den Boden.

»Im Internet stand, dass man bis 13 Uhr auschecken kann.«

»Eigentlich bis 10 Uhr.«

Sie blickte auf, schaute mir in die Augen und verstand sofort, dass ich mich mit der Lösung nicht zufrieden geben würde.

»Ich komme um kurz nach 12 noch einmal wieder und kümmere mich erst um die anderen Zimmer«, schlug sie vor, ließ erneut ein Lächeln über ihre Lippen huschen und drehte sich um.

Warum bleibst du nicht hier und wartest mit mir auf Annale-na, dachte ich und konnte mir ein Grinsen nicht verkneifen.

Sie drehte sich noch einmal um, während sie ging, wohl in der Annahme, dass ich mit ihrem Angebot einverstanden war.

»Danke«, rief ich hinterher und schloss die Tür.

Ich saß auf dem Bett, als ein paar Minuten später mein Handy klingelte.

»Hi, ich bin es, Annalena!«

»Hi, endlich.«

»Ich komm gleich vorbei, bin schon in der S-Bahn.«

»Alles klar, bis gleich Süße.«

Es dauerte trotzdem noch 20 Minuten, bis es an der Tür klopfte. Ich öffnete.

»Hi«, sagte Annalena, umarmte mich und gab mir einen kurzen Bussi.

»Hi. Komm rein«, sagte ich kurz und blickte um die Ecke, um den Flur abzuchecken. Niemand zu sehen. Ich schloss die Tür. Währenddessen stellte Annalena ihre Tasche ab und ich drehte den Schlüssel für die Tür um.

»Die Putze wollte schon hier rein«, informierte ich sie.

»Ja? Warum?«

»Ich sollte eigentlich schon um 10 Uhr raus.«

»Waaaaaaas?«, fragte Annalena ungläubig.

»Ja, aber ich kann jetzt bis 12 Uhr bleiben. Sie kommt um kurz nach 12 Uhr noch einmal rein.«

»Dann ist ja gut.«

Annalena drehte sich zur Tür, da vom Flur neue Geräusche zu hören waren.

»So ganz wohl ist mir nicht«, sagte Annalena und blickte mich skeptisch an.

»Ich habe die Tür doch abgeschlossen, kann ja nichts passieren, der Schlüssel steckt«, versuchte ich sie zu beruhigen.

»Und was machen wir jetzt …«

»Ich denke, wir machen zuerst das Shooting«, kürzte ich ihren Satz ab.

Ich räumte den Tisch frei, der vor dem Spiegel stand und Annalena zog sich bis auf die Unterwäsche aus.

»Setz dich mal auf den Tisch, direkt vor den großen Spiegel!«

Annalena schaute mich an. Sie trug mein Geschenk und ich musterte sie. Die durchsichtige Unterwäsche stand ihr wirklich gut. Ihre Brustwarzen schimmerten leicht durch den hauchdünnen schwarzen Stoff.

»Hierauf?«, fragte sie skeptisch.

»Ja«, sagte ich und beobachtete, wie sie mir den Po entgegen streckte und auf den Tisch zuhielt.

Mhmmm, ich würde gerne mal mit der Hand …

Mit einem Hüpfer gelangte sie auf die glatte Tischfläche. Ich hatte schon meine Kamera in der Hand und nahm verschiedene Posen von ihr vor dem Spiegel auf. Sie stieg wieder herab und ich bat sie ihren String auszuziehen. Weitere Fotos folgten, bei der sie mit ihrer Hand die Vulva bedeckte und die Schenkel spreizte. Mein Atem stockte,

Das werden schöne Andenken an das Wochenende. Für das Album. Für mein Ego. Single sein ist toll, triumphierte ich innerlich.

Aber ich bekam von Annalena noch mehr geboten. Sie ließ

alle Hülle fallen und ich betätigte in den unterschiedlichen Posen den Auslöser, um keine Perspektive zu verpassen.

Nach der Fotosession erwartete mich Annalena im Badezimmer. Ich hatte mich bis auf die Boxershorts freigemacht, Annalena stand nackt vor mir. Sie grinste mich an, gab mir einen Kuss und legte ihre Hand auf meine Schulter.

»Na, schon gespannt? Du hast deinen Willen ja bekommen. Jetzt werde ich dir mal was neues zeigen«, sagte sie und blickte mich scharf an.

»Am besten ist, wenn du dich hinsetzt!«

Ich gehorchte.

Annalena hob ein Bein an und stützte sich damit auf meiner Schulter ab, wobei ich anfing sie langsam zu lecken. Ihre Vulva füllte sich mit ihrem süßbitteren Geschmack. Ich wollte mehr davon, ließ meine Zunge kreisen und stieß zaghaft in ihre Pussy.

»Mhmmm ...«, stöhnte Annalena und ich konnte fühlen, wie sie sich kurzzeitig entspannte. Ein kleiner Strom floss zwischen meinen Lippen in den Mund.

Ziemlich salzig, dachte ich nur.

Ich leckte ihre nasse Pussy trocken.

»Uhhh ...«, kam es von Annalena und ich leckte wieder ein wenig aus ihrer Pussy.

Annalena nahm ihr Bein von meiner Schulter.

»Ganz schön anstrengend. Dreh dich mal ein bisschen.«

Sie legte ihr anderes Bein auf meine Schulter und ich leckte sie genüsslich weiter. Ohne dass sie etwas sagte, schoss mir dieses Mal ein kleiner Strahl in den Mund und der Rest des

Sektes lief mir den Mundwinkel herunter. Ein kurzer Augenblick später kam ein weiterer Strahl.

Was bist du nur für ein versautes Ding, schoss es durch meinen Kopf, aber da kam bereits der nächste Strahl. Dieses Mal war es mehr und der Rest floss an mir herunter und tropfte auf die Fliesen. Es schmeckte einfach nur warm und salzig.

Ich leckte ihre Vulva, bis sie trocken war. Wir hatten beide ein wenig Angst, dass uns jemand bei diesem Spielchen erwischen konnte, obwohl die Tür abgeschlossen war. Wir brachen das Spiel ab. Ich wischte mir mit einem Handtuch den Mund ab und Annalena ging zur Toilette. Ich schob die Duschvorlage über die kleine Pfütze.

»Boar, du kleine Sau«, fuhr ich Annalena an und schüttelte mit den Kopf. »Was machst du nur für Sachen?«

Ich grinste. Sie musste lachen.

Dann ein Geräusch. Ich erschrak.

Irgendjemand war gerade an der Tür und hatte die Klinke heruntergedrückt. Annalena schaute mich an.

»Wollen die jetzt rein?«

»Nein, die hat doch extra gesagt, 12 Uhr.«

»Was machen wir jetzt?«, fragte Annalena nervös.

Ich gab ihr einen kurzen Kuss. Meine Hand wanderte zu ihrer Muschi. Sie war noch etwas feucht von ihrem Natursekt.

»Nein, das ist zu riskant. Ein anderes Mal vielleicht«, wies sie mich ab, »aber du wolltest doch noch einen Film machen, oder?«

»Ja, vom Licht her wäre es am besten, wenn wir das am Fenster machen.«

»Dann nehm ich einfach den Stuhl hier.«

Annalena setzte sich. Sie spreizte ihre Beine und legte eines über die Armlehne, wobei ihre Hand über ihr Bauchnabelpiercing zu ihrer Scham wanderte. Sie begann damit ihre Pussy zu massieren und zu fingern. Ich filmte sie und bat, sie nach einiger Zeit auch ihre Brüste zu kneten.

Nach fünf Minuten beendeten wir unsere Aktion, weil es schon kurz vor 12 war. Wir waren beide nackt, wenn jetzt jemand klopfen würde, müssten wir uns sehr schnell anziehen können.

Wir beschlossen uns anzuziehen und das Weite zu suchen.

Ich packte meine Sachen, vergewisserte mich noch einmal, dass ich alles hatte und wir verließen das Zimmer. Annalena begleitete mich zum Bahnhof. Als ich in den Zug stieg, winkte sie mir zum Abschied zu. Erst später sollte ich erfahren, dass es das letzte Treffen mit ihr war.

Die Erfahrung, die ich daraus mitnahm: Wenn du Single bist, kannst du einiges erleben. Mit Annalena hatte ich Dinge erlebt, die ich zuvor nicht mal kannte. Die Zeit mit Phebey war schön. Man fühlte sich geborgen, wenn man eine Beziehung hatte. Nun war ich frei, und auf der freien Wildbahn gab es wieder viel zu erleben. Das erinnerte mich an die Zeiten von früher. Damals waren es die Diskotheken, nun flirtete ich im Internet. Hier konnte ich mit vielen Frauen gleichzeitig flirten. Das hatten mir die Erlebnisse mit Sandra und Annalena gezeigt.

Außerdem überarbeitete ich meinen Internetblog, in dem es bislang nur ein paar ausgewählte Erlebnisse zu lesen gab. Ab sofort stellte ich alle meine Geschichten auf die Seite, inklusive einer Kommentar- und Bewertungsfunktion sowie einem Leserzähler für jede Geschichte. Schnell bemerkte ich, dass ich Geschichten gut einsetzen konnte, um neue Bekanntschaften zu knüpfen und dadurch Dates zu bekommen.

Doch bevor mich die Sehnsucht nach Neuem packte, zog mich die alte Erfahrung noch einmal über den Tisch.

Phebey meldete sich wieder. Wir schrieben und telefonierten und ich ließ mich auf ein weiteres Kapitel »Eigene Dummheit« ein.

Nach einigen Gesprächen wollten Phebey und ich noch einmal ein Treffen für die Aussprache. Sie bot mir an, mich am nächsten Wochenende zu besuchen. Meine Mutter hatte Geburtstag und bat darum, dass wir zu zweit zu Kaffee und Kuchen kommen sollten.

Phebey kam am Vormittag mit dem Zug und wir fuhren direkt zu meiner Mutter. Meine Mutter kannte und schätzte Phebey. Sie hatte sich gewünscht, dass wir wieder zueinander finden. Tief im Inneren hoffte ich dieses wohl auch. Es dauerte am Kaffeetisch jedoch keine Stunde, da bat Phebey darum, wieder zum Bahnhof gebracht zu werden.

Ich schaute meiner Mutter ins Gesicht, die noch gar nicht begriff, was sich in ihrer Wohnung abspielte. Meine Bitte, zu bleiben, quittierte Phebey nur mit einem eiskalten Blick.

Ich verstand die Welt nicht mehr.

Nachdem Phebey mit dem Zug abgereist war, kehrte ich in meine Wohnung zurück und schwor mir, diese Frau nicht wieder anzuschreiben oder anzurufen. Die Community, in der ich Phebey kennengelernt hatte, wurde von mir monatelang boykottiert. Dafür suchte ich mir in der Community von Sandra und Annalena alle nur halbwegs interessanten Kandidaten heraus und flirtete sie an. Mein Schicksal wollte es nicht anders, ich landete wieder bei zwei Freundinnen: Kathleen und Isabelle

Ein Drama war vorprogrammiert.

Kathleen und Isabelle

Kathleen war die erste der Beiden, die ich kennenlernte. Unsere Kennenlernphase dauerte etwa zwei Wochen. Das Schreiben in der Community empfand sie als langweilig und kam sehr schnell auf die Idee, dass wir telefonieren könnten. Wir tauschten die Nummern aus und ich rief sie an. Wir redeten beim ersten Mal gleich mehrere Stunden.

Das Gespräch verlief sehr locker, genauso wie der Chat davor. Ich war sehr aufgeregt und der Umstand, dass Kathleen beim Telefonieren andauernd von ihrem Bruder unterbrochen wurde, ließ mich nicht zur Ruhe kommen. Als sich Kathleen in ihrem Zimmer eingeschlossen hatte, legte sich meine Aufregung. Wir hatten uns einiges zu erzählen und nach einer Stunde landeten wir in einem versauten Dialog.

Wir wurden beide neugierig auf mehr und einigten uns auf ein Abenteuer in den nächsten Wochen. Ich hatte Kathleen noch nicht gesehen. Dieses Mal war ein richtiges Blinddate. Wir hatten keine Fotos getauscht. Das ließ uns nur noch ungeduldiger werden. Schon am nächsten Tag telefonierten wir wieder miteinander und vereinbarten ein Date für den nächsten Samstag. Kathleen wollte ihre beste Freundin Isabelle mitbringen. Ich stimmte zu, unwissend dass wegen genau dieser Person ein großes Drama entstehen sollte.

Am Samstagmorgen fuhr ich mit einem Wochenendticket nach Hamburg und traf Kathleen direkt am Hamburger Bahnhof. Sie war mir sympathisch, optisch für meinen Geschmack jedoch nur Durchschnitt. Sie war blond, hatte mittellange Haare und blaue Augen. Ihre Figur war etwas pummelig, aber die Proportionen stimmten. Eine größere Oberweite und ein draller Po ließen sie allerdings nicht unattraktiv wirken.

Ich beschloss, ihr eine Chance zu geben, denn ich konnte erkennen, dass sie starkes Interesse an mir zeigte. Wir holten Isabelle ab und fuhren mit dem Bus zu einer nahegelegenen S-Bahn-Station.

Der Zug hatte etwas Verspätung. Kathleen und ich standen schon Händchen haltend auf dem Bahnhof und Isabelle schaute nur entgeistert zu. Leider hatten wir keinen Jungen für sie aufgabeln können und das tat mir echt leid, die Süße dort so leiden zu sehen. Im Vergleich war sie wesentlich attraktiver.

Sie war sehr groß, schlank und hatte große Augen. Das war etwas, was mich immer fesseln konnte. Ihre langen, lockigen Haare tanzten im Wind, während sie dort alleine vor einer Plakatwand stand.

»Heute schon was vor?«, warb eine Online-Datingseite auf dem Plakat.

Mit dir hätte ich auf jeden Fall etwas vor, du hübsche Brünette, schoss es mir durch den Kopf.

Ich schob den Gedanken beiseite.

Kathleen und ich gaben uns einen flüchtigen Kuss und umarmten uns, während wir uns unterhielten. Meine Augen hatte jedoch bereits ein anderes Ziel.

»Soll ich dir mal einen Tipp geben?«, fragte Isabelle und blickte mich dabei an, als sie uns so zusammen sah.

»Was??«, protestierte Kathleen und löste sich von mir. Die beiden tuschelten kurz.

»Nein, ich warne dich«, schrie Kathleen.

»Mir doch egal.«

Sauer wie sie war, entfernte Kathleen sich ein paar Meter von uns.

»Was für ein Tipp?«, fragte ich neugierig.

»Sie wird total geil, wenn man sie am Hals und an den Ohren leckt«, sagte Isabelle zur mir und grinste.

»Das wusste ich schon«, gab ich gelangweilt zu.

»Erzähl mir lieber was dich geil macht ...«

»Von wem das denn?«, fragte Isabelle entsetzt.

»Sie hat es mir selber bei unserem ersten Telefonat erzählt.«

»Aha, anscheinend weiß sie das gar nicht mehr«, meinte Isabelle völlig baff.

»Wahrscheinlich hat sie das vor lauter Geilheit vergessen«, sagte ich und grinste dabei frech. Isabelle stand mir einige Sekunden gegenüber und wir schauten uns direkt in die Augen.

Ich will dich, sagten ihre Augen.

Und ich dich erst, du heiße Brünette, schoss es mir durch den Kopf. *Sie spannt ihrer Freundin gerade das Date aus, mein Lieber,* warnte mich eine Stimme in meinem Kopf.

Kathleen kam wieder zurück.

»Don weiß das ja schon«, protestierte Isabelle. »Du hast ihm das selbst erzählt!«

»Hab ich das?«

»Ja, im Telefonat«, ergänzte ich Isabelle.

»Da weiß ich ja gar nix mehr von …«, gestand Kathleen ein.

Ich umarmte Kathleen und gab ihr einen Kuss, wobei ich langsam mit meiner Zungenspitze an ihrer spielte. Sie löste sich von mir und schaute mich an.

»Der hat voll die geilen Augen, nicht Isabelle?!«

Ich wurde rot, musste ich doch an die Situation mit Isabelle denken.

»Ihr immer mit meinen Augen, was daran so geil ist …«, grummelte ich.

Kathleen verpasste mir einen richtigen Zungenkuss. Isabelle stand enttäuscht daneben.

Ja ja, dachte ich nur, *dich haben wir heute Nachmittag aber noch mit eingeplant – und du kommst mit.*

Ich grinste Kathleen an. Ein paar Minuten später kam die Bahn. Wenige Stationen mit der U-Bahn später standen wir vor dem beleuchteten Torbogen des Hamburger Doms. Zuerst war nicht sehr viel los, es war auch noch Nachmittag. Gegen Abend füllte sich das Gelände.

Die Menschen drängten sich durch die Gänge und wir hatten teilweise Mühe, uns nicht zu verlieren. Eltern, die ihre Kinder von Stand zu Stand zogen. Einige der Kinder hatten rosafarbene Zuckerwattebäumchen vor ihrem Gesicht. Die anderen liefen mit einem Schokoapfel durch die Gegend. Es roch nach Pizza, gebrannten Mandeln und Popcorn.

Ich folgte Isabelle, die voranging und hielt Kathleens Hand, um sie nicht zu verlieren. Zwischendurch blieben wir stehen, Kathleen und ich küssten uns. Ich liebkoste immer häufiger Kathleens Hals, worauf ich zu hören bekam: »Oh nein, lass das bitte! Hörst du wohl auf!«

Aber ich dachte gar nicht daran. Ich neckte sie weiter. Ein Stück weiter bekamen Isabelle und ich nur zu hören: »Man ich bin so feucht, mich könntest du mit geschlossenen Augen sofort fingern!«

Isabelle und ich stockten.

»Mensch Kathleen ...«, kam es nur von Isabelle.

»Ist aber so«, konterte sie frech zurück.

Wir ließen das unkommentiert und gingen weiter.

Vorm »Chaos« unterhielt sich Isabelle mit einem Bekannten. Kathleen und ich beschlossen in die Geisterbahn zu gehen. Wir saßen beide in einem Wagen und freuten uns schon, als dann ausgerechnet noch ein Vater mit seinen beiden Töchtern in unseren Wagen stieg. Aus der Traum vom Fummeln in der Geisterbahn. Wir kehrten zum »Chaos« zurück und warteten dort aneinander gekuschelt, während Isabelle sich weiterhin unterhielt.

Mittlerweile war es schon 19.30 Uhr und wir machten uns auf den Weg zum Bahnhof. Dort schauten wir gerade noch bei Mc Doof vorbei. Kathleen und Isabelle verschwanden auf der Toilette, während ich uns etwas bestellte.

Nachdem wir etwas gegessen hatten, brachten mich Kathleen und Isabelle noch zum Bahnsteig. Um 20.12 Uhr ging mein Zug und ich verabschiedete mich von Kathleen mit einem Zungenkuss. Auf der Rückfahrt ließ ich diesen Nachmittag noch einmal Revue passieren. Ich kam zum Entschluss, dass ich mich weiter um Kathleen kümmern sollte. Es war ihr Date und es wäre nur gerecht, ihr die erste Chance zu geben. Da ahnte ich jedoch nicht, was in den darauffolgenden Tagen passieren würde.

Die Überraschung

Am Sonntagnachmittag bekam ich eine SMS von Isabelle. Ich wunderte mich etwas, denn ich hatte ihr nicht meine Nummer gegeben. Auf dem Dom wollte ich sie eigentlich danach fragen, aber ich hatte Angst, Kathleen würde bemerken, dass ich mich für Isabelle interessierte.
Wir tauschten die Telefonnummern aus und ich rief sie auf der Festnetznummer an. Nach einer kurzen Begrüßung erzählte sie mir, was sie mir wichtiges zu berichten hatte.
»Kathleen hat sich in dich verliebt.«
Ich seufzte innerlich, denn ich hatte etwas anderes erwartet. Das war jedoch auch der Moment, wo mir klar wurde, dass Kathleen und ich nie eine Chance hatten, wenn ich schon selbst ihrer besten Freundin nicht widerstehen konnte.
»Genau das hatte ich befürchtet ...«, meinte ich zu Isabelle.

»Warum denn? Was ist daran so schlimm?«, fragte sie und war etwas irritiert, dass ich mich nicht freute.

»Ich wollte nur ein Abenteuer. Mhm, eigentlich wollte ich noch was anderes ...«, tastete ich mich langsam vor.

Isabelle wurde neugierig.

»Was denn?«

»Ach, ich weiß nicht, ob ich das sagen kann, wahrscheinlich legst du dann gleich auf.«

»Nein, jetzt sag, ist ja nicht schlimm. Mich kann nicht mehr viel schocken.«

»Ich hab von Kathleen gehört, dass ihr schon mal nen Dreier mit deinem Ex hattet«, gab ich vor, um ihr mein Interesse an ihr zu zeigen.

»Aha, und du würdest so etwas mal gern ausprobieren?«, fragte sie.

Ich konnte ihr Grinsen in der Stimme hören.

»Genau«, stimmte ich kurz zu, ohne ihr zu sagen, dass ich damit schon Erfahrung hatte.

Ich wartete gespannt auf ihre Antwort. Es dauerte ein paar Sekunden, die mir unendlich lang vorkamen.

»Ich hätte nichts dagegen, ich finde dich sympathisch«, sagte sie freudig. »Ich habe am Mittwoch Geburtstag, wie wäre es, wenn du Samstag vorbeikommst, da wollte ich nachfeiern? Kathleen ist auch hier. Wir erzählen ihr natürlich nichts davon.«

»Das hört sich gut an. Wird bestimmt eine tolle Überraschung für sie«, stimmte ich zu.

Innerlich freute ich mich, denn ich sollte jetzt nicht nur in den Genuss kommen, Isabelle zu genießen. Ich dürfte beide Frauen in meinen Armen halten.

Es blieb nicht bei dem einen Telefonat zwischen Isabelle und mir. In der Woche telefonierten wir fast jeden Abend miteinander. Mein Interesse an Isabelle wurde immer stärker. Mit ihrer frechen, freudigen Art stieg sie bald schon vor Kathleen in meiner Datingliste. Kathleen hingegen rutschte ab und es gab nur ein Telefonat in der Woche, in welchem ich mich sehr bedeckt hielt.

Am Donnerstag sprach ich wieder mit Isabelle, um noch einige Dinge zu klären. Ich sollte noch einen Kumpel mitbringen, damit Isabelle nicht allein wäre. Ich entschied mich für Nico, weil ich dachte, dass er ihr bestimmt gut gefällt. Da er Fußballfan war, würde er etwas später mit seinem Kumpel nachkommen. In der Zeit würde ich genügend Gelegenheit haben, mich um Isabelle und Kathleen zu kümmern. Innerlich hoffte ich, dass Nico ihr egal sein würde.

Isabelle und ich schlossen noch eine Wette ab und legten einen Wetteinsatz fest. Ich würde etwas früher zu ihr fahren. Kathleen sollte erst später auftauchen, damit Isabelle und ich Zeit hatten, den Wetteinsatz einzulösen. Wenn Isabelle die Wette gewinnen würde, dürfte sie sich um mich kümmern, könnte mich aber jederzeit einfach stehenlassen. Klar fand ich das nicht okay, aber wenn man eine Wette verliert, muss es ja eine Strafe oder einen Gewinn geben.

Würde ich gewinnen, würde ich ihre Handgelenke an ihre Füße fesseln, und sie mit meinem Schwanz und einem Dildo in beiden Öffnungen verwöhnen. Eigentlich war das weniger eine Strafe für sie, aber der Spaß lag ganz klar auf meiner Seite.

Am Freitagabend gab es das Nordderby zwischen dem HSV und Hannover 96. Der HSV gewann dieses Spiel und somit gewann Isabelle unsere Wette. Ich konnte mich trotzdem auf ein aufregenden Samstag freuen, das war gewiss.

Die Geburtstagsfeier

Ich fuhr bereits am Samstagmittag mit dem Zug nach Hamburg und Isabelle holte mich am Bahnhof ab. Eigentlich wollte ich sie zuerst mit einem Kuss begrüßen, aber in diesem Moment waren so viele Menschen auf dem Bahnsteig, dass wir unsere Begrüßung auf die Rolltreppe verlagerten. Isabelle war eine Stufe vor mir und ich blickte ihr direkt auf den Po. Ich seufzte.
Es wird bestimmt noch eine Gelegenheit zum Küssen geben, beruhigte ich mich selbst.
Wir stiegen in den Bus und Isabelle erzählte mir, dass sie Kathleen bereits in einer Stunde erwartete.
Ich war etwas enttäuscht.
So hatte ich mir das nicht vorgestellt. Sie musste schließlich noch ihren »Gewinn« einfordern. Gut, ich hatte verloren, aber ich hätte nichts dagegen gehabt, wenn Isabelle mich ein bisschen quälen würde. Kurze Zeit später folgte die nächste schlechte Nachricht: Einen Dreier würde es an diesem Abend nicht geben, denn Isabelle hatte ihre Tage bekommen.

Das lief schon wieder alles überhaupt nicht nach Plan, dachte ich.

Bei ihr angekommen, gingen wir in ihr Zimmer und schlossen die Tür. Ich schaute mich um und stellte meinen Rucksack ab, um ihr das Geburtstagsgeschenk und eine Flasche Sekt zu überreichen. Wir kamen noch einmal auf die Wette zu sprechen.

»Hm, und was machen wir jetzt? Hast du ein Vorschlag?«

Isabelle saß mir gegenüber. Sie schaute mich mit ihren grünbraunen Augen interessiert an.

»Nein, du?«

»Wie lange braucht Kathleen noch, bis sie hier ist?«

»Eine viertel Stunde ungefähr«, entgegnete Isabelle.

»Okay ...«

Isabelle sah mir gebannt in meine Augen. Ich beugte mich nach vorne, in ihre Richtung.

»Wie wäre es mit einem Zungenkuss?«, flüsterte ich.

»Ich hab nichts dagegen«, flüsterte sie, während ihre Lippen ein Lächeln formten.

Ich beugte mich noch weiter nach vorne, strich ihr mit einer Hand durch das lockige Haar und berührte ihre zarten Lippen, um mit ihrer Zunge zu spielen. Der Kuss war irgendwie anders. Er war zart und weich, nicht so fordernd und hart wie mit Kathleen. Wir küssten uns ein weiteres Mal. Kathleen war mir egal.

Das war irgendwie anders, viel zärtlicher – viel besser.

Es klingelte.

»Kathleen«, stieß Isabelle aus.

Ich zog sie noch einmal zu mir und wir küssten uns.

»Die darf davon nichts wissen, das ist klar!?«, sagte Isabelle etwas panisch.

»Ja, ich weiß.«

Kathleen war mittlerweile im 3. Stock angekommen und trat in die Wohnung.

»Oar nein, Don, was machst du hier?«

Sie blickte mich mit weit aufgerissenen Augen an.

Isabelle und ich grinsten. Die Überraschung war gelungen. Ich gab Kathleen einen kurzen Begrüßungskuss, fühlte mich dabei jedoch etwas unwohl.

Wir redeten kurz darüber, wie meine Fahrt war und setzten uns auf Isabelles Bett. Kathleen kuschelte sich sofort an mich und ihre Finger fuhren ohne zu zögern unter meine Jeans.

Du willst es echt wissen, was, dachte ich.

Ihr war es anscheinend egal, dass Isabelle alles mitbekam. Nach einigen Minuten ging Kathleen kurz aus dem Zimmer, weil sie ins Bad musste. Ich stand auf und ging zwei Schritte auf Isabelle zu, die direkt vor mir stand.

»Überraschung gelungen, was?«

»Ja«, antwortete sie und stützte sich mit ihren Händen am Schreibtisch ab.

Isabelle trug ein rotes Top und ich bemerkte, wie sich ihre Nippel durch den dünnen Stoff drückten. Ich konnte nicht widerstehen und holte mir einen kurzen Zungenkuss. Kathleen kam wieder. Ihr war nichts aufgefallen.

Isabelle kam auf die Idee, Wahrheit, Tat oder Pflicht zu spielen. Das stellte sich schnell als gute Auflockerung für den späten Nachmittag heraus. Kathleen verlangte z.B. von

Isabelle, dass sie mich küssen sollte. Einen Zungenkuss wie wir ihn schon hatten. Ich musste grinsen.

Isabelle kam mir entgegen und tat so, als würde sie das überhaupt nicht gut finden, denn sie zickte ein bisschen herum.

Du bist schon ein sehr böses Mädchen, dachte ich, als sich unsere Lippen erneut berührten. Ich genoss diese weichen Lippen.

Als nächstes durfte Kathleen Isabelle küssen.

Irgendwann stoppte das Spiel, weil wir interessante Gesprächsthemen fanden. Ich weiß nicht warum, aber nach einiger Zeit überkam mich das Gefühl, Isabelle nahe sein zu müssen. Die Konsequenzen waren mir in diesem Moment egal. Ich umarmte Isabelle und küsste sie. Isabelles Grinsen ließ verlauten, dass sie anscheinend nur darauf gewartet hatte, dass es passierte. Kathleen dagegen lief weinend aus dem Zimmer.

Jetzt warst du wirklich ein Arschloch, dachte ich. *Es hätte aber auch ein Einstieg für den Dreier sein können*, verteidigte ich mich selbst.

»Ich rede mal mit ihr«, meinte Isabelle und ging hinterher, und folgte ihr ins Badezimmer.

Ich saß auf dem Bett und wartete. Minuten vergingen, bis die beiden wieder ins Zimmer kamen.

»Ihr redet jetzt mal miteinander, ich komme in 20 Minuten wieder«, sagte Isabelle, ging und schloss die Tür hinter sich.

Aber anstatt zu reden, stürzte sich Kathleen auf mich und machte mich mit ihren Zungenküssen geil.

»Willst du ni...«, brachte ich zwischendurch heraus.

Kathleen presste mir stattdessen ihre Brüste ins Gesicht und griff mir in die Hose, um meinen Schwanz zu wichsen.

Was zum Teufel geht in dieser Frau vor, versuchte ich verzweifelt herauszufinden.

Dann kam Isabelle herein. Kathleen brach alles ab.

»Ich hab nichts dagegen, wenn ihr weitermacht«, provozierte Isabelle.

Ich küsste Kathleens Hals und machte weiter.

»Nein, hör auf, ich will das nicht«, kam es von Kathleen, die sich nun gegen jede Berührung wehrte.

Ich stockte. Warum wollte sie jetzt nicht mehr, sie hatte doch anfangen.

»Ich geh mal kurz ins Bad«, wich Kathleen aus, stand auf und verschwand. Isabelle kam zu mir und gab mir einen Kuss.

»Ich glaube, das wird nichts mehr«, bemerkte ich.

»Wieso, sie ist doch total geil! Sie will dich«, zwinkerte mir Isabelle zu.

»Das will ich aber nicht. Ich will euch beide. Vor allen Dingen dich ...«, sprudelte es aus mir heraus.

Damit hatte Isabelle nicht gerechnet.

»Okay, ich rede mal mit ihr«, sagte Isabelle.

Kathleen kam wieder. Isabelle erklärte ihr noch einmal, dass es nur um einen Dreier ging. Die Stimmung war für die nächsten Stunden auf dem Tiefpunkt. Kathleen versuchte mir die Schuld zu geben und machte Andeutungen, dass sie sich etwas antun würde. Isabelle und ich waren sichtlich genervt. Zwischendurch telefonierten wir mit Nico und seinem Kumpel. Sie waren mittlerweile auf dem

Weg nach Hamburg. Um 22.30 Uhr brachten wir Kathleen zum Bus. Sie war so sauer, dass sie mich nicht einmal verabschiedete.

Isabelle und ich gingen wieder zurück zum Haus. Ich überlegte, ob ich Isabelle umarmen sollte, ließ es aber. Wir gingen kurz in die Stube, weil Isabelles Vater gerade von der Arbeit zurück war. Ich warf Isabelle zwischendurch einige Blicke zu, die ihr zeigten, dass ich mit ihr in ihr Zimmer gehen wollte. Dann rief Kathleen an und wir verschwanden aus der Stube. Mittlerweile hatte ich schon einige SMS von Kathleen bekommen, in denen sie schrieb, dass es ihr leid täte.

Isabelle wimmelte Kathleen am Telefon ab.

»Ich hab keine Lust mir das alles ein weiteres Mal anzuhören!«

Ich rückte näher zu ihr und umarmte sie.

»Tut mir leid, war leider kein toller Geburtstag für dich. Ich hatte mir das anders vorgestellt«, entschuldigte ich mich.

»Ich mir auch, aber du kannst ja nix dafür.«

Sie schaute mich an. Ich berührte ihre Lippen und ließ meine Zungenspitze mit der ihren spielen. Wir kuschelten uns aneinander und in einem Augenblick, als wir uns nicht küssten, flüsterte ich ihr ins Ohr:

»Was ist eigentlich mit unserer Wette?«

»Ja, stimmt, ich habe ja gewonnen! Das heißt, ich darf dich richtig schön geil machen und dich danach fallenlassen.«

Ihre Augen leuchteten, als sie diesen Satz aussprach. Ich

war schon geil und mir war egal, ob sie mich nachher fallen lassen würde.

Wir küssten uns wieder, während ich ihr über den Rücken strich. Langsam wanderte ihre Hand zu meiner Hose, öffnete den Knopf und den Reißverschluss.

»Ui, er ist ja wach«, flüsterte sie mir ins Ohr, als sie meinen Schwanz streichelte,

Ohne zu zögern fing sie an, ihn mir richtig hart und schnell zu wichsen.

»Ooar, Isabelle ...«

Sie legte eine Pause ein, um mich zu ärgern und meinen Orgasmus hinauszuzögern. Ein paar Minuten später streichelte sie über meinen harten Schwanz und begann ihn weiter zu wichsen. Meine Hände erkundeten ihre Brüste und ich tastete mich zu ihrem BH vor. Ich löste die Haken und befreite ihre weiblichen Rundungen. Liebkosend wandte ich mich ihren Brüsten zu. Da aber zu jeder Zeit jemand hereinkommen konnte, weil die Tür nicht abschlossen werden konnte, blieb ich sehr vorsichtig.

»Isabelle, ich bin so geil, du kannst alles mit mir machen«, stöhnte ich ihr leise ins Ohr.

»Ja, gefällt dir das so gut?«

»Jaa, mhhm, so geil hab ich das ja noch nicht erlebt«, stöhnte ich.

Sie lächelte. »Ich hab ja schon ein bisschen Erfahrung.«

»Möchtest du mir einen blasen?«, fragte ich, weil ich es einfach nicht mehr aushielt.

Ohne zu antworten, rutschte sie nach unten und lutschte langsam und genüsslich an meinem harten Phallus, ohne mich dabei aus den Augen zu lassen.

Das Handy klingelte.

»Oarrr nein ...«, fluchte ich.

Isabelle ließ von mir ab und musste lachen. Ich zog mir die Hose hoch und drückte die Taste an meinem Handy. Es war Nico. Er war kurz vor Hamburg. Ich gab Isabelle das Handy, damit sie ihm den Weg erklären konnte. Als das Gespräch beendet war, hatte ich wieder ihre uneingeschränkte Aufmerksamkeit.

»Na, das war auch eine Unterbrechung«, sagte sie frech und grinste dabei.

Ich schob ihr Top hoch, um an ihren harten Nippeln zu saugen.

»Du hast eine hübsche Oberweite«, rutschte es mir heraus.

»Schöner als Kathleen ihre?«

»Ja, auf jeden Fall!«

Ihre Finger waren schon wieder in meiner Hose.

Warum hatte sie bloß ihre Tage?

»Hm, er schläft ja ...«

Der Kommentar war überflüssig, denn sie umschloss ihn gleich mit ihren Fingern und wichste ihn innerhalb von einigen Sekunden zu seiner vollen Größe.

Ich stöhnte ihr leise ins Ohr, was sie nur noch mehr anspornte. Sie küsste mich und ließ mich mit ihrer Zunge spielen. Es dauerte nicht lange, dass ich kurz davor war zum Orgasmus zu kommen, da klopfte es an der Tür.

Ganz schnell die Hose an, dachte ich.

Isabelle zupfte ihr Top zurecht und ließ nur ein »Ja« los.

Der Vater kam rein.

»Nico hat angerufen. Sie sind in Hamburg, ich lotse sie weiter. Ich sag euch Bescheid, dann könnt ihr sie unten an der Straße abholen.«

»Okay Dad«, antwortete Isabelle.

Ihr Vater verließ das Zimmer.

Sie schaute mich an.

»Schaffen wir das, die müssten ja schon gleich hier sein!?«, fragte sie mich, obwohl sie die Antwort wusste.

»Wenn du so geil weitermachst, wie vorhin, komm ich bestimmt schon bald! Oder möchtest du, das ich es mir selber mache?«, schaute ich traurig.

»Vielleicht ...«

Wieder küssten wir uns. Sie machte mich so geil damit, dass ich schon gleich wieder einen Ständer bekam. Isabelle umfasste ihn und wichste ihn mit schnellen, harten Bewegungen. Jetzt dauerte es wirklich nicht mehr lange. Sie hatte mich so lange hingehalten, dass es mir richtig heftig kam. Schnell zog ich ihre Hand weg und meinen Slip über meinen Schwanz. Aber das war schon zu spät, und die Hälfte versaute mir meine Hose.

Isabelle besorgte schnell ein Taschentuch aus meinem Rucksack. Ich hatte mich kaum angezogen und die Hose zugeknöpft, da klopfte es an der Tür.

»Wir gehen nach unten«, meinte Isabelle zu mir.

Als wir an der Straße warteten, gab ich ihr noch schnell einen Kuss.

»Danke, dass du nicht aufgehört hast«, sagte ich und schaute ihr dabei tief in die Augen.

Isabelle lächelte und nickte.

»Es hat mir Spaß gemacht.«

Nico und sein Kumpel trafen einige Minuten später ein. Und es passierte das, was ich prophezeit hatte: Isabelle verliebte sich Hals über Kopf in Nico. Wir blieben noch eine halbe Stunde bei ihr. Ich saß zufrieden daneben und beobachtete die beiden. Meinen Spaß hatte ich gehabt, auch wenn ich gerne mal eine Nacht mit Isabelle verbracht hätte. Aber nun nahm die Geschichte wohl einen anderen Lauf, das konnte ich in ihren Augen sehen. Bei jedem Blick zu Nico leuchteten sie auf.

Es gab ja noch weitere interessante Frauen in der Community. Ich dachte wieder an das Profil von Anita. Sie war wirklich unglaublich hübsch. Ich sollte sie mal anschreiben. Sie kam aus Stuttgart und in ihrem Profil waren unzählige Fotos von ihr zu sehen. Ihr schwarzes Haar und die großen dunklen Augen fesselten mich vor dem Bildschirm. Die Fotos zeigten sie in ihrem Zimmer mit einem Red Bull in der Hand, in Stuttgarts Innenstadt beim Einkaufbummel mit ihrer Freundin, tanzend auf einer alten Mauer unmittelbar am Mittelmeer bei strahlendem Sonnenschein, in einem Strandkorb mit Sonnenhut an der Ostsee und knutschend mit ihrer besten Freundin. Sie trug auffallend viel Pink mit Strass, was ich aber kaum wahrnahm, denn ihre Augen hatten meine ganze Aufmerksamkeit. Sie leuchteten wie dunkles Bernstein.

Entfernung hin oder her. Blingbling hin oder her. Eingebildete Fotos hin oder her.

Das sagte gar nichts über ihren Charakter aus. Sie könnte die netteste Person auf der Welt sein und sich gleich in mich verlieben.

Verlieben, das glaubst du wohl selbst nicht. Außerdem hat so eine Wahnsinnsfrau bestimmt schon einen Freund, warf mein Hirn ein. Damit war die innere Diskussion erst einmal beendet und ich kehrte in die Realität zurück.

Wir verließen die Wohnung. Nico, sein Kumpel und ich fuhren in die Hamburger Innenstadt, um zu feiern. Isabelle blieb zu Hause. Das wunderte mich. Mitten in der Nacht landeten wir noch auf der Reeperbahn und die zwei Jungs wollten unbedingt um eine Erfahrung reicher werden. Ich hingegen war tiefenentspannt.

»Wir holen uns jetzt Geld vom Automaten und gehen in den Club und suchen uns was nettes aus.«

»Jungs bitte, das können wir auch überspringen«, warf ich ein.

»Komm Don, die Blondine von eben war doch wirklich ein Knaller.«

»Ich hatte meinen 'Knaller' heute schon ...«, sagte ich und grinste zufrieden.

Wir standen auf der Straße, vor uns eine lange Schlange am Geldautomaten. Natürlich waren es nur Männer. Vorne fluchte jemand.

»Ich hole mir etwas zu essen«, sagte ich trocken und ging zwei Häuser weiter zu einem Dönerladen.

Im Rücken vernahm ich ein erneutes Fluchen. Der gut gebaute Mann stapfte an mir vorbei.

»So ein dämlicher Automat. Warum wird so etwas nicht repariert ...«

Ich drehte mich um und rief Nico und seinem Kumpel zu, dass der Automat defekt sei. Dafür erntete ich von der gesamten Schlange böse Blicke.

Wie kann man nur so dämlich sein, dachte ich, während ich meinen Gang zur Dönerbude fortsetzte.

Meinen Döner in der Hand schaute ich mir das Spektakel aus sicherer Entfernung an und hatte Mühe keinen Lachflash zu bekommen. Eine Schlange von 20 Männern, die Geld abholen wollten. Nacheinander steckten sie ihre Geldkarte in den Automaten, der sie wieder ausspuckte. Ein Fluchen und der Nächste war an der Reihe. Nach zehn Minuten kam Nico zu mir.

»Der Automat ist defekt«, sagte er und grunzte.

»Hab ich euch doch gesagt«, entgegnete ich.

»Lass uns mal fahren. Es ist schon 4 Uhr und ich muss mittags wieder fit sein.«

»Habe nichts dagegen«, stimmte ich zu und folgte den beiden auf dem Weg zum Auto.

Ich musste an Isabelle denken und es machte sich Enttäuschung breit. Kathleen hatte ich verloren und nun würde mir Isabelle mit Nico durchbrennen. Das hatte ich anders geplant. Zum Glück gab es noch andere.

Die Abmachung

Am nächsten Tag telefonierten Isabelle und ich wieder miteinander. Ich beichtete ihr, dass ich sehr enttäuscht war, dass es mit dem Dreier nicht geklappt hatte.

»So ist das halt mit den Träumen, manche werden nie wahr«, stimmte sie voller Überzeugung zu.

Nico hatte sich noch nicht bei ihr gemeldet und sie war über beide Ohren verliebt!

»Ich würde mir ja auch so gern mal einen Dreier mit zwei Männern wünschen, aber das wird nie was«, fügte sie hinzu.

Ich weiß nicht, was mich dazu brachte, aber ich machte ihr ein Angebot: Ich würde Nico dazu bringen, noch einmal mit mir nach Hamburg zu fahren und mit ihr eine Nacht zu verbringen, wie sie es sich so sehnlichst wünschte und sie würde mir dann einen Dreier mit einer hübschen Bekannten verschaffen.

»Hm ...«, überlegte sie, »wir haben da eine in der Berufsschule, die will das auch unbedingt mal ausprobieren. Sie ist schlank, hat brünette Haare und sieht ziemlich süß aus.«

Zwei Tage später rief ich wieder bei ihr an. Sie hatte mal angedeutet, dass sie Telefonsex ausprobieren wollte und ich hatte an dem Tag echt Lust darauf.

Nach einen paar versauten Andeutungen und Fantasien war es so weit. Ich konnte ihre Geilheit förmlich durch das Telefon spüren und erzählte ihr, was ich gerne mit ihr machen würde. Ein Wort gab das nächste und wir verschafften uns beide an diesem Abend eine fernmündliche Erleichterung.

Ein paar Tage später rief Isabelle an und ich konnte nach wenigen Sätzen schon erkennen, was ihr Anliegen für diesen Anruf war. Ich ließ mich darauf ein und so erzählte jeder von uns dem anderen, was er gerne machen würde. Es dauerte nicht lange, da hatten wir beide unsere Hände zwischen den Beinen und stöhnten in den Telefonhörer, um den anderen anzuheizen. Später bekam ich eine SMS von Isabelle:

> *Es war eben richtig geil mit dir! Am besten ist es live. Ich will dich spüren. hdl*

Samstagabend traf ich Nico in der Disco. Wir setzten uns an die Theke und tranken etwas. Es dauerte nicht lange, da fiel das Gespräch auf Isabelle und er gestand mir, dass er nicht sonderlich interessiert war. Für Isabelle war das keine erfreuliche Nachricht und ich bat ihn darum, das selbst zu klären. Ich wollte nicht der Überbringer diese Nachricht sein, das war etwas zwischen ihnen.

Nico setzte bei Isabelle jedoch auf eine andere Strategie: Einfach nicht mehr antworten und das Handy klingeln lassen. Das trieb Isabelle wiederum in meine Arme, denn sie rief mich alle paar Tage an.

Isabelles Freundin meldete sich ebenfalls nicht. Sie hatte angeblich wenig Zeit. Isabelle und ich genossen dafür unseren Telefonsex. Irgendwann war Isabelle das jedoch zu blöd. Nach einer besonders wilden Fantasie hielt sie nichts mehr:

»Hey Großer, hast du am nächsten Wochenende Zeit? Kannst du Samstag kommen? Dann löse ich mein Versprechen ein.«

Ich überlegte nicht lange.

»Klar, ich habe Zeit. Komme dich am Samstag besuchen«, sagte ich und freute mich innerlich.

Am Samstag saß ich im Zug nach Hamburg. Am Tag zuvor bekam ich abends noch eine SMS von Isabelle:

> *War schön baden und hab mich überall rasiert. Freu mich auf dich. Bis morgen!*

Als ich aus dem Zug stieg, stand sie schon da: Ihre braunen Augen durchsuchten die Menschenmenge nach mir und strahlten, als sie mich erblickten. Wir nahmen uns in den Arm und ich gab ihr einen kurzen Begrüßungskuss. Diese sanften Lippen hatte ich irgendwie vermisst. Sie nahm meine Hand und wir gingen zur U-Bahn-Station.

Ich erinnerte mich an die Stationen, die wir anfuhren. Fünf Stationen mit der U1 und wir waren am Ziel. Danach ging es mit dem Bus weiter. Ich hielt zwischendurch ihre Hand, selbstverständlich auch auf dem kurzen Weg zwischen Busstation und der Wohnung.

Bei ihr angekommen, begrüßte ich die Eltern. Das dauerte ein paar Minuten. Isabelle verdrehte die Augen, zog mich aus dem Wohnzimmer und nahm mich mit in ihr Zimmer.

»Als ob ich 16 wäre ...«, grummelte sie beiläufig.

»Bitte?«, fragte ich.

»Meine Eltern! Ich komm mir jedes Mal vor, als müsste ein neuer Kerl immer durch ihre Kontrolle. Dabei kennen sie dich schon vom letzten Mal.«

Die Tür fiel ins Schloss und Isabelle drückte mich gegen das Holz, um mich mit ihren zarten Lippen zu erobern.

»Mmhm, deine zarten, geilen Küsse hab ich vermisst ...«, flüsterte ich ihr ins Ohr.

Nach ein paar Minuten war es Zeit für eine Pause und Isabelle legte die CD ein, die ich mitgebracht hatte. Nachdem sie auf »Play« gedrückt hatte, kam sie wieder zur mir. Ich nahm sie in die Arme, roch dabei das süßliche Parfüm an ihrem Hals, welches ich ihr das letzte Mal zum Geburtstag geschenkt hatte. Ein wirklich aufregender Duft.

Wir wechselten auf das Bett und küssten uns dort weiter. Langsam fuhr ich mit meiner Hand unter ihre Baumwolljacke und das Top, das sie darunter trug. Meine Fingerspitzen ertasteten ihre Brüste und schoben den BH etwas herunter, damit ich mit ihrem harten Nippel spielen konnte. Mit der anderen Hand öffnete ich den Reißverschluss der Jacke und zog sie über ihre Arme. Nun rollte ich langsam das schwarz-weiße Top hoch, unter dem der lilafarbene durchsichtige BH zum Vorschein kamen.

Ich öffnete den Haken auf ihrem Rücken und schob den BH zur Seite, um ihre Brüste und deren harten Nippel zu lecken. Sie hatte kleine, aber lange Nippel, die durch ihre Erregung sichtbar abstanden. Langsam fuhr meine Hand unter ihre Hose und ihren String. Ich strich über ihre großen geschwollenen Schamlippen und suchte mit einem Finger ihre Lustgrotte. Als ich mit meinem Finger in sie eindrang, spürte ich wie ihre Arme mich fest umschlossen. Isabelles Küsse wurden wilder und unkontrollierter, als ich begann sie schnell und heftig zu fingern.

Soweit bist du letztes Mal nicht gekommen, dachte ich.

Gerade in diesem Moment klopfte es an der Tür. Isabelle stand innerhalb weniger Sekunden kerzengerade drei Meter vom Bett entfernt an der Tür und hatte sich dabei die Jacke übergeworfen. Die Tür ging auf und ihre Mutter schaute herein.

Wie war Isabelle bloß so schnell dahin gekommen?

Ich lag staunend mit offenen Mund auf dem Bett. Die Mutter ging wieder. Isabelle schaute mich an und grinste.

»Wie hast du das gemacht?«, fragte ich.

»Ich weiß es nicht«, lächelte sie, »wahrscheinlich jahrelange Übung.«

Sie erklärte mir, dass ihre Eltern natürlich nichts gegen Sex mit einem festen Freund sagen konnten, aber da ich nur eine Bekanntschaft sei, würde es nicht gut ankommen, wenn man uns erwischt.

Das hielt mich jedoch nicht ab. Ich fuhr mit meinen Fingern über ihre Jacke. Sie schob meine Hand beiseite.

»Nein... jetzt bin ich mal dran, mein Süßer!«

Sie küsste mich und öffnete gleichzeitig meine Hose, um ihre Hand darin zu vergraben. Ihre kalten Hände umfassten meinen harten Schwanz und wichsten ihn langsam. Ich schob meine Zunge voller Geilheit noch weiter in ihren Mund, um ihr zu zeigen, wie ich das genoss. Isabelle ließ meine Hose etwas weiter herunter. Sie brach ab.

»So jetzt reicht es mir, Süßer ... Arsch hoch!«

Ich gehorchte. Sie streifte mir die Hose und den Slip ab. Gerade hatte sie angefangen meinen Schwanz zu liebkosen, da klopfte es wieder an der Tür. Ich zog mir so schnell es nur ging die Hose hoch und Isabelle sprang wieder auf.

»Ich wollte nur fragen, ob Don Lust hat, Kaffee zu trinken!«

Don hat mehr Lust auf was anderes, dachte ich nur etwas verärgert.

»Nein, danke«, entgegnete ich freundlich. Isabelles Mutter ging wieder.

Isabelle schaute mich an.

»Wieder das gleiche, wie letztes Mal. Immer werden wir gestört.«

Sie kroch wieder auf das Bett.

»Wo waren wir ...?«, fragte sie und küsste mich.

Kurz darauf verschwanden ihre Hände in meiner Hose und holten meinen Schwanz hervor.

»Jetzt schaffen wir das aber Don ...«

Isabelle streifte mir wieder die Hose und den Slip ab und begann meinen Schwanz zu wichsen. Erst langsam, dann so, wie sie es mochte, hart und schnell. Die Wirkung ließ nicht auf sich warten.

Isabelle konnte das wirklich gut.

So gut, dass ich gleich kam.

»Süße, ich komme«, stöhnte ich nur leise.

Sie reagierte nicht. Noch einmal.

»Süße, ich komme.«

»Ich komme, Isabelle«, wurde ich lauter, aber in diesem Moment war es bereits zu spät und mein Liebessaft schoss über ihre Hand. Sie schaute mich vorwurfsvoll an.

»Wo sind die Taschentücher?«

»In meinem Rucksack, Große.«

Mit der trockenen Hand durchwühlte sie meinen Rucksack, holte die Taschentücher hervor und wischte sich die Hand ab, bevor sie die Packung zu mir warf.

»Ich kann doch nix dafür, wie laut soll ich den schreien, das ich komme«, versuchte ich mich zu entschuldigen.

»Neeeiiin, alles gut«, ließ sie amüsiert verlauten.

»Ich finde es aber scheiße, dass du nie was davon hast, Große!«

»Macht aber nix, Kleiner. Glaub mir, ich hab auch so meinen Spaß.«

»Ich würde dich aber gerne mal lecken«, forderte ich sie heraus.

»Hm ... das geht bloß nicht, ich krieg die Hose nicht mehr so schnell an, wenn einer klopft«, sagte Isabelle traurig.

»Ja, haste wohl recht.«

Ich blickte mich um und mir fiel ein Kleid auf.

»Hey, was ist, wenn du das Kleid anziehst«, flüsterte ich.

Isabelle überlegte.

»Das könnte man machen ...«

»Und dann stellen wir uns vor deine Tür, dann geht sie nicht so schnell auf! Das bringt ein paar Sekunden«, schlug ich vor und konnte mir ein Grinsen nicht verkneifen.

Isabelle schaute mich an und musste ebenfalls grinsen.

Sie stand auf, legte die Hose ab und schlüpfte in das pinke Kleid mit den Spaghettiträgern. Ich ging auf sie zu und küsste sie. Schnell ließ sie noch den String verschwinden und stellte sich vor die Tür, die Beine gespreizt. Irgendjemand lief wieder auf dem Flur entlang.

Isabelle schaute mich ganz erschreckt an. Die Tür nebenan fiel ins Schloss. Gott sei dank, nur die Toilette. Wir warteten, bis derjenige die selbige wieder verließ.

»Jetzt aber schnell, Kleiner«, drängte Isabelle.

Isabelle lehnte sich an die Tür und küsste mich, während ich ihre willige Lustgrotte fingerte. Ich löste mich und kniete mich hin, um unter ihrem Kleid zu verschwinden. Ich hatte noch gar nicht ihre Muschi erreicht, da drückte sie meinen Kopf mit ihrer Hand zwischen ihre Beine.

Ich begann sie zu lecken und an ihren Schamlippen zu saugen. Isabelle stöhnte leise und sank etwas nach unten. Auf dem Flur lief wieder jemand durch die Gegend. Schnell nahm ich meinen Kopf zurück und stand auf. Ich gab Isabelle einen kurzen Kuss.

»Schmeckst gut, Süße«, meinte ich nur.

Als ich auf die Uhr schaute, bemerkte ich, dass ich mich fertigmachen musste, um noch rechtzeitig zum Bahnhof zu gelangen. Isabelle begleitete mich und versprach mir, dass beim nächsten Mal alles besser werden würde. Ich ließ sie merken, dass ich nicht sonderlich davon überzeugt war und wir einigten uns darauf, dass sie versuchen würde mal ein Wochenende zu mir zu kommen.

Versprechen bleiben Versprechen

Wir trafen uns nach einigen Wochen erneut bei ihr. Ich fuhr wie immer mit dem Zug nach Hamburg. Dort angekommen, erwartete mich Isabelle bereits am Bahnhof. Dieses Wochenende konnte ich bei ihr übernachten. Das hatte sie mir einen Tag vorher zugesagt. Wie gewohnt ging es mit der U-Bahn und dem Bus weiter zu ihr. Dieses Mal saßen wir aber viel mit den Eltern im Wohnzimmer zusammen und gingen nur ab und zu in ihr Zimmer, um uns dort zu küssen und zu kuscheln. Isabelle hatte seit ein paar Tagen wieder einen Freund, aber ich wusste, dass sie nichts dagegen hatte, wenn zwischen uns mehr passieren würde.

Abends gingen wir ins Kino. Isabelle kuschelte sich an mich, während ich sie umarmte. Langsam schob sie meine Hand an ihre Brust und schaute mich dabei an. Ihre Augen leuchteten. Das ließ ich mir nicht zweimal sagen und fing an, sie zu streicheln. Zuerst ihre Brüste und danach führte mich ihre Hand zu ihrer Vulva. Ich begann damit, sie durch die Hose zu massieren. Isabelle hielt mich fest und ihre Finger vergruben sich in meiner Hüfte. Zwischendurch legte ich eine kurze Pause ein und schaute zu unseren Nachbarn herüber, die wie gebannt den Film verfolgten.

Nach dem Film fuhren wir mit dem Bus wieder zurück. An der Haltestelle angekommen stiegen wir aus. Isabelle blickte mich an.

»Na, noch Lust in den Park zu gehen, Kleiner?«

Das konnte nur eines bedeuten, dachte ich. *Sie hatte schon immer gesagt, sie würde viele Plätze in Hamburg kennen, aber das sie das jetzt machen würde.*

Ich grinste.

»Klar, Große, warum nicht!?«

Wir überquerten eine Kreuzung und schon waren wir im Park. Über die nasse Wiese ging es zu zwei Tischtennisplatten. Daneben standen zwei Bänke. Wir setzten uns und fingen an uns zu küssen und zu streicheln.

Der Park war zu einer Seite hin offen. Hier standen drei Hochhäuser. Wenn also nachts noch einmal jemand aus dem Fenster schaut, hätte er unter Umständen was sehen können. Das war uns aber egal.

Besser als bei Isabelle zu Hause, wo alle zwei Minuten die Tür aufgeht, dachte ich.

Ich strich über ihre Brüste und begann sie zu kneten.

»Mhmm Don ...«, stimmte sie zu und griff mir an meine Jeans, um den Reißverschluss zu öffnen.

Sie stand auf und beugte sich über mich.

»Heb mal deinen Po, Kleiner!«

Ich gehorchte. Isabelle zog mir die Jeans bis zu den Knien. Dann rollte sie den Slip herunter.

»Aha, da scheint jemand wach zu sein«, fügte sie grinsend hinzu und fing an meinen Schwanz zu wichsen.

»Mhm, ooh Isabelle ... jaa ...«, stöhnte ich, während ihre Hand meinen Schwanz fester umschloss.

Isabelle kniete sich auf den Boden und verwöhnte mich mit ihrem Mund. Immer wieder ließ sie ihre Zunge an meinem harten Ständer entlangfahren, um ihn dann zu verschlingen. Dabei fuhr ich ihr durch die Haare und konnte nur noch stöhnen.

Irgendwann kam sie wieder hoch und gab mir einen Kuss. Ich erhob mich, zog die Hose hoch und knöpfte sie zu. Isabelle schaut mich an, während ich meine Jeansjacke abstreifte und sie auf eine Tischtennisplatte legte. Ich drückte Isabelle an die Tischkante und öffnete die beiden Reißverschlüsse an den Seiten ihrer schwarzen Hose, um sie herunterzuziehen. Ich fuhr langsam mit meiner Hand an der Innenseite ihrer Schenkel zu ihrer Pussy, die noch mit einem lila durchsichtigen String bedeckt war.

Wir küssten uns weiter, während ich Isabelle fingerte. Ich schob ihren String zur Seite und Isabelle setzte sich auf meine Jeansjacke, die auf der kalten Platte lag. Kaum stand ich direkt vor ihr, öffnete sie hastig den Knopf. Die Hose rutschte zu Boden. Isabelle hatte schon die Beine gespreizt und mein Schwanz bohrte sich langsam in ihre nass glänzende Lustgrotte. Ich zog Isabelle so fest es ging an mich.

»Mhmm. oooh jaa ... endlich ... ich hab schon so lange darauf gewartet, Süßer!«

Ich stieß immer wieder mit meinem Schwanz in ihre nasse Pussy. Isabelle lehnte sich mit ihrem Kopf an meine Schulter und stöhnte mir leise ins Ohr.

»Wenn uns hier einer erwischt, der mich kennt, bin ich tot«, flüsterte sie leise mit heißem Atem in mein Ohr.

Ich begann ihren dünnen Pulli hochzuziehen und schob den BH beiseite, um ihre Brüste zu massieren. Ihre Finger vergruben sich in meinem Rücken.

»Oaar Kleiner, ich komme gleich!«

Isabelle lehnte sich nach hinten und stützte sich auf der Tischtennisplatte ab. Erst jetzt im Mondschein konnte ich erkennen, wie sehr ihre Nippel von der Kälte und der Erregung abstanden. Ich beugte mich zu ihr vor und lutschte an ihren harten Knospen. Isabelle schob ihr Becken noch härter an meinen Körper. Ich war kurz davor.

»Ich komme, Süße«, brachte ich nur noch hervor und zog Isabelle ganz fest an mich, um ihr zu zeigen, wie geil sie mich gemacht hatte.

Dann ging alles schnell. Ich sah nur einen Hund und meinte zu Isabelle.

»Schnell anziehen!«

Kurze Zeit später kam ein 40-jähriger Mann vorbei, dem offenbar der Hund gehörte. Isabelle saß auf der Tischtennisplatte, den Kopf zur Seite geneigt und ich stand vor ihr, natürlich angezogen.

»Guten Abend«, grüßte er uns.

»Guten Abend«, sagte ich gedämpft zurück.

»Wirklich schönes Wetter, um abends mal nach draußen zu gehen, stimmt's?!«, sagte er nett.

Ich stimmte zu.

Ja, es war wirklich ein schönes Wetter, um nachts in Hamburg in einem Park ein langersehntes Versprechen einzulösen, dachte ich mir.

Isabelle schaute mich an und grinste, als wenn sie meine Gedanken gelesen hätte. Mittlerweile war es schon sehr frisch und wir suchten die Wohnung auf. Es war schon spät und wir gingen ins Bett.

Am nächsten Morgen klopfte es an der Tür.

»Guten Morgen, das Frühstück ist fertig«, bestätigte die Mutter meine Vermutung.

Es roch nach Kaffee und frischen Brötchen. Isabelle lag neben mir und blinzelte mich an. Ich gab ihr einen kurzen Kuss.

»Guten Morgen, Große.«

»Guten Morgen, Frechdachs. Wir sollten uns schnell anziehen und etwas Essen.«

»Ja, bis zum Bahnhof brauchen wir etwas Zeit. Wir sollten uns beeilen«, stimmte ich zu und verabschiedete mich, um das Bad aufzusuchen.

Das Frühstück fiel kurz aus und die Frage nach dem gestrigen Abend umging Isabelle gekonnt mit einem »Ja, der Film war richtig gut. Aber der ist bestimmt nichts für dich, Papa«. Isabelle kniff mir währenddessen in den Oberschenkel und lächelte mich an.

»Ja, sehr guter Film«, stimmte ich zu und nahm schnell einen Schluck Kaffee.

Nach einer Viertelstunde verließen wir die Wohnung, folgten der Treppe hinab, hinaus in den strahlenden Sonnenschein. Das sollte das letzte Mal sein, dass ich dieses Haus, den Bus und die U-Bahn-Stationen sah. Wir hatten unser aufregendes Erlebnis gehabt und Isabelle meldete sich nur noch sporadisch bei mir. Dafür gab es wieder viele andere Dates, die meisten für einen Nachmittag, wenn ich Glück hatte mit etwas Küssen.

Es war eine Zeit, in der ich fast nur Absagen erhielt und mein Mut, Anita anzuschreiben, noch weiter sank. Neugierig blickte ich immer wieder in ihr Profil und sah neue Fotos von ihr. Ihre dunklen Augen, die langen Haare und das bezaubernde Lächeln fesselten und lähmten mich zu gleich. Ich durchstöberte ihr Gästebuch und stellte mit Erschrecken fest, dass es täglich mehrere männliche Anfragen gab, die Anita auf der Gegenseite beantwortete.

Die Chance ist gleich Null. So viele Interessenten, die ganzen negativen Erfahrungen in der letzten Zeit. Ich sollte einfach meinen Spaß haben, denn sie würde mich zurückweisen, dachte ich.

Wenn man mit neuen Vorhaben keine Erfolge erzielt, kehrt man gerne zu alten bekannten Personen zurück.

Ich schrieb wieder mit Phebey.

Irgendwann hatte sie mich gefragt, was es neues gibt und erzählte mir, dass sie umgezogen sei. Ihre Eltern hatten sich getrennt und ihre Mutter war mit ihr vorläufig zusammen in eine Wohnung gezogen.

Sex mit der Ex

Ein halbes Jahr war mittlerweile seit meiner Trennung von Phebey vergangen. Vor Kurzem musste sie wegen einer Operation ins Krankenhaus. Ich konnte sie nicht im Krankenhaus besuchen, daher lud sie mich nach der Operation ein, um einen Tag mit ihr zu verbringen. Auf dem Weg mit dem Zug von Hamburg nach Rostock kam ich ins Grübeln. Irgendwie ahnte ich, worauf es hinaus lief. Nicht, dass ich es wusste. Nein, ich hoffte, sie wollte es auch.

In Rostock angekommen, stand sie auf dem Bahnsteig und wartete. Wir umarmten uns kurz. Sie sah immer noch sehr hübsch aus. Ich musste zugeben, sie war sogar noch hübscher als früher. Nur eines fiel mir auf: Sie war sehr dünn. Ich hatte mitbekommen, dass sie nun modelte aber bei ihrem Anblick drängte sich mir immer wieder das Wort »Magersucht« auf. Ich atmete tief durch.

»Wollen wir gehen?«, fragte sie.

»Ja«, antwortete ich kurz, noch geschockt von ihren dünnen Oberarmen.

Wir gingen durch das neue Bahnhofsgebäude, die Straße Richtung Innenstadt.

Ungewohnt, nicht ihre Hand zu nehmen, so wie ich es früher tat als wir zusammen waren, dachte ich.

»Schon komisch, nicht mehr deine Hand zu halten«, sagte ich zu ihr und wartete auf die Reaktion.

»Darf ich?«, hakte ich nach.

Sie schaute mich an und lächelte.

»Ich weiß nicht ...«, druckste sie herum.

Ich nahm ihre Hand den Rest des Weges. Irgendwie war es ein gutes und beruhigendes Gefühl.

Ich würde sie jetzt gerne küssen, dachte ich nur.

Die ganzen Gefühle waren auf einmal wieder so präsent, dass ich mich total verunsichert fühlte. Ein »Ich-will-dich-wieder-zurück« schoss mir mehrere Male durch den Kopf. Wir traten aus dem Fahrstuhl und standen wenig später vor der Wohnungstür. Phebey ließ meine Hand los und schloss die Tür auf. Ihre Mutter stand freudestrahlend im Flur.

»Don, schön dass du uns mal besuchen kommst. Es ist schön dich wiederzusehen.«

Ich blickte Phebey an, die dort stand und keine Miene verzog. Mir hingegen standen die Tränen in den Augen. Ihre Mutter war so nett und sie hatte sich immer besonders viel Mühe gegeben.

Die Tränen schnell wegwischend, stellte ich meine Sachen in Phebeys Zimmer.

»Ich bin gerade beim Essen vorbereiten, ihr könnt ruhig noch mal los, wenn ihr wollt«, informierte die Mutter uns.

Wir nutzten die Chance, um durch die Innenstadt zu schlendern. Phebey zeigte mir noch ein paar Geschäfte. Danach kehrten wir zurück und aßen etwas.

Draußen war es dunkel und so gingen wir nach dem Essen in Phebeys Zimmer und legten uns auf das Bett. Ich kuschelte mich an sie.

»Darf ich?«, fragte ich.

»Ist okay«, meinte sie.

Ich umarmte sie und zog sie an mich. Sie drehte sich zu mir und schaute mich mit ihren grün-braunen Augen an. Es folgte ein kurzer Kuss auf ihre Lippen, ohne dass sie sich wehrte. Sie schaute mich ganz niedlich an, als wollte sie sagen: »Tue es noch einmal!«

Ich küsste sie ein weiteres Mal, mit dieses Mal war es ein langer Zungenkuss.

Sie drehte sich zu mir und ich streichelte sie unter der Decke. Zuerst über den Bauch und danach wanderte meine Hand zu ihren Brüsten, während wir uns immer intensiver küssten.

Ich dachte daran, dass sie mir am Telefon sagte, sie dürfte wegen der OP sowieso keinen Sex haben. Aber vielleicht dürfte ich sie lecken, wenigstens noch einmal ihren süßen Saft schmecken. Sie trennte sich von ihrem Oberteil und wir küssten uns weiter, während ich mit meiner Hand zu ihrer Hose wanderte und darin verschwand, um ihre Pussy zu massieren. Phebey löste sich von mir.

»Hast du was mit?«, fragte sie mich.

»Kondome?«, fragte ich.

»Ja ...«, antwortete sie.

»Ich hab welche eingepackt«, sagte ich und grinste.

»Okay, dann lass uns ausziehen und wieder unter die Decke krabbeln. Hauptsache meine Ma bekommt davon nichts mit.«

»Ich dachte, du darfst keinen Sex wegen der OP«, sagte ich und küsste sie.

»Schon, aber von hinten wird es schon gehen«, entgegnete sie.

Ich rollte mir das Kondom über. Phebey drehte sich auf die Seite und ich strich zwischen ihren Beinen über ihre nasse Pussy.

»Ich würd dich gerne lecken Süße!«

Phebey schaute mich an.

»Ich bin aber nicht rasiert.«

»Die Stoppel machen mir nichts aus.«

»Ich weiß, aber ich möchte trotzdem nicht.«

Genauso, wie ich dich kennengelernt habe, dachte ich.

Ich schob mich von hinten an sie und ließ meinen Schwanz langsam in ihre Pussy gleiten. Phebey stöhnte leise, während ich sie fickte. Ich legte meinen Arm um sie und griff zu ihren Brüsten, um sie liebevoll zu kneten.

Der Geruch ihrer blonden Haare gelangte in meine Nase als ich meinen Kopf in ihrem Nacken vergrub. Ich liebte diesen Geruch und hatte ihn so vermisst. Phebey zog die Decke wieder heran, die durch unsere Bewegungen ständig wegrutschte. Phebeys Stöhnen wurde langsam lauter.

»Mhmmm … ich komme gleich, Don …«

Ein paar weitere Stöße und Phebey erstickte ihren lautes Stöhnen im Kopfkissen. Ich zog sie fest an mich, um noch einmal tief zuzustoßen. Mein Schwanz glitt langsam aus ihrer nassen Pussy. Phebey drehte sich um und wir gaben uns einen langen Zungenkuss.

»Lass uns wieder was anziehen und rübergehen, sonst fällt das vielleicht auf«, sagte Phebey nervös.

Wir zogen uns unsere Sachen an und gingen ins Wohnzimmer. Phebeys Mutter saß auf der Couch und schaute DVD. Wir setzten uns dazu. Nach dem Film redeten wir darüber, was ich erlebt hatte und als Phebey kurz nicht im Raum war, versuchte ich herauszufinden, ob etwas an meiner Vermutung mit der Magersucht war.

Die Mutter gab mir jedoch keine konkrete Auskunft und wich immer wieder aus, was mich nur noch misstrauischer machte.

Am nächsten Tag ging ich mit Phebey noch im Park spazieren und wir redeten, bevor ich am Nachmittag mit dem Zug nach Hause fuhr.

Mit den gesundheitlichen Problemen und ihren Unverträglichkeiten könnte sie ebenfalls so dünn werden, dachte ich und schob meine Zweifel beiseite.

Phebey hielt den Kontakt und wir telefonierten wieder regelmäßig. Ich deutete an, dass ich Interesse hätte, es noch einmal mit einer Beziehung zu versuchen und so war sie auch damit einverstanden, dass ich sie erneut besuchte.

Heiße Küsse

Am Wochenende darauf fuhr ich mit dem Zug für ein paar Tage zu Phebey. Nachdem ich meine Sachen zu ihr in die Wohnung gebracht hatte, gingen wir shoppen, weil ich mich nach ein paar neuen Schuhen umsehen wollte.

Nach unserem kleinen Einkauf aßen wir etwas und gingen in ihr Zimmer. Ihre Mutter war an diesem Wochenende nicht da. Ich hatte das Gefühl, dass Phebey noch mehr abgenommen hatte. Als wir zusammengekuschelt auf dem Bett lagen und uns die neusten Geschichten erzählten, spürte ich deutlich ihre Hüftknochen und die Rippen. Es war ein schreckliches Gefühl. Immer wenn ich sie versuchte auf das Thema anzusprechen, entgegnete sie, dass es mit ihrer Krankheit zu tun hätte.

Ich konnte das irgendwie nicht glauben.

Phebey drehte sich zu mir und wir kuschelten uns eng aneinander. Sie lag mit ihrem Kopf auf meiner Brust und ich sog den Duft ihrer Haare auf.

Sie erzählte wie ein Wasserfall und ich rutschte langsam nach unten bis zur Höhe ihrer Nasenspitze. Ich blickte in ihre Augen. Sie hielt inne, als meine Nase langsam an ihrer rieb. Ich konnte mir ein Grinsen nicht verkneifen, weil ich an die alten Zeiten denken musste.

Sie wusste bestimmt, was nun folgen würde. Ich küsste sie kurz auf den Mund. Es war nicht mehr als ein kurzer Schmatzer. Es vergingen ein paar Minuten und ich küsste sie noch ein zweites Mal, dieses Mal länger.

Die weiteren Küsse wurden immer fordernder. Ich wagte den Versuch und saugte langsam an ihrer Zungenspitze, als sie in meinem Mund war. Nach ein paar Sekunden entwich sie mir.

»Du bist der Einzige, der so küsst und ich liebe das«, sagte sie und lächelte mich an.

»Du auch«, stimmte ich zu.

Ich hatte es ihr ja schließlich beigebracht.

Wir küssten uns erneut und ich wagte mich weiter vor und wanderte mit meiner Hand unter das Oberteil. Während einer kleinen Pause zwischen den Küssen ermahnte sie mich:

»Du weißt doch, was ich dir vorhin gesagt hatte!«

»Ja ...«, sagte ich enttäuscht.

Phebey hatte gesagt, dass sie ihre Tage hatte. Und das bedeutete im Gegensatz zu anderen Frauen keinen Sex. Wir kuschelten, schliefen ein und wachten um 23 Uhr wieder auf. Wir schoben unsere Sachen zur Seite, kuschelten uns unter der Bettdecke aneinander und schliefen wieder ein.

Irgendwann mitten in der Nacht hupte ein Autofahrer wie wild auf der Hauptstraße. Phebey drehte sich zu mir und schaute mich mit ihren verschlafenen grün-braunen Augen an.

»So ein Blödmann ...«, murmelte sie.

»Hauptsache, das geht nicht die ganze Nacht so weiter.«

Ich gab Phebey einen Zungenkuss. Vorsichtig saugte ich ein paar Minuten an ihrer Zunge und meine Hand wanderte unter ihrem Nachthemd zu ihren kleinen Brüsten, um sie zu kneten.

Am liebsten wäre ich jetzt mit meiner Zunge langsam über ihren Bauch an dem Bauchnabelpiercing vorbei, zu ihrer nassen Pussy gewandert.

Zwei Jahre lang hatte ich nicht mehr ihren süßen Saft gekostet. Zu gerne wollte ich einfach mal wieder an ihren Lippen saugen und mit meiner Zunge in ihre Lustgrotte eindringen. Ich schob das Nachthemd von Phebey noch weiter nach oben und sie legte sich auf den Rücken. Meine Liebkosungen wanderten langsam über die Wangen bis zum Hals, weiter abwärts, um genüsslich an ihren harten Nippeln zu lutschen.

Phebey näherte sich und gab mir einen sanften Kuss. Ich strich mit meinen Fingern über die harten Nippel. Auch wenn sie mich extra weggezogen hatte, setzte ich mein freches Spiel fort. Meine Zungenspitze berührte zart ihre erblühte Knospe. Phebey stieß einen Seufzer aus.

Ich lutschte noch mal an ihren Knospen, während ich ihre Brüste sanft knetete.

»Ist gut jetzt, Don« wies sie mich ab.

»Mhm ...«, grummelte ich leicht enttäuscht.

Warum musste sie ausgerechnet an diesem Wochenende ... fluchte ich innerlich.

Ich wusste, sie wollte mich nicht noch geiler machen, als ich eh schon war und blockte deswegen ab. Phebey kuschelte sich in meine Arme und wir schliefen nach einiger Zeit wieder ein.

Die drei Tage mit Phebey vergingen sehr schnell. Wir sprachen in Ruhe darüber, was damals passiert war und ich erfuhr, dass sie nach unserem Telefonat stundenlang geweint hatte. Ich war ziemlich sauer, dass sie gar keine Reaktion am Telefon zeigte. Sie machte mir aber deutlich, dass es hingegen meiner Hoffnung keinen zweiten Versuch geben würde.

Es gab eine langjährige Freundin, die die ganze Geschichte mit Phebey kannte. Sie war während meiner Beziehung ebenfalls mit Phebey befreundet. Die letzten Monate war unser Kontakt jedoch eher sporadisch. Bis mein Kontakt zu Phebey wieder auflebte. Wir schrieben regelmäßig über die Entwicklung und über meine Vermutung zur Magersucht. Als Julia erfuhr, dass Phebey mir den Laufpass gegeben hatte, weil sie keinen zweiten Versuch wollte, kümmerte sie sich um mich und versuchte, meine Enttäuschung zu lindern. Irgendwann tauschten wir unsere Telefon- und Handynummern aus. Von uns beiden hatte vermutlich niemand daran gedacht, was sich daraus entwickeln sollte.

Harmlos ist etwas anderes

Ich rief Julia an und wir telefonierten sehr lange. Ein paar Tage später trafen wir uns wieder im Chat. Wir waren alleine. Irgendeiner von uns fing an mit:

> Ich wäre jetzt so gerne bei Dir und würde mich an dich kuscheln.

Diese Sprüche gingen so weiter, bis Julia meinte:

> Mhmm, Don, ich bin schon ganz feucht.

Was hast du eigentlich an?

> Nur mein Nachthemd. Du weißt doch, dass ich ins Bett wollte, aber ich wollte noch mal schauen, ob du online bist.

Hast du überhaupt noch was unter?

> Neeiiin ...

Ups.

> Ich würd jetzt echt gern, dass du vorbeikommst!

Aber du wohnst doch so weit weg! Außerdem, wenn ich da bin, musst du schon wieder arbeiten.

> Ich bin echt feucht und ziemlich geil! Und ich würd dich gern spüren! Was hast DU eigentlich an?

Eigentlich noch alles!

Sie wollte doch wohl jetzt nicht mit CS anfangen? So etwas hatte ich noch nie gemacht!

> Würdest du es ausziehen für mich?

Hatte sie gerade gefragt, ob ich mich vor dem Computer aus-
ziehe? Ähm, was nun? Geil war ich schon, vielleicht sollte ich
sie fragen …

> Kann ich dich anrufen?
>
> Ich hab es noch nicht am Telefon gemacht.
>
> Ist deine Mutter noch auf?
>
> Nein, die schläft schon, aber wenn irgendwas ist, muss
> sie an meinem Zimmer vorbei!
>
> Hört man das denn nicht?
>
> Erst recht nicht, wenn ich mit dir rede.

Julia war noch etwas unsicher und daher lief der Chat einige Zeit weiter, bis sie irgendwann völlig überraschend
meinte:

> Ich geh jetzt aus dem Netz, ruf mich gleich an.

Ich verließ das Internet ebenfalls, fuhr den PC herunter
und ging zum Sofa, um Julia anzurufen.
Es klingelte einmal, dann nahm sie bereits ab.
Wir waren beide sehr aufgeregt.
»Und was machen wir jetzt, ich hatte noch keinen Telefon-
sex?«, fragte sie.
»Also, ich weiß nicht, keine Ahnung. Wir fangen einfach
an«, sagte ich und musste lachen.
»Das ist albern! Ich weiß doch gar nicht, was ich sagen
soll.«
Wir mussten wieder lachen. Nach einer Gewöhnungsphase
kamen wir jedoch ins Gespräch und nach einiger Zeit wur-
de es spürbar heißer.
»Wo bist du denn jetzt?«, fragte ich Julia.

»Im Bett und du?«, kam es von ihr.

»Ich liege auf dem Sofa. Hast du dein Nachthemd noch an?«, fragte ich.

»Nein, ich bin nackt, bist du noch angezogen?«

»Nein, hab mich vorhin ausgezogen«, meinte ich.

Ich lag unter der Decke und hatte nur noch meine Boxershorts an. Mein Schwanz war schon hart und wartete darauf, dass Julia mir ein paar aufregende Sachen flüstern würde.

»Ich bin total feucht«, kam es von Julia.

»Mmhhm, ich würde gerne deine Pussy lecken.«

»Ja, das würde mir gefallen ...«

Sie fing an zu stöhnen.

»Ich möchte deinen harten Schwanz in mir spüren ... mhhmm ...«, stöhnte Julia.

»Sind deine Nippel hart?«, fragte ich.

»Jaa«, raunte Julia.

»Stell dir vor, ich lecke sie dir und lutsche daran.«

»Mhmm, jaaa, ich will dich spüren«, stöhnte sie.

»Ich werde jetzt in dich eindringen, ganz tief.«

»Jaaaa, besorg es mir, schneller, mhhmm ...«, stöhnte Julia leise.

»Wo hast du deine Hand?«, fragte ich.

»An meinem Kitzler ...«

»Ich will, dass du dich fingerst«, forderte ich sie auf.

»Fang mit zwei Fingern an.«

»Mhm, ich bin jetzt ganz tief drinnen«, stöhnte Julia.

»Nimm noch einen Finger dazu!«

»Mhm ... jaaa«, hauchte sie durch den Hörer.

»Und noch einen. Oh, es ist so geil dich zu fühlen«, stöhnte ich.

»Ich will deinen Schwanz, will ihn lutschen, aussaugen ...«

»Mhm, jaa ... das ist geil«, stöhnte ich.

Ich massierte dabei meinen Schwanz.

»Langsam ziehe ich die Vorhaut zurück und lecke deine Eichel. Mhmm, jaa das macht mich scharf. Ich will ihn spüren, deinen harten Schwanz.«

In unserem Gespräch jagte ein Höhepunkt den nächsten. Julia kam währenddessen dreimal und ich zweimal. Sie machte mich sehr neugierig. Auch wenn sie vorher meinte, sie wollte keine Abenteuer, wollte sie es sich noch einmal überlegen.

Am nächsten Tag schrieben wir uns einige SMS.

> *Mann, ich werde schon feucht beim Gedanken daran, was wir gestern gemacht haben. Würde es jetzt gern hier mit dir treiben, will deinen harten Schwanz tief spüren.*
> *Fühlt sich geil an, wenn du hier wärst, würde ich dir einen blasen, deinen Körper berühren, ihn fest umfassen und dich mit meinen Küssen zum Wahnsinn treiben. Bin so feucht!*
> *Ich spreize meine Beine, zieh dich auf mich, dein harter Schwanz stößt in meine feuchte Muschi. Ja fester! Stoß zu! Jetzt, geil, tue es, ich komme, ja!*
> *Bin gerade im Büro. Will's mit dir hier treiben auf dem Bürostuhl und dem Tisch. Richtig wild. Will deinen Schwanz tief in meiner Muschi spüren, bin so feucht.*

Mir verschlug es die Sprache. Ich war im Büro, als ich ihre SMS bekam und konnte es kaum abwarten, am Abend wieder mit ihr zu telefonieren. Im Telefonat verabredeten wir uns für das Wochenende. Es war sehr kurzfristig, aber ich konnte es einrichten.

Ich hatte mir ein Wochenendticket gekauft und fuhr am Samstag früh morgens los. Um 4 Uhr ging der Zug. Auf dem Bahnhof waren nur wenige Menschen, die auf einen Zug warteten. Man hatte das Gefühl, es wären Zombies unterwegs. Niemand sagte ein Wort. Alle liefen sie in dunkler Kleidung über den Bahnsteig, die Augen eingefallen und mit leerem Blick. Ich war etwas erleichtert, als mein Zug einfuhr und suchte sofort das warme Innere auf. Da ich nur Bummelzüge nehmen durfte, dauerte die Fahrt fast acht Stunden. Ich nutzte die Zeit, um zu lesen und Musik zu hören.

Mittags um 1 Uhr erreichte ich endlich mein Ziel. Julia holte mich vom Bahnhof ab. Sie gab mir einen Begrüßungskuss.

»Hi Süße!«

»Hi Tigerchen!«

Wir verließen den Bahnsteig und gingen zum Busbahnhof, um auf den nächsten Bus zu warten.

»Ich bin schon total gespannt«, sagte Julia und schaute mich dabei verzückt an.

»Worauf?«, fragte ich, ohne zu ahnen, was sie mir sagen wollte.

Sie lehnte ihr Kinn auf meine linke Schulter.

»Na, auf deinen harten Schwanz«, hauchte sie mit ihrem wohligen Atem ins Ohr.

Ich hab noch 'ne kleine Überraschung für dich! Warte mal ab, dachte ich und grinste.

Dann erschien der Bus an der Ampel, der bei grün in die Straße einbog und wenig später vor unseren Füßen hielt. Wir stiegen ein, bezahlten und setzten uns nach hinten, wo wir alleine waren. Julia grinste frech.

Was hatte sie bloß vor?

Nach zehn Minuten verließen wir den Bus und gingen die Straße entlang, meine Hand zwischen Julias warmen Fingern.

»Komm schon, es sind noch ein paar Minuten zu Fuß.«

Fünf Minuten später standen wir vor einem großen Gebäude. Es war ein Bürogebäude mit vier Stockwerken und mehreren Firmen, die dort ansässig waren.

Julia schaute mich an.

»Hier arbeite ich. Und rate mal, was ich hier habe!«

Sie holte ein paar Schlüssel aus der Tasche.

»Die Schlüssel vom Büro?«, fragte ich ungläubig und schluckte.

»Jaaa, ganz recht. Du wolltest es doch mit mir im Büro, mein kleiner geiler Schlumpf! Komm jetzt mit! Samstag arbeitet hier niemand, keine Bange.«

Sie schloss die Tür auf und wir gingen durch den Flur, vorbei am Empfangstisch zu einem Büroraum. Im Raum gab es mehrere Arbeitsplätze und zwei Tische. Julia führte mich zu einem Arbeitsplatz.

»Setz dich auf den Stuhl.«

Ich tat, wie sie es wollte und nahm Platz. Julia setzte sich breitbeinig auf meinen Schoß. Ich umschloss sie mit den Armen und zog sie an mich. Mit zarten Küssen bedeckte ich ihre Lippen und ihren Hals. Julia ging das nicht schnell genug, sodass wir bei den Zungenküssen landeten. Mein

Sweatshirt wurde von ihren zarten Fingern attackiert, die sich langsam auf meinem Oberkörper ausbreiteten.

»Ich bin schon völlig geil«, hauchte sie.

»Ich weiß«, sagte ich und verdrehte die Augen.

Das geht ja in Wirklichkeit noch schneller als am Telefon, dachte ich nur. *Ist sie etwa ein Sexmonster?*

Sie streifte mir das Sweatshirt und das T-Shirt ab. Ich ließ das nicht unbeantwortet, strich ihr über die Brüste, die ich sanft massierte.

»Mmmh, Don, ich werde feucht ...«

Ich rollte ihren Pulli hoch und zog ihn über ihren Kopf. Sie schaute mich mit ihren braunen Augen an.

»Los, öffne den BH, oder willst du etwa nicht?«, fragte sie ungeduldig.

Ich strich ihr mit meinen Händen über die Träger des schwarzen BHs und glitt den Rücken entlang zum Verschluss, erst den einen Haken und dann die beiden anderen. Die Träger fielen von ihren Schultern. Julia beugte sich nach vorne und leckte meine Brustwarzen, ließ ihre Zunge Richtung Hals wandern und knabberte an meinen Ohrläppchen. Zart biss sie zu.

»Mhmm«, brachte ich nur hervor.

Ich strich über ihre Nippel und bemerkte, wie hart sie waren. Ihren Kopf haltend, beugte ich mich nach vorne und lutschte ihre Brustwarzen. Julia stöhnte leise auf. Ihre Hand wanderte zwischen ihre Beine. Sie stand auf und zog mich mit hoch.

»Mal schauen, was du da so versteckst, Herr Ramirez«, grinste sie.

Sie öffnete den Knopf und den Reißverschluss meiner Jeans. Langsam rutschte die Hose zu Boden. Dann fiel die Boxershorts zu Boden und Julia hatte schon meinen harten Schwanz in ihrer Hand. Sie kniete sich wortlos auf den Boden und leckte genüsslich meinen Phallus.

Ihre Zungenspitze wanderte über meine Eichel und ich stöhnte laut auf.

»Ich bin so feucht, Don. Leck mich!«, unterbrach sie ihr Spiel und stand auf.

Ich öffnete ihre blaue Jeans und schob sie herunter. Es folgte der schwarze Slip. Julia setzte sich auf den Stuhl und lehnte sich nach hinten. Sie spreizte ihre Beine und drückte meinen Kopf zwischen ihre Schenkel. Ihre Vulva war feucht, warm und ich nahm den ersten Lusttropfen mit meiner Zungenspitze entgegen, um danach darin zu versinken.

»Oh jaa, weiter ...«, stöhnte Julia.

Sie drückte ihre Schenkel fest an meinen Kopf und ließ mich nicht mehr entkommen.

»Mmhmm ...«

Ihr Stöhnen wurde lauter. Dann hielt ich inne.

»Ich will dich von hinten«, flüsterte ich, während ich mich über sie beugte.

Julia stand auf, legte sich mit dem Oberkörper auf den Schreibtisch und spreizte die Beine. Sie wartete gespannt darauf, dass ich zustieß. Ich nahm meinen Schwanz und suchte ihre Vulva, um ihn mit einem Stoß darin zu versenken.

Julia schrie auf.

So wolltest du es doch, meine Süße, dachte ich.

Aber Julia war das nicht hart genug.

»Aaahhhhh … mhmmm, ja nimm mich«, spornte sie mich weiter an. Ich stieß immer wieder zu und ließ meine Fingernägel dabei ihren Rücken entlanggleiten. Ihren Kopf ließ Julia auf der anderen Seite des Schreibtisches leicht herab, sodass ihr die schulterlangen Haare im Gesicht hingen. Ihre Brüste klebten auf der Schreibunterlage, die sich bei jedem Stoß mitbewegte.

»Oh, ja so ist geil! So hab ich mir das vorgestellt. Ich will dich, so tief es nur geht«, stöhnte sie laut.

Ich ließ nicht von ihr ab, bis Julia den Kopf hochnahm und sich auf dem Tisch abstützte. Ihre Brüste wippten nun bei jedem Stoß mit und ich nahm sie in die Hände.

Ihr Stöhnen wurde schneller, ihre Stimme noch lauter und ich spürte, wie sie kurz vor dem Orgasmus stand.

»Aaaaaaaahhh …«, stöhnte Julia in einem langen Atemzug, als sie kam.

Ein paar Sekunden später kam ich ebenfalls laut stöhnend und mein Phallus pumpte seinen Liebessaft in ihre Lustgrotte.

Julia ließ sich erschöpft auf dem Schreibtisch nieder. Langsam zog ich meinen Schwanz aus ihrer Pussy. Julia drehte sich um und saß auf dem Schreibtisch, als ich sie in die Arme schloss. Der Liebessaft lief auf ihren Schreibtisch und Julia musste lachen.

»Eine nette kleine Schweinerei …«, flüsterte sie mir ins Ohr und knabberte an meinem Ohrläppchen.

»Lass uns zu mir nach Hause. Dort wartet noch eine Überraschung auf dich.«

Sie gab mir einen Kuss. Wir räumten etwas auf, zogen uns an und fuhren anschließend mit dem Bus zu ihr.

Während der Busfahrt begann Julia jedoch schon wieder damit, mir versaute Sachen ins Ohr zu flüstern.

Was für eine Frau! Oder war sie einfach eine Wildkatze, wie Sandra?

Bei ihr angekommen, zog sie mich ohne Umwege direkt in ihr Zimmer.

»Setz dich ruhig aufs Bett«, bat sie mich, »Weißt du noch, was ich immer darauf mache, wenn wir telefonieren?«

»Hmmmhmm«, grunzte ich.

Da wusste ich, hatte ich ihr doch oft genug dabei zugehört. Sie nahm am Telefon schon kein Blatt vor den Mund, was würde mich nach dem Bürobesuch nun noch erwarten?

Sie kam zu mir auf das Bett und ließ ihre Hand unter mein Sweatshirt verschwinden, um es auszuziehen. Sie griff unter die Bettdecke und holte zwei Schals hervor.

»Komm, leg dich auf den Bauch, Don.«

Ich drehte mich um. Sie fesselte mir die Hände auf dem Rücken und drehte mich zurück, bis auf ihnen lag. Die dünnen Stofftücher lagen eng an und schmerzten etwas. Über mir kniend, verband sie mir die Augen.

»Und jetzt?«, fragte ich orientierungslos.

»Mmhmm … warte ab. Ich komme gleich!«

Julia verschwand. Ich lag fast nackt in einer fremden Wohnung auf dem Bett und das Herz schlug mir bis zum Hals. Nichts ahnend, was sie vorhatte, lauschte ich jedem Geräusch, das ich vernahm. Nach ein paar Minuten hörte ich, wie sich Schritte dem Zimmer näherten und der Holzboden neben dem Bett ein knarrendes Geräusch von sich gab. Mein Herz schlug noch schneller.

»Nichts Schlimmes«, sagte sie, als könnte sie meine Aufregung wahrnehmen. »Genieße es einfach!«

Das erste Geräusch, welches ich hörte, klang nach ausströmender Luft und es wurde kalt auf meiner Brust. *Das musste Sahne sein,* überlegte ich. Ich vernahm ihren warmen Atem auf meiner Brust und bemerkte ihre Zungenspitze, die die Sahne ableckte. Ihre Bewegungen waren intensiv zu fühlen, da ich nichts sah und mich voll auf die Wahrnehmung meines Körpers konzentrieren konnte.

Sie gab mir einen Kuss.

Ja, es schmeckte nach Sahne, ich hatte richtig gelegen.

Ich spürte Julias Hände an meiner Hose. Sie öffnete die Knöpfe meiner Jeans und zog sie aus. Die Boxershorts folgte ohne große Verzögerung.

»Vorsicht«, warnte sie mich, »es wird jetzt kalt.«

Sie wird doch wohl nicht mit Eiswürfel ...

»Puuuh«, stöhnte ich als die Kälte über meinen Bauchnabel glitt. *Ja, Eiswürfel,* fügte mein Kopf hinzu.

Julia spielte mit ihrer Zunge und dem Eiswürfel in meinem Bauchnabel, bis er völlig geschmolzen war.

Überraschend band Julia mich los und löste die Augenbinde.

»So, jetzt darfst du, ich möchte auch mal genießen«, lächelte sie mich an.

Ich fesselte ihre Handgelenke und verband ihre Augen, nachdem ich ihr Oberteil und den schwarzen BH ausgezogen hatte. Sie wartete gespannt und grinste vergnügt, weil sie wusste, was sie erwartete.

Ich hatte ihr das schwarze Höschen ebenfalls ausgezogen, als ich am Rand vom Bett stand und den ersten Eiswürfel auf Julias Bauchnabel absetzte. Sie erschauderte. Ich leckte und lutschte ihren Bauchnabel, bevor ich mit der Sahne ihre harten Nippel bedeckte und sie ableckte.

Julia biss sich auf ihre Lippe.

Einen weiteren Eiswürfel setzte ich auf Julias Lippen. Ich nahm ihn mit den Zähnen auf und wanderte damit über ihren Körper, hinab zu ihrem Kitzler und der feuchten Lustgrotte. Meine Zungenspitze kreiste in ihrer Pussy, während ich ihren Kitzler rieb, den man schon deutlich als Knubbel erspüren konnte. Julias Stöhnen war nun deutlich zu hören.

»Ich möchte, dass du mich so nimmst und kurz bevor ich komme, nimmst du mir die Augenbinde ab, ja?!«

»Okay«, stimmte ich zu.

Julia war sehr erregt und zitterte schon am ganzen Körper. Mein Schwanz drang langsam in ihre Pussy ein, dann stieß ich zu. Julias Stöhnen wurde lauter. Sie vergrub ihre Fingernägeln im Kissen, da ihre Hände nicht auf den Rücken gefesselt waren.

Immer lauter werdend wippte sie bei jedem Stoß mit und kam ihrem Orgasmus näher. Schneller zustoßend erwartete ich ebenfalls meinen Höhepunkt.

Kurz bevor ich kam, nahm ich ihr die Augenbinde ab und legte meinen Kopf auf ihre Schulter. Julia hielt mich fest und rang nach Atem. Ich hörte nur das leise Pusten in meinem Ohr.

»Mhmm, Don, du machst einen nicht nur am Telefon fertig!«

»Meinst du, Maus?!«, fragte ich und hielt ein Lächeln für sie bereit.

Julia nickte zustimmend.

»Dabei hatte alles so harmlos angefangen«, sagte sie und schaute mich verträumt an.

Stimmt, wir waren nur befreundet und jetzt lagen wir zusammen in ihrem Bett. Wie es wohl weitergehen würde? Sollte da von ihrer Seite aus mehr sein, fragte ich mich und bekam sofort die Antwort auf meine Frage.

»Das war zwar sehr aufregend mit dir, aber ich denke, wir sind uns wohl einig, dass das mit der Entfernung alleine schon schwer ist. Außerdem weiß ich, dass dein Herz noch für Phebey schlägt. Das solltest du abschließen, bevor du dir eine neue Beziehung suchst.«

»Da hast du wohl recht. Gerade nach den letzten Treffen habe ich gemerkt, dass ich anscheinend noch an ihr hänge.«

»Verständlich. Eure Zeit zusammen war lang und ihr habt viel durchgemacht«, sagte Julia, nickte dabei und gab mir einen Kuss auf die Stirn.

Wir lagen auf dem Bett, hatten ein wildes Erlebnis und nun brachte uns die Realität wieder auf den Boden der Tatsachen zurück. Eine gedrückte Stimmung verbreitete sich im Raum. Wir schwiegen, bis Julia die Stille unterbrach.

»Ich finde es schön, dass du hier bist. Wir sollten die Zeit noch genießen.«

Da konnte ich nur zustimmen. Julia blickte mich an und ihre Lippen verwandelten sich in ein Lächeln.

»Also. Ich habe einen Tisch beim Italiener reserviert. Wir ziehen uns an und werden etwas frische Luft schnappen. Und die Gedanken lassen wir hier.«

Julia konnte sehr überzeugend sein. Wir verließen die Wohnung und gingen zu Fuß zum Restaurant. Die 15 Minuten Gehweg taten gut und wir schafften es, die ernsten Themen zu umschiffen. Nach dem Essen gingen wir, vom Rotwein angeheitert, in eine kleine Bar und tranken zwei Cocktails, bevor wir uns auf den Heimweg machten. Der Wind war eisig und Julia kuschelte sich an mich. Sie blieb nach weiteren Metern stehen und kramte einen Zettel aus der Tasche.

»Den hat mir die Bedienung vorhin zugesteckt«, sagte sie. »Ich bin zu neugierig, was darauf steht.«

> *Wenn das nicht dein Freund ist, ist er dumm und ich bin glücklich. Dann würde ich mich freuen, wenn du dich bei mir meldest. Tobi*
>
> *0160 366****

Julia kicherte.

»Na, da hast du ja schon dein nächstes Date«, sagte ich.

»Ich hatte schon lange kein Date mehr, aber die Anwesenheit eines gutaussehenden Herren weckt wohl gleich den Jagdinstinkt bei euch.«

»Wir Männer möchten halt gerne das, was wir nicht haben können.«

Julia drückte sich fest an mich.

»Heute Nacht habe ich dich und ich freue mich schon, in deinen Armen zu liegen«, entgegnete sie, wobei ihre Augen im Dunkeln aufblitzten.

In der Nacht hatten wir leidenschaftlichen Sex mit Kuschelrunden, eine ganz andere Seite der Julia, die ich über den Tag kennengelernt hatte. Mit Alkohol im Blut schien sie viel entspannter und nicht mehr so wild.

Am nächsten Morgen weckte mich Julia mit einem Frühstück am Bett bevor ich den Weg zum Bahnhof antrat. Die Rückfahrt war mindestens so schlimm, wie die Hinfahrt, aber ich schaffte es, mir die Zeit mit Musik und schreiben zu vertreiben.

Blinddate

D a stand ich nun am Bahnhof und war alleine. Es war zu schön, um wahr zu sein. Wenn etwas glatt läuft, war doch bestimmt irgendwo ein Fehler versteckt, der alles zum Einsturz brachte. Das war anscheinend genau dieser Moment.

Klasse, das kann nur eine Verarschung sein, dachte ich, warum hatte ich mich darauf eingelassen. Niemand ist so blöd, mit nichts als einer Handynummer ein Date zu vereinbaren.

Ich war an einem Sonntag nach Hannover gefahren, um Laurie aus dem Chat zu treffen. Es war der Chat, in welchem ich Phebey kennengelernt hatte.

Nach mehreren Monaten hatte ich mich wieder eingeloggt und dabei Lauries Freundschaftsanfrage entdeckt. Wir kamen schnell ins Gespräch und sie schickte mir ein Foto zu. Das Foto war eingescannt und etwas unscharf, sodass ich mich mit dem Gedanken anfreundete, es könnte beim Treffen eine andere Person vor mir stehen. Laurie war zudem die erste Person, die mich über meinen Internetblog gefunden hatte und ihr eigenes Erlebnis mit mir erleben wollte.

War ich hier wirklich mit meinen Erwartungen übers Ziel hinausgeschossen? Ich sollte sie aus Hannover abholen. Wer fährt schon eine Stunde mit der Bahn zu einem Treffpunkt? Mir dämmerte Schlimmes.

Dabei wollte ich mit ihr einfach nur einen Nachmittag verbringen. Im Anschluss würde ich sie zurück zum Bahnhof bringen und über unser Blinddate eine Geschichte schreiben.

Soweit der Plan.

Ich stand am Bahnsteig. Sie war nicht da.

Am Tag zuvor hatte sie mich noch gefragt, ob sie bei mir rauchen dürfte und mir erzählt, was sie anhaben würde.

Da sie nicht auftauchte, rief ich sie kurzentschlossen mit meinem Handy an. Sie nahm nicht ab. Dann hörte ich die Mailbox.

Seufzend schaute ich mich abermals auf dem Bahnsteig um. Niemand da, der ihr ähnelte. Den Bahnsteig beobachtend, drehte ich mich zufällig zur Treppe um, als eine blonde Dame hinauf kam.

Ich schaute genauer hin und überlegte, ob es Laurie sein könnte. Als sie auf mich zuhielt und lächelte, erkannte ich sie.

Auf dem Bild, was ich von ihr bekam, sah sie schon ziemlich attraktiv aus. Das war der Hauptgrund, warum ich sie unbedingt treffen wollte. Und das was ich sah, übertraf alle meine Erwartungen.

Sie fixierte mich mit ihren großen braunen Augen und hielt weiter lächelnd auf mich zu. Ihre blonden langen Haare wurden durch die Luft gewirbelt, als ein Zug an uns vorbeifuhr. Ich konnte nicht anders und musste ebenfalls lächeln. Laurie war eineinhalb Köpfe kleiner und begrüßte mich mit einem knappen »Hi«, während sie mir direkt in die Arme lief.

Vor einer Minute noch enttäuscht und alleine, hielt ich mein Date völlig perplex in den Armen. Laurie löste sich von mir und strahlte mich weiterhin an.

Sie trug eine dicke Daunenjacke, denn an diesem Märztag war es sehr kalt. Ich hatte mich wieder gefangen und war von ihrer herzlichen Art sehr positiv überrascht, wodurch es mir schnell gelang, sie in ein Gespräch zu verwickeln. Wir beschlossen zum anderen Bahnsteig zu gehen, um den Zug nicht zu verpassen. Kaum dort angekommen, ertönte schon die Durchsage, dass der Zug in ein paar Minuten eintreffen sollte.

Laurie schaute mich an.

Sie war wirklich süß. Dass sie etwas kleiner war, störte mich nicht. Wir umarmten uns ein weiteres Mal und ich hielt ihre Hand, während der Zug vor uns zum Stehen kam. *Ja, sie war wirklich knuffig,* dachte ich und schob den Gedanken beiseite, dass ich mir mehr vorstellen könnte. Wir stiegen ein und hielten nach zwei Sitzplätzen Ausschau. Der Wagen war fast leer und so suchten wir uns eine Bank in der Mitte. Laurie setzte sich zunächst auf den Platz gegenüber.

»Möchtest du nicht zu mir kommen?«, fragte ich dreist.

»Hmm, wenn du meinst ...«, meinte sie und lächelte mich an.

Ich legte meinen Arm um sie, als sie sich setzte.

»Weißt du was,« sagte ich, »du siehst noch viel hübscher aus, als auf dem Foto, welches du mir geschickt hast. Da konnte man ja kaum etwas erkennen.«

»Danke, aber das habe ich extra gemacht. Wollte wissen, ob du trotzdem nach Hannover kommst«, sagte sie und grinste zufrieden.

Ich beugte mich langsam über sie und rieb meine Nasenspitze an der ihren. Laurie legte ihren Arm um mich. Meine Lippen näherten sich allmählich ihrem Mund. Auf eine Beschwerde wartend, dass es zu schnell geht, zögerte ich kurz. Das war genau der Moment, als Laurie mir einen Kuss aufdrückte. Überrascht von ihrem Vorpreschen küsste ich sie ein zweites Mal. Dieses Mal spielte meine Zunge sogleich mit ihrer und so zog sie mich, innig küssend, noch näher an sich. Nach einigen Minuten löste ich mich von ihr.

Mein Herz raste und mein Gehirn versuchte, all diese Informationen zu ordnen. Sie hatte mich total überrascht und aus dem Konzept gebracht. In diesem Moment, als sie ihre Chance ergriff und mir zuvorkam, wusste ich, dass sie nicht das nette Mädchen von nebenan war. Sie kam, um zu erobern und um Männerherzen zu brechen.

Ich schaute ihr in die Augen. Sie grinste, als könnte sie meine Gedanken lesen.

»Ist etwas?«, fragte ich.

»Nein«, sagte sie, grinste jedoch weiter.

»Ich hab dir doch gesagt, ich küss dich schon gleich im Zug«, stellte ich fest.

»Da war ich wohl etwas schneller, mein Lieber!«

Ich fuhr mit meiner Hand über ihre dicke Daunenjacke und zog sie erneut zu mir.

Laurie streckte mir ihre Zunge entgegen und spielte mit meiner Zungenspitze. Die ganze Fahrt küssten wir einander und kuschelten.

Eineinhalb Stunden später kamen wir an.

Wir liefen durch die Kälte zu meinem Auto und machten uns auf den Weg zu meiner Wohnung. Dort angekommen, gab Laurie mir die Halloween DVD, die wir uns anschauen wollten.

Ich streifte meine Schuhe ab und legte die Jacke zur Seite. Laurie folgte meinem Beispiel. Als ich sah, was sich unter ihrer dicken Daunenjacke verbarg, war ich leicht geschockt.

Ich erinnerte mich daran, dass sie mir mal im Chat erzählte, dass sie eine größere Oberweite hat.

Das hatte ich jetzt gesehen, denn trotz ihrer Baumwolljacke, die sie noch über ihrem Top trug, waren ihr Dekolletee und die Brüste nicht zu übersehen.

So etwas ist dir noch nicht begegnet, freute sich der kleine Teenie in mir und war gespannt, wie es weitergehen würde. Um es bequemer und gemütlicher zu haben, zog ich das Sofa aus und schloss die Vorhänge, weil der Film ziemlich dunkel war.

Laurie legte sich zu mir auf das Sofa und gab mir einen Kuss. Als ich mich von ihr löste, streckte sie mir die Zunge heraus und wollte mehr. Betört von ihren heißen Zungenküsse, spielte ich abermals mit ihrer Zunge und strich ihr dabei die dünne Baumwolljacke von den Schultern, sodass ihr pinkfarbenes Top zum Vorschein kam. Laurie nutzte meine Neugierde und legte ihre Jacke ab.

Thronend saß sie auf mir und grinste ungeniert, bevor sie sich nach vorne beugte, um mir mehr von ihren heißen Küssen zu geben. Meine Hände wanderten unter ihr Top und fuhren über ihren BH, während mein rechtes Bein zwischen Lauries beiden Schenkel drang, um ihre Vulva zu massieren. Ihre Brüste fühlten sich wirklich gut an.

»Ziehst du mir den Pulli aus?«, fragte ich sie.

»Nee, mach du ruhig«, wusste Laurie zu sagen.

Kurz aufgerichtet, zog ich ihn hastig aus und schleuderte ihn in die nächstbeste Ecke. Laurie beugte sich sofort hinunter und schob mir das T-Shirt aus der Hose, um es mir bedächtig über meinen Oberkörper zu ziehen. Sie betrachtete mein Piercing.

»Das sieht echt süß aus!«

Laurie legte sich neben mich, um die Halskette abzunehmen und sich von ihrem Top zu trennen. Wir küssten uns weiter und ich wanderte mit meinen Fingern zu dem Verschluss ihres schwarzen BHs, um ihn zu öffnen. Ich war wirklich gespannt darauf, was sie darunter verbarg, aber als ich den BH abgenommen hatte, stieß mich Laurie gleich zurück, rutschte etwas nach oben und presste mir ihre festen Brüste mitten ins Gesicht.

Der kleine Teenie in meinem Kopf stand mit offenem Mund und großen Augen da. Er konnte es nicht fassen, was sie gerade tat.

Was sie mir anbot, konnte ich mir nicht entgehen lassen. Instinktiv liebkoste ich ihre großen Brüste, leckte ihre harten Nippel und presste mein Gesicht noch tiefer in ihren Busen. Lauries stöhnte auf.

Ich ließ eine Hand zu ihrer Hose wandern, um den Reißverschluss zu öffnen und ihr die Hose herunterzuziehen. Ihr String war von unseren erotischen Küssen bereits total durchnässt. Laurie legte sich auf den Rücken und ich streifte ihn ab. Dann bat sie mich wieder nach oben, um mir die Hose auszuziehen.

»Laurie, du bist so süß«, stöhnte ich erregt.

»Ich weiß«, sagte sie selbstbewusst und grinste.

Sie ist ein Männervamp, sei vorsichtig, bremste mich mein Kopf, während mein Herz schon beschlossen hatte, sang- und klanglos unterzugehen.

Ein paar Sekunden später hatte ich nichts mehr an. Ich liebkoste ihre Nippel, bewegte mich langsam mit meinem Lippen abwärts, während meine Finger bereits ihre Vulva erkundeten. Laurie genoss es und schloss dabei die Augen. Ich spreizte ihre Beine und versank in ihrem kurzen Schamhaar. Nur ihre Pussy war rasiert und ich ließ meine Zungenspitze allmählich in den feuchten Abgrund rutschen. Ihren Kopf im Kissen wälzend stöhnte Laurie leise, sodass man es kaum hören konnte.

Wieder neben ihr, küssten wir uns mit wilden Zungenschlägen. Immer wenn ich aufhören wollte, lockte sie mich erneut und streckte mir die Zunge entgegen.

»Möchtest du mich hier so liegen lassen?«, fragte ich. »Du hast ihn ja schließlich ausgepackt.«

»Weiß nicht ...«, antwortete sie nur kurz.

Hübsch, frech und tut so, als sei sie schüchtern, schoss es mir durch den Kopf.

»In ein paar Stunden bist du zu Hause. Was möchtest du gern machen? Wichsen? Blasen?«, hauchte ich erregt in ihr Ohr.

»Hört sich beides gut an«, meinte sie und ließ ihre Hand zu meinem harten Schwanz wandern, um ihn zu wichsen.

»Leg dich auf den Rücken, Süßer«, forderte sie mich auf. Ich tat, was sie mir sagte.

»Dieses Piercing ist wirklich geil«, bemerkte sie, während sie nach unten rutschte.

Sie ließ ihre langen blonden Haare auf meinen Bauch fallen und fing an, genüsslich meinen Schwanz mit ihrer Zungenspitze zu verwöhnen.

»Mhm ...«, stöhnte ich und schaute ihr dabei zu.

Sie nahm die Eichel in den Mund und lutschte daran. Ich umfasste ihre Haare und sah, wie sie seitlich an meinem Schwanz knabberte, um weiter nach unten zu rutschen und meine Eier zu lecken.

»Oh Süße, du bist so geil!«, brachte ich nur stöhnend heraus.

Sie wanderte zurück nach oben und leckte meinen Schwanz mit schmatzenden Geräuschen. Laurie saugte gerade an meiner Eichel, als ich sie an ihren Haaren zu mir herauf zog.

»Ich will dich jetzt ficken, Süße.«

Sie schüttelte den Kopf und legte mir einen Finger auf die Lippen.

»Nein, keinen Sex, Süßer! Das weißt du doch. Ich möchte das noch nicht.«

»Bitte«, flehte ich.

»Nein, hör auf zu betteln.«

Das war also ihre Strategie. Die Männer heiß machen und dann fallenlassen. Da war sie bei mir aber falsch.

Ich gab ihr einen langen Zungenkuss und knetete ihre großen Brüste.

»Komm hoch, ich möchte noch einmal deine Nippel lutschen«, forderte ich sie auf.

Laurie beugte sich über mich. Sie schaute amüsiert zu, wusste sie doch, dass sie bestimmen würde, wo es lang geht. Nach einiger Zeit drehte sie sich wieder auf den Rücken und ließ sich von mir fingern. Ihre Brüste wippten bei jedem Eindringen mit.

»Darf ich dich lecken?«, fragte ich etwas verunsichert.

»Ja«, bekam ich als Antwort und begab mich erneut zwischen ihre Schenkel, um ihre feuchte Pussy zu lecken.

Laurie genoss das sichtlich.

»Sag mir, wenn du kommst, ja?!«, forderte ich sie auf.

»Jaaa ...«, stöhnte sie leise.

Ich schaute nach oben. Laurie kam ins Schwitzen, ihr Gesicht glänzte und ihr Körper bebte vor Erregung.

»Mhmmmh ...«, flüsterte sie und drückte meinen Kopf fest zwischen ihre Beine.

Ich hielt ihre Hand, die die meine fest drückte. Laurie begann ein wenig zu zittern. Ich stoppte.

Laurie öffnete die Augen und schaute mich an.

»Mach weiter, bitte«, flehte sie.

Nun bist du also so erregt, dass du unbedingt kommen willst. Mal sehen, ob du mir meinen Wunsch immer noch abschlägst.

»Ich will mit dir kommen«, flüsterte ich.

»Nein, keinen Sex!«, entgegnete sie.

»Leckst du mich?«, flehte sie.

»Nein«, antwortete ich direkt und wartete gespannt auf ihre Reaktion. Sie schaute mich an. Ich beugte mich über sie und gab ihr einen Zungenkuss.

»Mach weiter, es war gerade so schön«, versuchte sie es wieder.

»Ich mach nur weiter, wenn ich mit dir kommen darf, Süße!«

Sie schaute mich nachdenklich an.

»Kondome hab ich hier, Süße.«

»Interessieren würde es mich ja schon ... aber nur, wenn du vorsichtig bist«, willigte sie ein.

Ich holte ein Kondom hervor, riss die Verpackung auf und rollte es über meinen Schwanz. Laurie streichelte mir über den Bauch und beobachtete mich dabei.

Ich beugte mich über sie und legte meinen harten Schwanz an ihre Vulva, um ihn langsam hineinzustoßen.

»Vorsichtig!«, ermahnte mich Laurie erneut, als hätte ich dieses in meiner Aufregung vergessen können.

Ich spürte ihre Fingernägel auf meinem Rücken, als ich mit Bedacht in ihre Lustgrotte stieß.

»Tuts weh?«, fragte ich besorgt nach.

»Nein ... mach ruhig weiter ... es ist ein geiles Gefühl«, hauchte Laurie mir ins Ohr.

Ich stieß immer wieder zu, während Laurie unter mir lag und die Augen geschlossen hatte. Ich hingegen genoss es, ihre großen Brüste im Takt auf- und abwippen zu sehen.

»Don, ich komm gleich schon«, stöhnte sie.

Meine Bewegungen wurden schneller und Lauries Stöhnen erfüllte den Raum.

»Jaaaa ... oohhh Süßer!«

»Laurie, ich komme ...«, stöhnte ich zeitgleich.

Ich umarmte Laurie und ließ meinen Schwanz tief in sie gleiten, um dort zum Orgasmus zu kommen. Laurie zitterte am ganzen Körper.

Sie mit Küssen bedeckend holte ich meinen Schwanz langsam heraus und ließ meine Lippen über ihre Brüste wandern.

Der Film war mittlerweile zu Ende. Bis auf den Anfang hatten wir gar nichts mitbekommen. Die Zeit war so schnell verflogen, dass wir bereits nach dem Zug schauen mussten.

»Wann fährt der Zug? Ich wollte eigentlich um 20 Uhr in Hannover sein!«

»Der fährt um kurz nach 18 Uhr«, antwortete ich.

»Und wie spät ist es?«

»17.15 Uhr, in einer halben Stunde müssen wir weg.«

»Komm noch mal her, Süßer«, bettelte sie.

Ich kroch zu Laurie und holte mir einen weiteren Zungenkuss ab. Wir schmusten ein paar Minuten, ehe wir uns anzogen und auf den Weg machten. Ich hätte Laurie am liebsten bei mir behalten und so beschloss ich, noch einmal mitzufahren, um sie nach Hannover zu bringen. Wir saßen in dem oberen Abteil des Regionalzuges.

Ich umarmte Laurie und gab ihr einen langen Zungenkuss, während uns eine ältere Frau verärgert dabei zuschaute.

»Was die wohl hat?«, flüsterte ich Laurie ins Ohr.

»Bestimmt schon länger keinen Sex«, sagte Laurie ungeniert und grinste mich an.

Die Frau zog es vor, aus dem Fenster zu starren.

Draußen war es dunkel und man konnte nicht sehr viel sehen, also schien sie das wirklich zu stören. Das war mir aber in dem Moment egal, schließlich wusste ich nicht, ob ich Laurie jemals wiedersehen würde.

Noch forscher werdend öffnete ich beim Küssen den Reißverschluss von Lauries Jacke und griff ihr ans Top, um ihre Brüste zu massieren.

»Darf ich auch noch tiefer greifen?«, fragte ich erregt.

»Nein ... nee, das lassen wir lieber«, lehnte Laurie ab.

Kurz vor der Ankunft in Hannover, die Dame schaute immer noch aus dem Fenster, ließ mich Laurie doch ihren Venushügel erkunden. Als Tarnung hatte sie ihren Rucksack auf meiner Hand liegen, aber jeder, der genauer hinsehen würde, hätte es sofort bemerkt. Beim Aussteigen bekamen wir einen bösen Blick zugeworfen, den Laurie jedoch eiskalt ignorierte.

»Danke für den aufregenden Nachmittag. Der wird mir mit Sicherheit in Erinnerung bleiben«, verabschiedete sich Laurie und gab mir einen kurzen Kuss.

Ich schaffte es nicht mal ihren Dank zu bestätigen. Sie ging, ohne sich umzudrehen und ließ mich völlig verstört zurück. Als ich nach Hause kam, war ihr Chatprofil gelöscht.

Wie ich es vermutet hatte, so schnell wie sie aufgetaucht war, war sie wieder verschwunden. SMS und Anrufe blieben unbeantwortet und so musste ich mich damit abfinden, einer jungen Männerjägerin begegnet zu sein.

Als ich unser Erlebnis jedoch online stellte, erhielt ich in den nächsten Tagen zwei Kommentare. Der eine Kommentar war von Laurie:

> *Vielen Dank für diesen geilen Nachmittag. Die Geschichte ist toll. Ärgere die alten Damen nicht zu sehr.*

Darunter stand ein Kommentar einer Leserin, die schon viele meiner Geschichten kommentiert hatte. Dieses Mal fiel mir der Kommentar jedoch nach der Veröffentlichung direkt ins Auge.

> *DieKatze schrieb:*
>
> *Wieder so eine geile Geschichte, ich kann nicht genug davon bekommen. Schreib bitte noch mehr!*

Es schien so, als hätte ich meinen ersten Fan. Ich lächelte und hoffte darauf, dass noch viele folgen würden.

Im Supermarkt

Ein paar Tage später musste ich für unseren Abteilungsleiter einer Großhandelskette in der Metro einen Einkauf erledigen. Bislang hatte ich die Metro nur von außen gesehen und als ich hinein kam, fühlte ich mich von den vielen Regalen erschlagen und brauchte eine halbe Ewigkeit, um die Liste abzuarbeiten. Als ich endlich fertig war, nahm ich den schnellsten Weg zur Kasse.

Moment, dachte ich, *warum nehme ich mir nicht noch was zu Trinken mit?*

Also führte mich mein Weg zurück zu den Getränken. Mein Einkaufswagen wurde um vier Red Bull reicher. Im Anschluss passierte das, was für mich ein Ritual in einem Supermarkt ist:

Die Frage möchte beantwortet werden, zu welcher Kasse ich gehe.

Zur Auswahl standen hier zehn Kassen, davon waren sechs geöffnet. Als Mann beurteilt man die Kassen nicht nach der Länge der Schlange, sondern nach der Attraktivität der Kassiererin. Die Frauen kennen das Prinzip aus der Cola Light Werbung.

Dieses Mal brauchte ich nicht lange suchen, denn die junge Dame an der ersten Kasse gefiel mir auf Anhieb.

Ich grinste.

Da ich meinen Einkauf getrennt zahlen musste, wettete ich darum, einen hohen Unterhaltungsfaktor am Ende des Einkaufs zu haben.

Kassengespräche sind die besten, dachte ich und grinste noch breiter.

Als ich an der Reihe war, stellte ich meinen Einkauf auf das Band, nahm den Warentrenner und legte ihn hinter meine Sachen.

»Hallo«, sagte sie nur kurz und begann schon die ersten Sachen über den Scanner zu ziehen.

»Hallo«, sagte ich und schaute sie dabei an.

Ziemlich süße Maus, musste ich feststellen. Am liebsten hätte ich umgehend einen Seufzer losgelassen.

»Das geht getrennt«, schob ich schnell nach.

»Was? Wie? Ab wo?«, fragte sie und schaute mich erschrocken an.

In ihren blauen Augen konnte ich die Panik erkennen. Um nicht zu grinsen, musste ich mich beherrschen. Ich musterte sie. Sie war sehr süß mit den abgestuften blondierten Haaren, wirkte gegenwärtig aber wie ein aufgescheuchtes Streifenhörnchen.

»Die Sachen zusammen«, sagte ich und deutete auf den Einkauf für die Firma.

»Bis hierhin?«, fragte sie und deutete bis zum Warentrenner.

»Äh, bis dahin sowieso«, neckte ich sie.

Sie wurde knallrot. Mir wurde es auch ganz warm im Gesicht und das zeugte von nichts Gutem!

»Die Sachen zusammen«, erklärte ich noch einmal.

Ich erkläre es dir aber gerne noch einmal nackt, dachte ich.

»Okay«, meinte sie und lächelte.

Ob sie beim Sex auch so schnell Panik kriegt, drängte es sich mir als nächstes auf.

Ich bezahlte den Einkauf für die Firma.

»5,49 Euro«, sagte sie, nachdem sie die Dosen Red Bull über den Scanner gezogen hatte.

»Hast du es bitte klein?«, fragte sie mich und schaute mir tief in die Augen.

Sonderwünsche auch noch! Oder war das die Strafe für die Aktion von vorhin, dachte ich. *Pass auf, dass du nicht noch gleich meine Telefonnummer bekommst!*

Ich zählte das Kleingeld ab und gab es ihr.

Wenn ich nur ein bisschen mehr über dich wüsste, dachte ich.

»Vielen Dank«, kam es von der anderen Seite und erhielt einen frechen Blick dazu.

Das war eine Strafe, meinte eine Stimme.

»Das Zeug ist übrigens ungesund«, schob sie hinterher.

»Bitte?«, fragte ich in meinen Gedanken vertieft.

»Red Bull. Das ist viel zu süß und ungesund.«

»Und du bist viel zu süß und zu frech«, konterte ich.

Der Gegenangriff kam jedoch sofort hinterher.

»Bei Kunden, die bezahlt haben, ist das kein Problem«, ließ sie verlauten und musste selbst über ihre Äußerung kichern.

»Dadurch verliert man aber Kunden.«

Sie übergab mir die Kassenbons.

»Deinen solltest du nicht verlieren«, bemerkte sie.

Ich schaute mir den Bon an und sah, dass auf der Rückseite etwas stand.

Kundenbonus: Ein Date

0170/9362*** Bianca

»So gewinnt man Kunden zurück«, sagte ich und musste lachen. »Ich melde mich.«

»Ich hoffe. Tschau«, kam es noch von ihr.

»Tschüss«, ließ ich verlauten und schob den Einkaufswagen zum Ausgang..

Wir schrieben einen Tag später miteinander und verabredeten uns für das folgende Wochenende in einer Bar um paar Cocktails zu trinken.

Als ich die Bar betrat, sah ich Bianca schon ein paar Tische weiter.

»Hi, Bianca«, sagte ich und setzte mich zu ihr.

»Hi, Don«, antwortete sie auf die Begrüßung und musterte mich.

Die Bedienung kam und nahm unsere Bestellung auf. Von Biancas kecken Art spürte ich nichts. Wir unterhielten uns und ich stellte die meisten Fragen, weil ich nicht wollte, dass diese unangenehme Stille herrschte.

»Ich muss dir etwas sagen. Ich weiß nicht, was du dir für Hoffnungen machst, deswegen will ich ehrlich sein. Ich habe seit zwei Tagen einen festen Freund.«

»Hätten wir uns wohl ein paar Wochen eher begegnen müssen ...«, antwortete ich kess und versuchte meine Enttäuschung mit einem Lächeln zu überspielen.

Bianca erklärte mir, dass sie ihn schon länger kannte und er anscheinend seit mehreren Monaten in sie verliebt war. Ich nippte unterdessen gelangweilt an meinem Cocktail.

Da hatte ich doch so ein außergewöhnliches Date ergattert und nun bekomme ich so etwas serviert, dachte ich und war geneigt, es kurz zu machen und nach meinem Cocktail zu gehen. Tatsächlich versackten wir in der Bar und unterhielten uns über die Liebe, das Leben und aufregende Erlebnisse. Bianca fand ihr Temperament wieder, was ich so anziehend fand.

Wir trafen uns häufiger, innerlich hoffte ich weiterhin auf eine Chance. Die bekam ich jedoch nie, denn ihr Freund war anscheinend die richtige Wahl. Trotzdem blieben wir über Jahre gut befreundet und trafen uns öfters zum Feiern. Aber nicht alle meine guten Bekanntschaften kamen so leicht davon. Besonders nicht diejenigen, die es stets darauf anlegten, mich zu necken, mit mir zu flirten und mir mit ihrer Art zeigten, dass sie mich begehrten. Rebecca vereinte alles.

Es fing alles mit einem harmlosen Versprechen an. Rebecca versprach mir ein Jahr zuvor einen Kuss. Zu diesem Zeitpunkt war ich noch mit Phebey zusammen. Eines Tages kam sie vorbei, um ihr Versprechen einzulösen. Es war einer dieser Küsse, die man sein ganzes Leben nicht vergisst. Der Kuss dauerte eine gefühlte Ewigkeit und war dennoch viel zu schnell vorbei. Wir küssten uns bestimmt eineinhalb Stunden mit kleinen Unterbrechungen, in denen sich unsere Lippen trotz allem berührten.

Weil sie mich so beeindruckte, gab ich ihr das Versprechen, dass sie jederzeit zu mir kommen könnte und ich ihr ein Abenteuer bieten würde. Bevor dieses geschah, führte ein weiteres Zusammentreffen kurze Zeit nach dem Kuss zu einem aufregenden Ereignis.

Nachhilfestunden

Freitagabend bekam ich überraschend einen Anruf von Rebecca. Sie war am Wochenende wieder zu Hause und hatte eine Auszubildende aus dem Reitstall mitgebracht. In der Woche war sie im Ruhrgebiet bei ihrem Ausbildungsbetrieb untergebracht und nur an einigen Wochenenden in der Heimat. Über Rebecca hatte ich bereits Tina kennengelernt, von der ich im ersten Buch schrieb. Tina und ich hatten Rebecca nie etwas von unserem Treffen erzählt.

Dieses Mal würde ich Sina kennenlernen.

»Tja, ich würde ja gern alleine kommen, aber ich weiß, dass dann bestimmt etwas passiert und das will ich mir noch richtig überlegen! Ich bringe Sina als Verhütungsmittel mit«, meinte sie und lachte.

Während wir telefonierten, chattete ich im Internet.

»Okay«, sagte ich, »ich hab sowieso heute Abend nichts vor.«

Kaum war das Gespräch beendet, rannte ich in meiner Wohnung auf und ab, um aufzuräumen. Umsonst, wie sich nachher herausstellen sollte. Ich machte mir noch schnell etwas zu Essen und setzte mich vor den PC, um weiter zu chatten.

Dann klingelte erneut das Handy. Es war Rebecca.

»Sorry, das klappt nicht, ich muss auf meine kleine Schwester aufpassen, meine Eltern sind weg. Also kann ich hier nicht weg. Aber wenn du mal auf dem Weg bist, schau mal rein.«

Ich musste grinsen. *Frech und dreist, wie immer.*

»Also eigentlich wolltest du mich doch jetzt fragen, ob ich vorbeikommen kann, oder?«

»Ja, könnte man so nennen!«

»Okay, bin auf dem Weg« meinte ich, beendete das Gespräch und schnappte meine Sachen, um gleich los zu fahren.

30 Minuten später stand ich vor der Tür und klingelte. Rebecca kam herunter und öffnete.

»Hi«, begrüßte sie mich in ihrer aufgedrehten Art.

Wir umarmten uns und ich folgte ihr ins Wohnzimmer. Dort saß Sina, eingekuschelt auf der Couch vor dem Fernseher und begrüßte mich. Sie sah nett aus. Ich musterte sie genauer und setzte mich dazu.

Wir redeten über dies und jenes, was so Neues passiert war in der letzten Zeit. Irgendwann beschlossen wir, in Rebeccas Zimmer zu wechseln. Ihre kleine Schwester kam ebenfalls mit. Sie war 10 Jahre alt und turnte die ganze Zeit durch die Gegend. Unser Gespräch landete beim Thema Küssen.

»Don kann ziemlich gut küssen«, meinte Rebecca sagen zu müssen.

»Dein Kuss war der Beste, den ich je hatte«, meinte ich.

»Ja, das kann ich nur zurückgeben. Der schmeckte echt nach Ozean, halt einfach nach mehr«, kam es zurück.

»War der so geil?«, fragte Sina ungläubig und musterte mich.

»Ja, allerdings. Aber da war ich nicht in Übung«, meinte Rebecca.

»Dann möchte ich nicht sehen, wenn du in Übung bist«, sagte ich und lachte.

»Aber wie ist das eigentlich ... gibt es da wohl ein Unterschied beim Küssen von Jungen und Mädchen? Ich würde es ja schon gern wissen, was der Unterschied ist?«, fragte Rebecca.

Worauf zielte das denn ab? Also ich war nicht bi und nicht schwul, und ich hatte noch keinen Jungen geküsst.

Ich schaute sie fragend an. Sie schaute Sina an. Die Frage war für sie bestimmt.

»Das müsstest du doch wissen!«

Sina wurde rot und zog sich die Decke über den Kopf!

»Du«, stotterte sie, »wie kannst du das bloß erzählen!«

»Ja, sag mal, wie das ist!«

»Ja, ich will das auch wissen«, meinte ich.

Sie rückte damit aber einfach nicht heraus. Langsam entglitt das Gespräch in Richtung Liebe. Und dann war es soweit, dass Rebecca die ganze Zeit versuchte, Sina auszuquetschen, ob sie mehr als nur Freundschaft für sie empfand. Gespannt hörte ich zu. Irgendwann war es soweit, dass Sina es gestand.

»Ja, ich liebe dich, aber nicht so wie du denkst!«

»Wie denn?«, wollte Rebecca wissen, »Würdest du so weit gehen und mich küssen?«

Keine Antwort.

»Okay, anders: Könnte ich dich küssen, wenn ich das wollte? Sag mal! Ja oder nein?«

»Sag du mal. Würdest du mich küssen?«, fragte Sina zurück.

Sie schaute verzweifelt mit ihren blauen Augen in unsere Richtung.

»Ich hab dich gefragt. Würdest du, ja oder nein?«

»Das sag ich nicht. Lass uns das Thema beenden«, sagte Sina nervös und strich sich ihre braunen langen Haare aus dem Gesicht.

»Ja oder nein«, kam es stumpf von Rebecca.

»Das sag ich nicht«, meinte Sina.

»Also ja«, provozierte Rebecca.

»Nein!«, protestierte Sina.

»Nein?«, fragte Rebecca.

Das Ganze ging eine geschlagene Stunde so weiter. Es folgten drastische Maßnahmen, um die Befragte zu einer Aussage zu bewegen.

»Dann würd' ich aber gern wissen, wie du so küsst, wenn du es mir nicht sagst«, sagte Rebecca sauer.

»Don kann das ziemlich gut«, fügte sie hinzu und schaute mich an.

Ich musterte Rebeccas makelloses Gesicht. Dann schaute ich zu Sina. Sie schaute verlegen zu uns herüber.

»Möchtest du das?«, fragte ich Rebecca, »Oder hast du was dagegen?«

»Nein, gib ihr ruhig ein paar Nachhilfestunden«, genehmigte sie unser Vorhaben.

»Ich kann aber nicht küssen«, protestierte Sina.

»Macht nix! Küssen kann man lernen«, sagte ich provokant und grinste.

Ich krabbelte zu Sina. Sie hielt sich das Kissen vors Gesicht.

»Okay, dann sag aber, dürfte Rebecca dich küssen?«

Sie nahm das Kissen weg.

»Nein, das sag ich nicht!«

»Oh man, sag es mir endlich, Sina, ich hör sowieso nicht auf. Ich will das jetzt geklärt haben«, sagte Rebecca genervt.

»Nein.«

»Tja, dann werde ich dich wohl küssen müssen«, meinte ich voller Vorfreude.

»Hör auf!«

Langsam eskalierte es. Rebecca und Sina zickten sich an und ich genoss das Schauspiel.

Kindergarten, aber lustig.

Sina musste sich zwischen Wahrheit oder Pflicht entscheiden – und sie kam ihrer »Pflicht« von Sekunde zu Sekunde näher. Das Kissen hatte ich ihr schon weggenommen und sie lehnte sich gegen die Schranktür.

Weiter zurück geht es nicht, Schnucki.

»Dann sag einfach ja oder nein« sagte Rebecca verärgert mit hochrotem Kopf. Ihre Wut sprang ihr förmlich aus den Augen.

»Neeein«, fauchte Sina zurück.

Ich trat einen weiteren Schritt nach vorne und kam ihren Lippen noch näher.

»Don macht das schon, der kann das. Da brauchst du keine Angst zu haben! Der beurteilt das gerne für mich«, sagte Rebecca in einem scharfen Ton und ließ ein dreckiges Lachen los.

Inzwischen war Rebeccas Schwester im Zimmer und schaute den Geschehnissen zu.

»Ja, los küss sie. Mach schon«, grölte sie amüsiert dazwischen.

»Hörst du wohl auf«, sagte Rebecca, musste jetzt aber selbst lachen und gab ihrer Schwester einen Klaps auf den Hintern.

»Ja, und wenn ich schlecht bin ...«, meinte Sina.

Ich war ihren schmalen Lippen bereits sehr nah und spürte ihren warmen Atem. Sie zitterte.

»Hör bitte auf. Bitte«, flehte sie leise, »Bitte, ich will das nicht. Ich kenne dich doch gar nicht ...«

In diesem Augenblick berührten meine Lippen die ihren und langsam ließ ich meine Zungenspitze ihren Mund erkunden. Sie war sehr vorsichtig. Nach ein paar Sekunden wurde es besser, aber sie zog die Zunge wieder zurück, wenn ich sie lutschen wollte.

Ich löste mich von ihr.

»Und?«, fragte Rebecca.

»Mmmhm, für den Anfang nicht schlecht. Aber sie ist sehr vorsichtig! Und du meinst, du wärst nicht leidenschaftlich« sagte ich und warf Sina einen Blick zu.

»Also, was jetzt? Ja oder nein? Könnte ich dich küssen?«, drängelte Rebecca weiter.

»Man, das sag ich nicht! Lass mich in Ruhe«, kam es von Sina, die nun eingeschnappt ihre Hände vor den Brüsten verschränkte.

»Okay, Don meinst du, du kannst das jetzt gut beurteilen, wie Sina küsst«, zwinkerte Rebecca mir zu.

»Nein, nach einem Kuss nicht wirklich, das müsste ich noch mal genauer unter die Lupe nehmen«, grinste ich.

»Oh neeeiiin«, kam es von Sina.

»Dann sag es jetzt. Ja oder nein«, meinte Rebecca.

»Oh man. Na gut. Ja ... ja du könntest mich küssen«, sagte Sina leise.

»Schwierige Geburt«, grinste ich, »aber Rebecca, ich möchte das noch mal testen, bevor ich dir das genaue Ergebnis sag.«

Ich schaute Sina an.

Langsam näherte ich mich wieder ihren schmalen Lippen und berührte sie. Dieses Mal versuchte ich tiefer mit meiner Zunge in ihrem Mund zu spielen. Sie war immer noch sehr sehr vorsichtig.

»Tut mir leid, aber ich kenne dich gar nicht«, entschuldigte sie sich nach dem Kuss.

»Hm, wie gesagt sehr vorsichtig ... aber ich möchte das doch mal vergleichen!«

Ich ging zu Rebecca. Sie schaute mich verdutzt an. Aber das hielt mich nicht zurück. Ich beugte mich über sie und leckte über ihre Lippen.

»Oh je ... sind wir wieder so weit?«, fragte sie.

»Mhmmm«, murmelte ich vergnügt.

Ich lutschte an ihrer Unterlippe. Sie hatte wunderbar schöne große Lippen, mit denen man toll spielen konnte. Ich fühlte ihre Zunge, die jetzt auch mitspielte. Dann begann sie allmählich an meiner Zunge zu saugen. Das machte mich halb wahnsinnig.

Oh, diese Frau konnte küssen, so was hatte ich noch nie erlebt. Sie löste sich von mir.

»Die ist echt der Knaller«, meinte ich zu Sina, »Probier es doch mal.«

»Lässt du mich denn, Rebecca?«, fragte Sina.

»Versuch es doch«, grinste sie.

Die beiden näherten sich und Sina zitterte dabei wie Espenlaub. Dann küssten sie sich. Ich konnte sehen, dass Sina immer noch sehr behutsam vorging, aber Rebecca versuchte ihre Zunge in ihre Richtung zu locken.

Als sie sich trennten, meinte Rebecca nur ganz dreist zu mir: »Wieso, das geht doch!«

»Aha«, meinte ich und näherte mich noch einmal Sina.

Dieses Mal war der Kuss ein bisschen frecher.

Mittlerweile war es 4 Uhr morgens und die Mädels mussten früh raus, also suchte ich meine Sachen zusammen. Rebecca stand schon bei der Haustür, als Sina mir nachrief: »Und danke für die Nachhilfestunde!«

Ich lächelte, als ich die Treppe herunterstieg und auf Rebecca zuhielt. Als ich vor ihr stand und mich verabschiedete, gab sie mir einen langen Kuss.

»Komm gut nach Hause, du Hengst. Heute durftest du gleich zwei küssen. Ich bin mir sicher, unser zweites Versprechen lösen wir auch bald ein.«

Das zweite Versprechen

Rebecca traf mich völlig unvorbereitet. Es war Sonntagnachmittag. Es läutete an der Tür. Ohne mir großartig Gedanken zu machen, wer es sein könnte, schritt ich die Treppe herunter, um zu öffnen.

Rebecca!

»Ähm, hi. Was machst du denn hier? Komm doch herein«, hörte ich mich völlig überrumpelt sagen.

Wir gingen in meine Wohnung. Der Fernseher lief und Rebecca blickte einmal kurz auf den Tisch, nahm sich die Fernbedienung und setzte sich auf mein Sofa.

Typisch Rebecca, frech wie immer, dachte ich und grinste.

»Ist etwas?«, fragte sie und hob dabei eine Augenbraue.

»Nein! Nichts besonderes«, sagte ich und hatte Mühe, dem Blick ihrer blauen Augen standzuhalten.

»Orrr, das ist also nix besonderes, wenn ich mal extra hier hinkomme? Du hingegen hast es ja nicht mal nötig, dich auf der Abifete sehen zu lassen.«

»Hatte halt keine Lust«, kam es gleichgültig von mir.

»Ja, also wenn ich da bin, hast du gefälligst auch da zu sein, damit ich mich nicht mit dem Kindergarten dort unterhalten muss!«

Sie war heute wieder ... besonders frech!

Ihre freche Schnauze hatte sie schon oft genug in Schwierigkeiten gebracht. Sie legte sich gerne mit allem und jedem an. Viele werden sich jetzt eine sehr maskuline Frau vorstellen, aber das war sie ganz und gar nicht. Sie hatte eine weibliche Figur, lange braune Haare und eine etwas markante Nase. Sie war auch nicht der Elefant im Porzellanladen. Sie war einfach nur frech und direkt. Manchmal kam in mir der Wunsch hoch, ihr den Po versohlen zu wollen. Damals konnte ich jedoch mit diesen kleinen Vorstößen meiner Lust noch nicht wirklich viel anfangen.

Ich ging zum Sofa.

»So, du meinst also, ich muss auftauchen, wenn du es verlangst?!«, konterte ich frech und wartete auf ihre Reaktion.

Ich erhielt jedoch keine. Rebecca schaltete die Programme durch und tat so, als würde sie schmollen. Ich kannte ihre Spielchen, musste ich doch damals ansehen, wie sie einen guten Freund mit einer Beziehung zur Verzweiflung brachte. Eine Beziehung würde ich mit ihr nicht führen wollen, dazu war sie mir zu dominant.

»Warum bist du eigentlich hier?«, nahm ich das Gespräch wieder auf.

»Ich wollte die CD abholen!«

»Ach ja … stimmt ja.«

Ich stellte mich ungeschickterweise vor den Fernseher.

»Könntest du mal den süßen Arsch da wegnehmen!«

Oh ja, sie ist eine Zicke ... aber sie kann sehr süß sein, dachte ich.

»Was machen deine Mädels?«, fragte sie.

Ich schaute sie voller Protest mit grimmigem Blick an. Jede Frau, die etwas von mir wollte, hatte am wenigsten Interesse zu erfahren, was ich mit meinen »Mädels« trieb. Rebecca war halt anders.

Sie lachte laut.

»Sorry, dein Blick sah gerade sehr geil aus.«

Na warte, du kleines Biest, dachte ich.

Ich stellte mich vor sie und beugte mich herunter.

»Sonst haste keine Probleme, oder?«

»Isch weisch nisch ...«, ließ sie mit ihrem Slang verlauten.

Ich beugte mich noch weiter vor, streckte meine Zunge raus, berührte kurz ihre Nasenspitze.

»Du sagtest doch, es schmeckt nach mehr«, flüsterte ich leise und dachte dabei an das letzte Mal.

Bei Rebecca brauchte man nicht lange zu reden. Im Gegenteil. Sie hasste es.

»Vielleicht will ich aber nicht mehr?!«, ließ sie verlauten.

»Soll ich das etwa herausfinden?«, fragte ich.

»Isch weisch nischt ...«, neckte sie mich und schaute mich dabei schief an.

Ich wagte den nächsten frechen Versuch mit meiner Zunge. Dieses Mal versuchte sie, danach zu schnappen.

Vergebens.

Ich beugte mich nach vorne, um sie zu küssen. Und da waren sie wieder: Die unglaublichen Küsse, die mich sofort erregen konnten.

Mit nur einem Kuss geil. Das könnte sie sich patentieren lassen, dachte ich.

Ich ließ mich auf ihr Spiel ein, gab mich ganz ihrer Leidenschaft hin und sie revanchierte sich, indem sie genüsslich an meiner Zunge saugte.

Wahnsinn, das wird wieder Schmerzen geben ... aber es war einfach ein geiles Gefühl.

Ich kniete mich aufs Sofa und wurde unmerklich genauso frech wie sie. Meine Hand wanderte unter ihren Pulli und massierte ihre großen Brüste, ohne dass sie sich wehrte. Sie biss mir leicht auf die Zunge, als ich meine zweite Hand dazunahm.

»Heute kommst du aber gleich zur Sache«, flüsterte sie mir ins Ohr.

Ich stoppte und musterte sie. Rebecca sah heute echt niedlich aus mit ihren langen Haare, die sie hochgesteckt hatte. Die restlichen Strähnen hingen ihr ins Gesicht und wenn man ihr in die blauen Augen schaute, glaubte man gar nicht, was für ein Biest sie eigentlich war.

Sie schaute mich verträumt an.

»Na, sollte ich nicht eigentlich bestimmen, wann es losgeht? Aber du hast es wohl sehr eilig, was?!«, riss sie mich aus meinen Gedanken.

Sie streckte ihre Zunge heraus und fuhr mir über die Nasenspitze, um danach meine Lippen zu lecken.

»Los, mein Schatz, du hast Glück. Ich hab gute Laune. Lass uns ins Schlafzimmer gehen. Ich will wissen, wie dein Bett quietscht.«

Frechheit siegt halt, dachte ich und ließ mich von ihr ins Nebenzimmer zerren, um dort wild knutschend auf dem Bett zu landen.

»Bist du sicher, dass du das hier willst, ich meine ich bin total aus der Übung«, flüsterte Rebecca und knabberte an meinem Ohrläppchen.

»Das hast du beim Küssen damals auch gesagt, Süße! Und so etwas hab ich vorher noch nicht erlebt«, grunzte ich.

»Ja, findest du das noch immer?«

Ich zog Rebecca den Pulli und das T-Shirt aus. Beides langsam und vorsichtig, um die hochgesteckten Haare nicht durcheinander zu bringen. Sie hatte ihre Hände unterdessen unter meinem T-Shirt. Wenig später lagen wir nackt auf dem Bett. Ich schob mein Bein zwischen ihre Schenkel und knetete mit der einen Hand ihre weichen Brüste, mit der anderen ihren Kopf haltend. Rebecca umarmte mich und streichelte über meinen Schwanz.

»Du weißt, ich werde ihn nicht in den Mund nehmen«, sagte sie noch einmal ermahnend.

»Ich weiß«, flüsterte ich, »aber das ist nicht schlimm.«

Ich ließ meine Finger zu ihrer Lustgrotte wandern, die bereits feucht war und versenkte zwei meiner Finger. Sie schaute mich mit großen Augen an, während ich meine Finger in ihr bewegte. Ihre Pussy gab schmatzende Geräusche von sich. Rebecca stöhnte leise auf. Ich spreizte meine Finger ein wenig, nahm einen weiteren Finger dazu und wartete auf Rebeccas Reaktion, die gleich darauf folgte.

Sie stöhnte lauter und griff fest um meinen Schwanz, um ihn zu massieren. Ich beugte mich über sie und leckte ihre harten Nippel. Mit den Lippen begann ich ein wenig daran zu saugen und wanderte weiter zum Hals. Dann spielten unsere Zungen miteinander, heftig aneinander lutschend, während ich ihre Pussy streichelte.

Rebecca setzte sich auf mich, mit dem Rücken zu mir. Sie griff nach meinem Schwanz, um ihn langsam in ihre nasse Lustgrotte zu führen. Ich konnte spüren, wie er mit einem Ruck bis zum Anschlag in ihr verschwand. Der plötzliche Stoß und der kurze Schmerz ließen mich aufschreien. Rebecca lehnte sich unbeeindruckt nach hinten und ritt mich halb wahnsinnig.

»Na, ist das tief genug?«, stöhnte sie, während sie wieder zustieß.

Ihre Brüste wippten mit jedem Stoß. Rebecca lehnte sich zurück und ließ ihr Becken kreisen.

»Mhmm ...«, brachte ich nur stöhnend hervor, weil das Gefühl noch intensiver war.

Rebecca drehte sich um, sodass ich ihr dabei auf den Po schauen konnte und sah, wie mein Schwanz immer wieder in ihre Pussy stieß. Ihr Stöhnen wurde noch lauter und das Klatschen ihres Pos ebenfalls. Ich genoss den Anblick und gab ihr einen Klaps auf den Arsch.

Was willst du denn bitte verlernt haben, dachte ich und bekam danach kaum noch einen klaren Gedanken zusammen.

Ich schob sie von meinem Schwanz, so dass sie auf allen Vieren kniete und rammte ihn ihr in die nasse Pussy.

Wenn du es härter magst, sollst du es härter bekommen.

Dann griff ich an ihre Oberschenkel und zog ihren Körper mit jedem Stoß wieder an mich, damit mein Schwanz bis zum Anschlag ihre Pussy ausfüllte.

»Mhhmm, jaaaa, mhhmm ...«, stöhnte Rebecca immer lauter.

Meine Stöße wurden noch härter und schneller. Ich merkte, dass ich es kaum noch halten konnte und stieß noch einmal kräftig zu, bevor ich mich in ihre Pussy ergoss.

»Da ist aber jemand sehr heftig gekommen«, kommentierte Rebecca keuchend das Geschehen und ließ meinen Schwanz langsam aus ihrer Lustgrotte gleiten.

Sie drehte sich um und gab mir einen derben Zungenkuss, indem sie an meiner Zunge saugte.

»Du bist also aus der Übung. Ich will wohl besser gar nicht wissen, was passiert, wenn du in Übung bist.«

Rebecca lachte und lehnte sich an mich.

»Ich muss sagen, es hat mir sehr gefallen. Und es hat sich gelohnt, darauf so lange zu warten.«

Zwei Tage nachdem die Geschichte geschrieben und veröffentlicht war, schrieb mir mein »Fan« ein Kommentar zum Erlebnis:

DieKatze schrieb:

Sex mit einer guten Bekannte ... Ich hätte da auch jemanden, würde mich aber nicht trauen, die Freundschaft aufs Spiel zu setzen. Das Erlebnis war bestimmt geil, ich hoffe ihr seid weiterhin befreundet ;)

Der Verehrer

Neben den realen Bekanntschaften, lernte ich durch meine Onlineaktivitäten immer mehr Bekannte im Messenger kennen. Erst waren es AIM und MSN, wenig später folgte ICQ, der für alle bald der Messenger wurde. Wenn ich meine neuen Bekanntschaften und Dates in Foren und Communities kontaktiert hatte, tauschten wir schnell unsere ICQ-Nummern aus und konnten dort in Ruhe weiterschreiben.

SMS-Flatrates gab es zu der Zeit noch nicht und so blieb uns nichts anderes übrig, als darauf zu achten, wie viele SMS man am Tag schrieb. Wir warteten häufig noch bis zum nächsten Abend, um die nächste Frage online zu stellen oder dort eine Antwort zu erhalten. Für wirklich dringende Angelegenheiten gab es das Handy.

Eine dieser Bekanntschaften war Anny. Ich hatte mich vor einigen Wochen bereits mit ihr getroffen, weil ich in ihrer Heimatstadt einen Arbeitsplatz bekommen hatte. Da ich jedoch einige Probleme mit dem Unternehmen hatte, beschloss ich, in der Probezeit zu kündigen. Ich hatte Glück und fand innerhalb weniger Tagen einen neuen Job in meiner Wohnnähe. Den Arbeitsvertrag hatte ich bereits unterzeichnet. Ich fragte Anny, ob wir uns noch einmal sehen könnten.

Sie sagte zu.

Wir hielten den letzten Freitag fest. An diesem Tag hatte ich nur bis 14 Uhr zu arbeiten. Zwischen der Firma und ihrem Zuhause lag eine Berufsschule, auf deren Parkplatz wir uns bereits beim letzten Mal trafen. Das letzte Treffen war sehr nett und außerdem fand ich sie sehr hübsch.

Am Tag vorher erzählte sie mir, dass sie sich später noch mit einem Moritz treffen wollte. Wie ich später erfuhr, musste sie sich mit ihm treffen. Am Freitag fragte ich sie dazu aus, weil ich wusste, dass sie keinen Freund hatte. Und ich bin halt sehr neugierig. Wir standen auf dem Parkplatz an meinem Auto und sie erzählte mir die Geschichte.

»Nee, also ich will nichts von Moritz. Er läuft mir halt schon ein halbes Jahr hinterher. Ich hab ihm das auch schon gesagt. Aber er will das anscheinend nicht kapieren! Manchmal meldet er sich ein paar Monate gar nicht mehr und dann ruft er ein paar Wochen jeden Tag an!«

Anny verdrehte die Augen.

»Und dann labert er mich die ganze Zeit zu!«

»Warum triffst du dich dann mit ihm?«, fragte ich.

»Ich hätte ihm das angeblich mal versprochen! Davon weiß ich zwar nichts, aber naja. Er gibt ja keine Ruhe, dann treffe ich mich jetzt einmal mit ihm!«

Ich spielte während unseres Gesprächs an meinem Schlüsselbund herum, dessen Schlüssel und Anhänger klimperten. Anny warf ein Blick darauf.

»Was hat das eigentlich für ne Bedeutung?«, fragte sie und deutete auf ein paar Abreißringe von Red Bull Dosen. »Die habe ich schon beim letzten Mal bemerkt.«

»Willst du einen haben?«, fragte ich.

»Ich weiß nicht. Meine Freundin hat die Teile auch. Was bedeutet das denn?«

Ich entfernte einen vom Schlüsselbund.

»Nimmst du ihn? Ich glaub nicht das du einen von deiner Freundin bekommst«, grinste ich.

Ich hielt ihr den Ring hin. Sie schaute etwas skeptisch darauf und nahm ihn in die Hand.

»Und jetzt?«

Sie schaute mich mit ihren himmelblauen Augen an.

»Tja, das bedeutet jetzt, dass ich dir jeder Zeit zur Verfügung stehen muss!«

Sie blickte mich an.

»Aha, ich versteh schon.«

»Deswegen glaube ich eigentlich nicht, dass deine Freundin dir einen gegeben hätte.«

»Nein«, lachte Anny, »bestimmt nicht.«

»Und was muss ich jetzt damit machen?«, fragte Anny.

»Aufbewahren und ihn mir geben, wenn du mal Lust hast, das liegt dann ganz bei dir! Ein »Nein« von meiner Seite ist nicht erlaubt, weil ich es dir ja angeboten habe.«

Anny nickte.

»Ich verstehe! Einen Freifick also ...«

Sie warf mir einen Blick herüber und spielte etwas verlegen an ihrer hellblauen Jeansjacke.

Sie wird ihn bestimmt später wegwerfen. Oder sie zeigt ihn ihrer Freundin, um ihr zu zeigen, dass sie nun auch einen hat, schoss es mir durch den Kopf.

Wir wechselten das Thema und sprachen über einige aktuelle Sachen, wie zum Beispiel über meinen neuen Job.

Bald kamen wir aber wieder auf Moritz zurück und mir fiel da ein kleiner Plan ein.

»Sag mal, du hast doch keine Lust mit Moritz zu reden, oder?!«, fragte ich.

»Nein«, antwortete Anny.

»Okay ... und es wäre dir am liebsten, wenn er dich in Ruhe ließe. Ich bleibe einfach noch etwas und wenn er uns sieht, denkt er wahrscheinlich, ich wäre dein Freund.«

»Das ist 'ne interessante Idee.«

»Er kann ja ruhig mit dir reden, aber wenn es dir zu viel wird, sag ich ihm einfach, er soll dich in Ruhe lassen.«

»Aber dann solltest du mich auch umarmen«, setzte ich nach und grinste.

Mittlerweile war es schon 16.30 Uhr und Moritz wollte um 17.00 Uhr auftauchen. Wir beschlossen zu den Fahrradständern zu gehen, weil er dort wohl sein Fahrrad abstellen würde.

»Er wird bestimmt eher auftauchen, mindestens 10 Minuten.«

»Meinst du wirklich?«, fragte Anny etwas überrascht.

»Ganz bestimmt.«

Wir schauten uns bereits ab 16.40 Uhr um, standen uns jedoch die ganze Zeit lässig gegenüber.

Plötzlich tauchte ein junger Mann mit Fahrrad auf. Anny konnte ihn nicht sehen, weil sie mit dem Rücken zu ihm stand. Ich stupste sie an.

»Anny, ist er das?«, flüsterte ich und warf einen Blick in seine Richtung.

Sie drehte sich um.

»Oaar nein, das ist er.«

Sie schaute mich an.

»Gib mir deine linke Hand. Los!«, flüsterte ich.

Das war die Seite, die er hätte unmöglich sehen können, weil er aus der anderen Richtung kam.

»Das bringt doch jetzt eh nichts mehr«, flüsterte Anny.

»Doch, die Seite hat er nicht gesehen.«

Moritz stellte sein Fahrrad ab und verschwand zu Fuß um die Ecke.

»Oh nee, und jetzt?«, flüsterte Anny, weil sie nichts sehen konnte.

»Er ist um die Ecke gegangen ... wahrscheinlich haben wir ihn ziemlich geschockt!«

Ich ergriff die Chance und umarmte Anny. Ich drückte meine Stirn an die ihre.

»Umarme mich.«

»Warum? Ist doch sowieso egal!«

»Nein, er läuft hier jetzt irgendwo herum und muss sein Fahrrad wieder holen!«

Ich schob ihre Arme an meine Hüfte und begann mit ihr zu schmusen. Ihre Lippen sahen sehr verführerisch aus und ich genoss die Augenblicke, in denen ich nicht gerade nach Moritz schaute. Aber der tauchte schnell wieder auf. Er stand an der gleichen Ecke und beobachtete uns.

»Er ist wieder da«, flüsterte ich und kuschelte mich an Anny. Ihre langen braunen Haare fielen mir ins Gesicht. Sie konnte ihn nicht sehen.

»Und er telefoniert ...«, flüsterte ich weiter.

»Ja?«, fragte Anny ungläubig.

Sie legte ihre Arme weiter um mich. Ich schaute in ihre blauen Augen.

»Ich hab noch ne Idee, wie wir ihn überzeugen könnten, dass wir zusammen sind ...«

Würde sie diesen Schritt ebenfalls mitgehen? Einen Versuch war es wert.

Ich näherte mich ihren Lippen.

»Ich weiß nicht, meinst du wirklich?«, flüsterte Anny.

Aber die Äußerungen kamen etwas spät. Meine Lippen berührten die ihren für ein paar Sekunden.

»So schlimm fand ich das gar nicht«, flüsterte ich.

Moritz schaute uns aus 25 Meter Entfernung zu.

Mhm, dachte ich, *warum nicht noch mehr von den zarten Lippen?*

Ich setzte noch einmal an und strich mit meiner Zunge über ihre Lippenränder, während ich sie küsste. Langsam öffnete sie ihren Mund und es wurde ein richtiger Zungenkuss daraus. Moritz wurde es unterdessen wohl zu viel. Er telefonierte so laut, dass wir alles mitbekamen.

»Mhm ... ja ... nee, ich komm zu dir. Bin gleich da.«

Er holte sich sein Fahrrad und verschwand. Wir gingen auf den Parkplatz zurück und kuschelten dort weiter, weil wir die Befürchtung hatten, Moritz würde uns von irgendwo her beobachten.

Nach zehn Minuten tauchte er erneut auf. Er war wirklich sehr nervig. Anny glaubte nicht, dass er uns diese Geschichte abkaufen würde. Wir diskutierten ein paar Minuten und beschlossen, dass sie ihr Fahrrad holen würde. Falls sie nicht zurückkäme, würde ich ihr folgen.

Sie kam nicht wieder und ich folgte ihr.

Moritz stand vor ihr und die beiden unterhielten sich. Ich hielt auf Anny zu. Wir begrüßten uns nur und dann war Moritz bereits verschwunden.

»Wir sind jetzt zusammen«, grinste Anny und zwickte mich grinsend in die rechte Seite.

»Siehst du, was hab ich dir gesagt«, meinte ich und umarmte sie.

»Er glaubt, du wärst mein Freund. Dann lässt er mich wenigstens jetzt in Ruhe. Ach ja, ich weiß nicht, ob du noch Zeit hast, Don, aber ich würde dir jetzt gern was wiedergeben. Ich hätte gerne noch mehr von deinen Küssen und alles, was noch dazu gehört«

Sie hielt mir den Abreißring hin.

Ich wusste, dass ich überzeugend sein konnte. Aber so überzeugend?

Angewurzelt stand ich dort. Anny hielt mir den Ring hin und ich wusste nicht, wie viel Zeit vergangen war. Natürlich wollte ich den Ring annehmen, ich musste ihn ja annehmen, das war nun mal so. Aber dass sie ihn so schnell zurückgeben würde, damit hatte ich nicht gerechnet.

»Außerdem hast du mir geholfen, meinen lästigen Verehrer loszuwerden«, meinte sie ihre Entscheidung zu begründen.

Ich lächelte und nahm ihr den Ring dankend ab.

Sie kam auf mich zu, umarmte mich und gab mir einen Zungenkuss.

»Ich muss schon sagen, deine Küsse machen mich geil ... Hast du 'ne Idee, wo wir uns verkriechen könnten?«, flüsterte Anny und schaute mich mit ihren himmelblauen Augen an. Ich fuhr ihr mit meiner Hand durchs Haar.

»Ja, wie wäre es hinter der Autobahn. Da gibt es doch ein paar Wälder. Und dann kriechen wir auf die Rückbank meines Autos.«

Anny stimmte zu, wir stiegen ins Auto und fuhren ein paar Kilometer, um der Stadt zu entkommen. Vor uns lagen einige Wälder, die ich über die Bundesstraße anfuhr. Ein paar Feldwege weiter und wir standen auf einem einsamen Parkplatz mitten im Wald.

Ich stellte den Motor aus und schaute mich um. Es war niemand zu sehen. Wir stiegen aus, klappten die Sitze um und machten es uns auf der Rückbank gemütlich. Ich strich Anny die Haare aus dem Gesicht und gab ihr vorsichtig einen Kuss. Voller Erwartung zog mich Anny hinunter auf die Rückbank und küsste mich fordernd mit der Zunge.

Hatte ich sie vorhin so betört, dass sie jetzt wie ein Vulkan ausbrach? Diese Frau überraschte einen immer wieder von neuem.

Ich streifte ihr die hellblaue Jeansjacke ab und knöpfte ihr Hemd auf, unter dem sie ein weißes Top trug. Anny zog mich zu sich herunter, um genüsslich an meiner Zunge zu saugen.

»Mhm, Anny ... du machst mich total geil«, hauchte ich und rang nach Luft.

Meine Finger tasteten ihr Top ab und verschwanden unter dem dünnen Stoff, um mit ihren harten Nippeln zu spielen. Anny brachte kein Wort heraus, aber ihr Blick sagte eindeutig, dass ich weitermachen sollte. Ich rollte ihr Top hoch, um ihre kleinen Brüste zu liebkosen.

»Mhm, Don ...«, stöhnte sie leise auf, als ich ihre Vulva mit meinem Oberschenkel massierte.

Ihr lasziver Blick trieb mich dabei geradewegs in den Wahnsinn.

»Zieh mir den Pulli aus«, sagte ich zu ihr und führte ihre Hände an meine Hüfte.

Anny sorgte dafür, dass mein Oberkörper ebenfalls nackt war. Ich öffnete den Knopf ihrer Hose und schob sie über ihre glatten Beine. Ihre Arme um mich legend, zog sie mich nach unten. Anny lag vor mir und hatte nur noch ihr Höschen an. Nervös öffnete ich meine Hose.

Anny befreite sich von ihrem Höschen und lag vollkommen nackt vor mir. Ihr Venushügel und alles, was sich darunter verbarg, war rasiert. Ich küsste ihren Bauch und wanderte mit meinen Küssen bis zur ihrer glänzenden Vulva. Vorsichtig saugte ich an ihren kleinen Schamlippen, die hervorstanden. Annys Hand fand den Weg zu meinem harten Schwanz, der darauf wartete in ihre Lustgrotte einzudringen.

Darauf musste ich nicht lange warten, denn Anny setzte sich auf mich und nahm meinen Schwanz in ihre enge Pussy auf. Ich hielt die Luft an, weil die Enge so intensiv zu spüren war. Anny hingegen stöhnte laut auf.

»Anny, du bist so süß«, flüsterte ich, als sie breitbeinig auf mir saß und ihren Kopf auf meiner Schulter lag.

Ich spürte, wie sie sanft zubiss und an meinem Hals saugte, während ihr Becken auf meinem Schwanz kreiste.

»Mhm, das ist besser ...«, stöhnte ich, weil ich sie noch intensiver spürte.

Anny drückte mich ganz fest an sich.

»Mhm Anny, ich komme gleich, Süße ...«, brachte ich nur noch heraus.

»Warte, warte, bitte ... ich bin auch kurz davor ...«, stöhnte sie außer Atem.

Ein paar Sekunden später konnte ich es nicht mehr zurückhalten und erhielt einen weiteren harten Stoß, bevor ich kam. Anny hielt mich fest an sich geklammert und gab mir einen langen Zungenkuss.

»Danke, für alles«, sagte sie und stieg von mir, um sich anzuziehen.

Draußen regnete es und die Scheiben waren beschlagen. Ein Glück, so hatte uns bestimmt keiner gesehen. Wir lagen noch ein paar Minuten aneinander gekuschelt auf der Rückbank, bevor wir ausstiegen, uns nach vorne setzten und losfuhren. Ich brachte sie bis kurz vor die Haustür.

»Das Fahrrad kann ich auch morgen holen. Fahr vorsichtig und viel Spaß bei der neuen Arbeit. Wir schreiben uns online.«

»Mit Sicherheit. Bye«, verabschiedete ich sie und sah ihr nach, wie sie durch den Regen lief.

Erst als ich zu Hause war und die Geschichte schrieb, wurde mir klar, wie sehr ich sie eigentlich begehrt hatte. Aber die Tage danach brachten die Klarheit, dass es nur ein Abenteuer war. Anny stellte das direkt klar, als sie meine Geschichte online gelesen hatte. Ich hatte also gar keine Zeit, mir falsche Hoffnungen zu machen. Kurze Zeit nach der Veröffentlichung fand ich einen lobenden Kommentar unter meiner Geschichte.

> *DieKatze schrieb:*
>
> *Ich liebe deine Geschichten. Dieses Erlebnis ist der Hammer. So einen Kerl möchte ich auch. Vergrault nervende Verehrer und macht mich danach im Auto heiß. Hrhr :)*

Zwei Wochen später trat ich meine neue Arbeitsstelle an. Dieses feierte ich am darauffolgenden Wochenende mit ein paar Freunden und hier sollte ich die erste Überraschung erleben, die mich vorsichtiger werden ließ.

Der Kneipenbesuch

An jenem Wochenende war ich mit ein paar Kumpels in einer Kneipe außerhalb. Wir waren dort öfters anzutreffen, weil sie bekannt war. Aufgrund der Größe gleicht sie eher einer Gaststätte als einer kleinen verrauchten Kneipe an irgendeiner Straßenecke.

Wir trafen uns dort um halb zehn, spielten ein bisschen Billard und unterhielten uns. Ich berichtete von meiner neuen Arbeit und von den neuen Kollegen. Dann kamen die Jungs auf meinen Internetblog zu sprechen. Einige hatten sich schon überlegt, ebenfalls so einen Blog zu schaffen, um neue Dates zu erlangen. Als wir darüber sprachen und ich ihnen erzählte, dass sie erst einmal ein paar Fotos machen sollten, wurde es still.

Ich verschluckte das nächste Wort, das ich sagen wollte, weil ich der Bedienung hinterher schaute, die am Nachbartisch die Bestellung aufnahm. Wie konnte eine Hose so einen Po formen? Aber so eng, wie diese Jeans saß, formte wohl eher der Po die Hose.

Sie drehte sich um, kam auf uns zu, lächelte, wobei ihre blond-gelockten Haare ins Gesicht fielen und meinte:

»Na, kann ich euch was bringen?«

Sie mochte vielleicht 26 oder 27 sein. Ich hatte sie schon öfters hier gesehen.

In der letzten Zeit haste es wohl mit Bedienungen, was, dachte ich und ließ ein breites Grinsen ab.

Nachdem wir bestellt hatten und sie uns die Getränke brachte, schauten wir ihr automatisch hinterher.

Zwischen den neuen Bestellungen kam sie erneut zu uns und fragte, ob wir noch etwas benötigen würden. Mich musterte sie bei der Ansprache ganz besonders.

Mmmmhhhmm, DICH, lag es mir auf der Zunge, was ich mir aber in Anwesenheit der Anderen verkniff. *Bloß, wie sollte ich ihr das nun beibringen? So eine Frau hat bestimmt schon jemanden, wer könnte da "Nein" sagen!*

Ich beschloss noch etwas zu warten und sie zu beobachten. Sie schaute öfters mal zu mir und lächelte mich an. Kein Grinsen oder so etwas, sie lächelte mich einfach nur an. Dann kam sie mit der nächsten Runde.

Dieses Mal durfte ich bezahlen.

Tja, da würde jemand wohl viel Trinkgeld bekommen.

»Das macht dann 9,60 Euro, Don«, sagte sie und zwinkerte mir zu.

Wie bitte? Hatte sie gerade Don gesagt?

Die Freundin von meinem besten Freund wusste nichts über meinen Blog und so kommentierte sie die Aussage ganz trocken mit »Der heißt nicht Don, da musst du dich irren.«

»Ich komm mal mit an die Theke«, sagte ich zur Bedienung und folgte ihr.

Als wir an der Theke waren, stellte ich sie gleich zur Rede.

»So, du warst also schon mal auf meiner Seite?«

Sie lächelte.

»Ja, schlimm? Habe dich aufgrund des Fotos erkannt.«

Ich sollte das Foto wohl doch von der Seite nehmen, wenn man mich schon in der nahen Umgebung erkennt, schoss es mir durch den Kopf.

»Nein, ist natürlich nicht schlimm. Und wie fandest du die Seite?«

»Ganz gut, aber deine Geschichten hast du ziemlich auf den Punkt gebracht. Da wird einem schon heiß bei ...”

Sie reichte mir die Quittung und das Wechselgeld.

»Man fragt sich schon, ob das wirklich so aufregend mit dir ist und ob du so spontan bist, wie du vorgibst.«

»Probier es doch mal, ich bin da sehr spontan ...«, antwortete ich frech.

Sie riss ihre grünen Augen auf. Mit dieser direkten Zusage hatte sie vermutlich nicht gerechnet.

»Jetzt, oder was? Etwa hier?«, fragte sie schockiert.

»Wo du willst«, meinte ich nur, um ihr etwas Zeit zum Überlegen zu geben.

»Mhm, lass mich überlegen. Das soll nachher eine Geschichte werden, ja?«, fragte sie.

»Das ist die Bedingung«, sagte ich und nickte.

Ihr Gesicht brachte mir ein Lächeln entgegen.

»Dann will ich auf jeden Fall etwas Verrücktes. Wie wäre es mit der Fußgängerbrücke über die Bundesstraße? Ich hab gehört, nachts ist da nicht so viel los. Aber es fahren immer noch Autos auf der Straße«, flüsterte sie und wartete mit leuchtenden Augen auf meine Antwort. Die Fußgängerbrücke lag ca. zwei Kilometer von der Kneipe entfernt.

»Du hast doch wohl nen Knall«, sagte ich und schaute sie ernst an.

»Bitte, das wäre mal wirklich was geiles«, bettelte sie.

Ich konnte ihr den Wunsch nicht ausschlagen. Außerdem könnte es sehr aufregend werden.

»Okay, wir machen es«, fügte ich hinzu und musste grinsen, »Wann bist du hier fertig?«

»Mal schauen, ich glaub ich kann auch ein bisschen eher weg. Heute ist ja nicht so viel los. Ich sag dir gleich Bescheid. Aber heute noch nichts deinen Freunden erzählen, sie werden es ja später wohl noch lesen«, sagte sie und legte mir einen Finger auf die Lippen.

Ich ging zurück zum Billardtisch.

»Na und?«, kam es gleich.

»Sie hat mich mit jemand anderem verwechselt« gab ich trocken vor und holte die Kugeln für ein weiteres Spiel hervor.

Die beiden Freunde, die von meiner Seite wussten, grinsten mich an.

»Dann ist ja gut«, meinte die Freundin meines besten Freundes.

Wir machten noch zwei Spiele, bevor wir gehen wollten. Die Bedienung kam noch einmal zu mir und flüsterte mir ins Ohr: »Halbe Stunde noch, dann hab ich Schluss!«

Ich sagte den anderen, ich wolle noch ein bisschen bleiben, obwohl sie wahrscheinlich wussten, was läuft. Denn wie sollte ich wohl ohne Auto nach Haus kommen?

Sie rechnete noch ab, nahm ihren Mantel und wir gingen. Der Parkplatz war schlecht beleuchtet. Sie schaute mich an.

»Ich geh mich mal gerade umziehen.«

Ich wartete draußen. An diesem Tag war es warm gewesen und die Nacht war angenehm kühl. Sie kam wieder und wir gingen zum Auto. Wir hielten etwa 200 Meter von der

Brücke entfernt und gingen zu Fuß die letzten Meter. Ich stoppte, umarmte sie und gab ihr einen Kuss.

Das reichte aus, um mich nicht mehr loszulassen. Unsere Zungen berührten sich und spielten miteinander. Dieser Zungenkuss raubte mir echt den Atem. Wir standen dort bestimmt zehn Minuten, bis wir unseren Weg fortsetzten. Auf der Brücke angekommen, schauten wir uns um. Ich blickte auf die Straße und sah aus der einen Richtung ein Auto mit Fernlicht kommen.

»Na, was schätzt du, was ich anhabe?« fragte sie und stand dort im Licht mit ihrem Mantel, der alles bedeckte.

»Also wenn ich ehrlich bin: Ich hoffe gar nichts!«

Ich löste den Gürtel und streifte den Stoff zur Seite. Sie war wirklich komplett nackt. Sie setzte den »komm-mach-jetzt-mal-was-Blick« auf. Sprachlos, wie ich war, kniete ich nieder. Die Scheinwerfer erhellten ihren Körper und ihr Gesicht. Sie blinzelte, als sie zu mir herunterschaute.

Ihre Brüste waren klein und rund. Die Brustwarzen standen vor Erregung steil ab. Das Auto fuhr unter der Brücke her und es war wieder dunkel. Sanft streiften meine Hände über ihre harten Nippel. Der Weg führte sie weiter abwärts, hinunter zur ihrer Vulva. Sie war schön feucht.

»Lass mich dich lecken«, sagte ich und sie stimmte dem zu, indem sie sich breitbeinig vor das Brückengeländer stellte. Ich küsste ihren Bauchnabel und fuhr mit meiner Zunge nieder zu ihrer Pussy. Als ich mit meiner Zunge in sie eindrang, stöhnte sie auf.

Ein weiteres Auto fuhr rauschend unter der Brücke her. Dieses Mal kam es von der anderen Seite. Ich konnte mich nicht mehr zurückhalten. In meiner Hose war kein Platz mehr und ich wollte diese Frau unbedingt. Und das auf der Stelle!

Ich stellte mich hinter sie, öffnete meine Jeans und schob meine Boxershorts herunter. Von hinten ließ ich meinen Schwanz langsam in ihre Lustgrotte eintauchen. Dabei zog ich sie schnell zu mir, als ich spürte, dass ich in ihr war. Sie verschluckte ihren Schrei.

»Mmmhmm, stößt du etwa immer so zu?«, fragte sie mich. Ich beugte mich nach vorne, umarmte sie und flüsterte ihr ins Ohr:

»Nur, wenn mich jemand zu geilen Orten führt!«

Ich stieß weitere Male zu, obwohl ich bemerkt hatte, dass ich bereits kam.

»Das ging aber ziemlich schnell«, meinte sie etwas enttäuscht.

»Sorry, du hast mich so aufgegeilt, ich hatte keine Chance dagegen anzukommen«, sagte ich und lächelte sie an.

»Lass uns noch ein bisschen warten, bis ein Auto kommt und dann will ich es noch einmal« sagte sie noch immer sehr erregt. Sie gab mir einen weiteren Zungenkuss, der selbst meinem Schwanz zu verstehen gab: Keine Auszeit!

Es dauerte keine fünf Minuten, da hatte sie mich zurück. Ich hielt sie fest, als sie auf dem Geländer saß und meinen Schwanz in ihre feuchte Lustgrotte gleiten ließ. Sie schaute mich an, beugte sich zu mir und flüsterte:

»Halt mich nur fest, den Rest mache ich! Du weißt gar nicht, was eine erfahrenere Frau alles so kann, oder?«

Sie wusste ihre Schenkel und ihre Hüfte wirklich gut einzusetzen und ließ es mich richtig genießen, ihre Lustgrotte zu erkunden.

»Du verstehst wirklich was davon«, stöhnte ich.

Es kam wieder ein Auto mit Fernlicht, was mich fast erblinden ließ. Ich musste nur daran denken, was man wohl aus so einem Auto von uns beiden sah. Kaum war der Gedanke beiseite geräumt, hörte ich auch schon ein Hupen.

»Mmmhmm, Don. Man scheint uns hier wohl doch gut zu erkennen«, stöhnte sie, als sie weiter ihr Becken kreisen ließ.

»Noch ein wenig, ich komme gleich«, brachte sie nur heraus und zog mich an sich.

Sie gab mir einen Zungenkuss, wobei sie langsam vom Geländer auf die Brücke glitt, und knöpfte ihren Mantel zu.

»Lass uns bei dir weitermachen, sonst tauchen hier vielleicht noch ein paar ungebetene Gäste auf«, sagte sie und lächelte.

»Gerne«, stimmte ich zu.

Wir gingen zurück zum Auto und fuhren zu meiner Wohnung. Dort verbrachten wir eine leidenschaftliche Nacht miteinander.

Meine Fotos löschte ich am gleichen Tag vom Blog. Wenn man mich so schnell erkannte, war es nur eine Frage der Zeit, bis es alle wussten. Nicht nur die, die mich dann daten wollten. Nein, auch die Neider, Hasser und diejenigen, die meinten, ich würde die Frauen nur ausnutzen. Diese Menschen würden sich trotzdem auf meinem Blog auslassen, das würde ich noch erfahren.

Der Landstraßenflirt

Als ich meine neue Arbeit aufnahm, führte mich diese mit meinem Auto täglich in eine Nachbarstadt durch Dörfer und Vororte. Während der nächsten Wochen fiel mir morgens und abends immer ein blauer Corsa auf, der mir entgegen kam. Ich weiß nicht warum, er sah nicht besonders gut aus. Jedoch faszinierte mich die hübsche Frau am Steuer. Irgendwann nahm ich all meinen Mut zusammen und begrüßte sie mit der Lichthupe, als wir uns begegneten.

Abends auf meinem Rückweg kam sie mir wieder entgegen. Dieses Mal grüßte sie, und seitdem wurde es zu unserem täglichen Ritual, denn die Strecke, die wir gemeinsam fuhren war ca. 15 km lang. Ich fragte mich immer häufiger, wer sie war. Meine Neugier war geweckt und in mir reifte der Entschluss, sie einmal anzuhalten und mehr zu erfahren.

Eines Nachmittags versuchte ich es mit der »ich-habe-eine-Panne«-Methode. Erfolglos. Sie fuhr lächelnd an mir vorbei.

Wahrscheinlich hat sie mich innerlich ausgelacht, dachte ich.

Einen Tag später, es war ein schöner sonniger Nachmittag, kam sie mir wieder entgegen. Dieses Mal bog ich die nächste Straße ab, drehte und fuhr ihr hinterher. Langsam war sie nicht gerade, aber irgendwann war ich hinter ihr und versuchte, mit der Lichthupe Aufmerksamkeit zu erhaschen. Ein paar Kilometer später hielt sie an, stieg aus und kam auf mich zu. Ich war ebenfalls ausgestiegen und wartete vor meinem Auto.

»Hallo! Willst du mich jetzt verfolgen, oder was?«

Ui, sie war wohl sehr, sehr sauer ...

Ich musterte sie.

Sie war wohl doch schon älter, 26-28 schätzte ich, aber ein sehr hübsches Gesicht und eine atemberaubende Figur.

»Nein, eigentlich nicht, ich würde gern nur mal mit dir reden«, entgegnete ich eingeschüchtert, weil ich mit so einer Reaktion nicht gerechnet hatte.

»Ist ja schön, dass wir uns immer begrüßen, dagegen habe ich auch nichts. Und freut mich auch für dich, dass dein Auto wieder funktioniert, aber glaubst du nicht, dass ich ein wenig zu alt für dich bin?«

Sie hatte also wirklich geglaubt, dass mein Auto kaputt war – ein kurzer Triumph.

Dennoch ärgerte ich mich darüber, was sie von mir hielt.

Dachte sie wirklich, ich wäre so ein 18-jähriger Raser, der gerade sein Auto bekommen hatte?

»Nein, ich glaub nicht, dass du zu alt bist, weil ich nicht so jung bin, wie du denkst. Außerdem – was hat das mit dem Alter zu tun?«

Das war natürlich sehr gewagt.

»Du bist ganz schön frech! Stehst du darauf, wenn man dir was beibringt?«, konterte sie.

»Bei dir würde ich bestimmt nicht nein sagen«, sagte ich und grinste.

Sie lachte.

»Dann lass dein Auto mal hier stehen und setz dich zu mir ins Auto. Ich bestimme, wohin es geht. Mal sehen, ob du so viel Vertrauen hast.«

Ich war etwas überrascht, ließ mich aber auf ihr Vorhaben ein. Im nächsten Moment stieg Panik in mir auf.

Wohin würde sie mit mir wollen? Würde sie mich mit zu ihrem Freund nehmen, der mir erzählt, dass ich sie nicht zu belästigen hätte? Würde sie mich zur Strafe irgendwo aussetzen? Oder würde sie mich gar an die Polizei ausliefern, weil sie sich belästigt fühlte?

Ich zögerte.

»Kommst du jetzt oder kannst du nur große Sprüche klopfen? Ich werde dich schon nicht irgendwo aussetzen.«

Fesseln und aussetzen wird sie dich, schoss es mir durch den Kopf. *Was hatte ich mir bloß dabei gedacht?*

Ich beschloss, dass ich wohl schlecht kneifen konnte und so ging ich um das Auto herum und stieg ein. Sie saß bereits und schaute mich an.

»Wenn du dir den Weg merken solltest und irgendwann vor meiner Tür stehst, werde ich dich umbringen. Hast du das verstanden? Das hier ist eine einmalige Sache«, sagte sie scharf.

»Alles klar. Ich werde dich nicht stalken«, grinste ich.

Sie fuhr mit mir einige Kilometer und mir wurde langsam etwas komisch. Hier kannte ich mich gar nicht mehr aus. Auf einmal standen wir mitten im Wald auf einem Parkplatz. Ich schaute sie verstört an.

»Das ist nicht dein Zuhause«, stellte ich trocken fest und mein Herz schlug vor Aufregung noch schneller.

Was hat sie hier mit mir vor, fragte ich mich.

»Ich hab es mir anders überlegt ...«

... und setze dich hier jetzt einfach aus, beendete ich den Satz in Gedanken.

»Bei dem Wetter kann man auch draußen bleiben und hier ist nicht so viel los.«

Sie stieg aus und ich folgte ihr, ging um den Wagen herum und stellte mich vor sie. Sie lehnte mit dem Rücken an ihrem Auto und musterte mich.

Ich würde jetzt einfach probieren, wie weit ich gehen könnte.

»Ganz schön frech, was du da vorhin abgezogen hast, mein Lieber«, versuchte sie mich einzuschüchtern.

Ich stützte mich mit den Armen am Auto ab und schaute ihr tief in ihre himmelblauen Augen. Mit einer Hand strich ich durch ihr gelocktes dunkles Haar, nahm eine Locke aus ihrem Gesicht und schob ihren Kopf etwas in meine Richtung, um ihr einen sanften aber langen Kuss zu verpassen. Ihre vollen Lippen fühlten sich so sanft an. Sie schaute mich mit weit aufgerissenen Augen an.

»Das habe ich jetzt aber nicht erwartet ...«, stammelte sie.

Ich gab ihr keine Zeit zum Nachdenken und berührte die Lippen gleich noch einmal. Meine Zunge drang langsam in ihren Mund ein und spielte mit ihrer. Ihre Hüfte umfassend fuhr ich über ihre weiche Haut, die sich unter der luftigen Sommerbluse befand. Es dauerte nicht lange und ich knetete ihre Brüste.

»Du bist nicht nur ein kleiner Raser in deinem Auto. Du kommst ja ganz schön schnell zur Sache«, stöhnte sie etwas erregt.

Der nächste Kuss. Sie kam gar nicht dazu, etwas zu sagen. Meine Hände hatten schon die Bluse geöffnet und den BH zur Seite geschoben. Ihre Nippel standen vor Erregung ab. Sie waren nicht groß, aber schön hart. Ich beugte mich etwas nach unten und saugte daran. Ihre Hand hatte inzwischen den Knopf meiner Jeans, den Reißverschluss geöffnet und meinen Schwanz in der Boxershorts erspäht.

»Mhmmm, Boxershorts mit Knöpfen«, stöhnte sie voller Erregung und öffnete mit ihren langen Nägeln die einzelnen Knöpfe.

Die Boxershorts, die Phebey mir geschenkt hatte, konnte ich in dem Moment nur denken.

Von ihrer forschen Art erregt knetete ich ihre kleinen Titten und mein harter Schwanz drang aus dem Stoffloch. Irgendwann hatte sie es geschafft, meinen kompletten Phallus aus dem kleinen Loch zu holen und begann ihn hastig zu wichsen.

»Was für ein geiler Schwanz ...«, stöhnte sie.

Meine Hand war inzwischen auf dem Weg durch ihre Stoffhose und hatte einen nassen String ertastet. Ich vergrub meine Finger unter der seidigen Wäsche und ließ sie in ihre warme weiche Pussy eintauchen, um diese zu fingern. Sie wichste meinen Schwanz noch härter und schneller. Ich musste mich deutlich zurückhalten, was sie zu merken schien.

»Du kannst dich ruhig gehenlassen, Kleiner, mehr wird eh nicht bei uns zwei laufen«, hauchte sie mir ins Ohr, wobei eine Strähne ihrer Haare ins Gesicht fiel.

Meine Finger vergruben sich noch tiefer in ihrer Pussy. Mein Schwanz pochte inzwischen und war so hart, dass ich kurz vor einem Orgasmus war.

»Dreh dich um«, fuhr sie mich an.

Ich wusste nicht, was sie vorhatte, tat jedoch, was sie verlangte.

Sie umarmte mich von hinten und schaute mir dabei zu, wie sie meinen Schwanz wichste. Sie küsste dabei meinen Nacken, flüsterte mir versaute Dinge ins Ohr und meinte »Mal schauen Kleiner, wie weit du spritzt.«

Ich konnte nicht mehr viel sagen, weil ich kurz davor war abzuspritzen. Ich brachte nur noch ein »Mhmm, mhmm, jaaaaaaa ...« heraus.

Mein Schwanz pumpte und als sie das bemerkte, drückte sie zu, so dass mein Sperma weit nach vorne schoss. Sie gab mir einen Kuss und lächelte.

»Von Sex war keine Rede. Ich darf mir auch nur Appetit holen. Ich bin schließlich vergeben«, grinste sie.

Natürlich war sie das. So eine heiße Frau ist immer vergeben. Hatte ich es doch geahnt, fluchte ich innerlich.

»Komm, wir fahren zurück zu deinem Auto«, sagte sie und öffnete die Fahrertür.

Ich rückte alles zurecht und zog meine Hose an. Als ich einstieg, sah ich, wie sie ihre Bluse zuknöpfte. Auf dem Rückweg sprachen wir kein Wort.

In meinem Kopf kreisten die Gedanken jedoch nur um ein Thema: Nach Annalena war das schon die zweite Frau, die vergeben war und sich trotzdem ihren Spaß woanders holte. Waren wir Männer nicht immer die, die fremdgingen? Da sollte ich eines besseren belehrt werden.

Inzwischen waren wir bei meinem Auto angekommen und wir gaben uns nur ein kühles »Tschüss« zum Abschied.

In den nächsten Wochen sah ich sie nicht mehr auf der Strecke. Sie ging mir aus dem Weg, das war klar. Dafür suchte jemand anders meine Nähe. Die Katze kommentierte wieder meinen neuen Blogpost.

DieKatze schrieb:

Eine heiße Geschichte. Für Sex im Freien wäre ich definitiv zu haben. Ich würde dich nicht einfach so stehenlassen.

Wer war diese Frau? Ich hatte ihr bereits mit einem Kommentar geantwortet, sie schrieb jedoch nicht zurück. Keine E-Mail, kein Name. Wie sollte ich ihre Identität herausfinden?
Ich zerbrach mir den Kopf darüber, wer diese Person war. Das führte mich zu einer Umsetzung, von der ich zuerst selbst nicht überzeugt war. Es gab jedoch Frauen, die Interesse zeigten, mich zu daten, nachdem sie meinen Internetblog gelesen hatten. Ich würde ihnen einfach die Gelegenheit bieten, dieses zu tun, indem ich auf meinem Blog eine neue Seite erstellte:

Du hast Lust mich zu treffen?

Erlebe deine eigene Geschichte mit mir und bewirb dich unter der folgenden Adresse mit einem Grund, warum du die Hauptdarstellerin in der nächsten Geschichte sein möchtest.
don.ramirez@geiles-zur-nacht.com

Jetzt musste ich nur noch abwarten und hoffen, dass »die Katze« sich auch meldete. Oder andere interessante Kandidatinnen, schließlich hatten die letzten Wochen gezeigt, dass es durchaus Interessentinnen gab.

Langersehntes Treffen

Es war Samstag und ich kam am späten Nachmittag von der Arbeit. Abends wollte ich mich mit meinem Onkel in der Stadt treffen. Wir hatten uns schon über ein Jahr nicht mehr gesehen. Vorab checkte ich meine Nachrichten in den Online-Plattformen, als ich eine SMS erhielt.

Es war Caro, eine Chatterin aus Hamburg, die ich schon über ein Jahr kannte.

> Hast du dieses Wochenende Zeit? Was machst du morgen? LG Caro

Ich musste grinsen.

Vor einigen Wochen chatteten wir und sie teilte mir mit, dass sie bald in meiner Nähe einen Freund besuchen würde.

Das war also dieses Wochenende.

Wir wollten uns schon seit Monaten treffen, aber daraus wurde nie etwas. Ich hatte mich mehrere Tage nicht mehr gemeldet, weil ich es für aussichtslos hielt. Sie hatte mir immer wieder in Aussicht gestellt, dass sie ein Treffen wollte. Etwas konkretes erwuchs daraus jedoch nie. Umso überraschter war ich, dass sie nun anfragte.

> Ich habe morgen nichts vor. Warum denn?
> LG Don

> Würde dich gerne für 2-3 Stunden besuchen kommen. Liegt auf meinem Rückweg ^^

*Klasse, freue mich. Dann lernen wir uns endlich
mal kennen.*

Wie erwartet, bestätigte sich meine Vermutung und ich war sehr gespannt darauf, wie das Treffen verlaufen würde. Caro hatte mir in den letzten Monaten oft Fotos geschickt, die manchmal sehr gewagt waren. Zwei Camchats durfte ich mit ihr ebenfalls genießen. In beiden Chats ließ sie oben herum die Hüllen fallen. Ich fand sie hübsch, denn sie hatte eine weibliche Figur, war mittlerer Größe und trug blondgefärbte kinnlange Haare. Ihre blauen Augen hatten stets einen geheimnisvollen Ausdruck, der noch mehr zum Vorschein kam, wenn sie ihr unverschämtes Lächeln aufsetzte. Sie war kein Model, punktete bei mir jedoch mit ihrem natürlichen Aussehen und der frechen Art.

Ich verließ meine Wohnung und fuhr mit dem Bus in die Innenstadt. Meinen Onkel traf ich im China-Restaurant an. In der Zwischenzeit hatte mir Caro eine weitere SMS geschickt.

*Komme natürlich mit dem Zug, holst du mich vom
Bahnhof ab? Können wir zu dir?*

*Okay. Kein Problem, können auch zu mir für die Zeit. Ist
nicht weit vom Bahnhof.*

Ich tippte meine Antwort hastig unter dem Tisch und klickte auf »Versenden«.

»Na, hast du wieder jemanden?«, fragte mein Onkel, der bereits oberflächlich etwas von meinem Datingverhalten mitbekommen hatte.

»Mehr oder weniger. Bekomme morgen für ein paar Stunden Besuch«, erklärte ich.

»Und wer ist sie?«, fragte mein Onkel neugierig.

Ich erklärte ihm die Situation und bemerkte, dass es zweimal in meiner Hose vibrierte.

»Also wieder eine Geschichte für deine Internetseite«, sagte er und konnte sich das Lächeln nicht verkneifen.

Er war zu dem Zeitpunkt der Einzige aus der Familie, der etwas darüber wusste. Ich griff in die Hosentasche und holte mein Handy hervor.

> *Super, ich melde mich morgen Nachmittag, wenn ich unterwegs bin und schreibe dir, wann du mich vom Bahnhof abholen kannst. Bin sehr gespannt, was wir dann so machen. Interessiert mich schon, wer hinter diesen Geschichten steckt und ob das alles so stimmt, was da steht ;)*

Ich war dabei, eine Antwort zu schreiben, da kam schon die nächste SMS.

> *Warum antwortest du nicht? Wenn du mich nicht sehen willst, sag es gleich. Nicht dass ich mir am Bahnhof zwei Stunden den Arsch abfrieren muss.*

»Frauen«, brummte ich vor mich hin.

»Was ist denn los? Schlechte Nachrichten?«, fragte mein Onkel.

»Nein, nein, alles okay«, sagte ich, während ich eine Antwort tippte. »Frauen meinen nur, man müsse immer auf der Stelle antworten, sonst sei etwas nicht okay.«

Mein Onkel lachte, er kannte das Problem anscheinend.

Senden.

> *Nein, ist alles okay. Bin nur unterwegs. Schreib mir morgen, ich werde dich bestimmt abholen! HDL Don*

Am nächsten Tag bekam ich eine SMS, in welcher stand, dass sie anklingeln wollte, wenn sie kurz vor dem Ziel sei. Um 16 Uhr klingelte das Handy und ich ging zum Bahnhof.

Der Zug traf pünktlich ein und ich erkannte Caro bereits beim Aussteigen und hielt auf sie zu. Wir begrüßten uns mit einer Umarmung und lösten uns danach, um meine Wohnung aufzusuchen.

Bei mir angekommen, recherchierte Caro im Internet, damit wir wussten, wann wir zum Bahnhof mussten. Sie setzte sich zu mir auf das Sofa. Ich musterte sie und bemerkte, dass sie ihre Haare anders trug. Sie hatte sie hochgesteckt, ein paar Strähnen fielen ihr ins Gesicht.

»Gefällt mir, deine Frisur«, sagte ich.

»Ach, das habe ich heute Mittag schnell gemacht, weil ich keine Lust hatte, meine Haare zu glätten«, entgegnete sie.

»Ich finde es gut«, bestätigte ich und rückte etwas näher zu ihr.

Ihre Pupillen weiteten sich.

»Glaub ja nicht, dass ich so ein leichtes Opfer werde, wie du in deinen Geschichten schreibst. Komplimente ziehen bei mir nicht. Ich bin weder hübsch, noch ein Model wie deine Ex.«

Ich schaute ihr in die Augen, ohne dabei auffällig ins Dekolletee zu blicken.

»Ich habe das gerade gesehen«, kommentierte sie meinen unschuldigen Blick und kniff mich in die Seite.

»Was denn?«, fragte ich.

»Deinen Blick auf meine Brüste. Du Macho.«

»Die kenne ich schon ...«, sagte ich und grinste amüsiert.

Caro kniff mich ein weiteres Mal und verschränkte demonstrativ die Arme.

»Arsch«, presste sie durch ihre Lippen.

Ich grinste weiterhin vergnügt und ging zum Angriff über.

Wer seine Arme verschränkt, ist verwundbar, spornte mich mein Kopf an.

Ich näherte mich Caro und schaute ihr dabei tief in die Augen.

»Du bist so süß«, provozierte ich sie.

»Bin ich gar nicht«, sagte sie scharf und legte mir ihre Hände auf die Schultern, um sich rechtzeitig wehren zu können.

Ich rieb meine Nasenspitze an der ihren.

»Schau mich nicht so an«, flehte sie.

Ich nahm ihre Hände, drückte sie an die Polster und gab ihr vorsichtig einen Kuss. Caro wehrte sich nicht, kommentierte das nicht, sie kuschelte sich einfach an mich. Ermutigt vom ersten Erfolg, wiederholte ich mein Tun und küsste ein zweites Mal ihre schmalen Lippen.

»Deine Augen sind richtig geil«, schwärmte ich.

»Hör auf, mich so anzustarren«, protestierte sie und schaute weg.

Ich wartete, bis sie mich wieder anschaute und küsste sie erneut, dieses Mal mit Zunge. Spielend berührten sich unsere Zungen und ich strich langsam mit meiner Hand über ihren Pulli, den ich kurze Zeit bereits hinter mir ließ, um ihre nackte Haut darunter zu ertasten.

Wir rutschten allmählich vom Sofa.

»Das Sofa ist scheiße, ich weiß«, sagte ich lächelnd, »Wollen wir ins Schlafzimmer, da ist mehr Platz?«

Caro nickte.

Ich nahm ihre Hand und zog sie hinter mir her. Wir legten uns auf mein Bett, ich kroch zu ihr und gab ihr einen Zungenkuss. Ich schaute in ihre grünen Augen. Caro hatte sie leicht geschminkt, was ihre Wirkung noch verstärkte.

»Maaaaaan ... schau mich nicht so an«, sagte sie und musste selbst über ihre Aussage lachen.

Ich wusste zu gut, meine Augen als Waffe einzusetzen und musste zwangsläufig an Phebey zurückdenken, die ich sitzend im Wohnzimmer mit meinen Blicken erobert hatte.

Wir küssten uns erneut und ich schob meine Hand unter ihren Pulli. Zärtlich sorgte ich dafür, dass die Träger ihres BHs weichen musste, während ich mit meinem Bein in ihren Schritt vordrang. Ich schob den Pulli weiter nach oben und wollte Caro eigentlich auf mich ziehen, doch sie protestierte.

»Nein, das will ich nicht Don! Ich setz mich nicht auf dich.«

Okay, dachte ich, *dann eben anders.*

Ich schob ihren Pulli immer weiter nach oben.

»Was hast du vor?«, fragte sie.

Doch ehe sie etwas sagen konnte, hatte ich ihr schon den Pulli über den Kopf gezogen. Küssend wanderte ich ihren Hals entlang bis zu ihren großen Brüsten, um ihre harten Nippel zu liebkosen. Ich versuchte mit einer Hand die Haken des BHs zu öffnen.

»Das schafft ihr Kerle nie, oder«, bemerkte Caro frech, aber da hatte sie sich geirrt. Der BH fiel auf das Bett.

»Eigentlich hab ich da keine Probleme mit«, entgegnete ich vollkommen gelassen.

Mit meiner Hand erkundete ich den Bauchnabel, ließ einen Finger darum kreisen, zeichnete mit einem zweiten Finger einen Weg zu ihrem Venushügel, dessen Tor der Knopf ihrer Jeans mich am Vorankommen hinderte. Ich wollte gerade den Knopf ihrer Jeans öffnen, da spürte ich eine Hand.

»Nein, gibt's nicht«, fuhr Caro mich an und wies meine Hand von ihrer Hose.

Ich seufzte innerlich. Wir küssten uns und meine Hände kümmerten sich um die vorherige Eroberung, ihre weichen Brüste. Caro legte ihre Hand auf meine Hose und ihre Finger versuchten meinen Gürtel zu öffnen.

»Aber du darfst an meine Hose?«, fragte ich.

»Ich kann es auch lassen ...«, entgegnete sie frech.

Ich gab ihr einen Kuss.

»Nein, ist schon in Ordnung«, stimmte ich hastig zu, um sie nicht zu verärgern.

Meine Lippen wanderten erneut zu ihren harten Nippeln und saugten daran, während Caro über meine Boxershorts strich.

Die Hand in meiner Boxershorts, tastete Caro meinen Schwanz ab, der erregt auf Zuneigung wartete. Ich versuchte noch einmal mein Glück und glitt mit meiner Hand zu ihrer Hose.

»Nein, ich möchte das noch nicht. Beim nächsten Mal«, wurde ich abgewiesen.

»Ich würde dich jetzt so gerne lecken«, flehte ich.

»Nein, heute nicht Don«, entgegnete sie.

Caro hatte inzwischen ihre Hand weggezogen. Ich beschloss, nichts mehr zu sagen. Wir küssten uns wieder und ich zog Caro auf mich. Sie begann mit ihrem Becken meinen Schwanz zu massieren, was mich leise aufstöhnen ließ.

Caro beugte sich nach vorne und gab mir einen langen Zungenkuss. Ihre Küsse wurden anregender, fordernder und ihre Hand wanderte zurück zu meiner Hose. Sie griff in die Boxershorts, holte meinen harten Phallus hervor und begann ihn ganz langsam und genüsslich zu wichsen.

Ihre Augen hatten dabei wieder diesen geheimnisvollen Blick.

Ich wanderte mit meiner Zunge ihren Hals entlang und küsste ihn, während sich Caro weiter mit meinem Schwanz vergnügte. Anscheinend machte es ihr Spaß, mich hinzuhalten. Ihre Bewegungen waren zärtlich und es dauerte ein paar Minuten, bis ich kurz vor dem Höhepunkt war.

»Ich komme gleich, Süße«, stöhnte ich.

Caro reagierte nicht und so kam ich auf ihrer Hand, weil sie diese nicht wegnahm. Bei mir sah es allerdings auch nicht besser aus, ich konnte mich komplett umziehen, was Caro wohl ziemlich lustig fand.

»Das habe ich ja gut verteilt«, kommentierte sie und kicherte.

Während ich mich umzog, musterte mich Caro und lächelte vergnügt. Sie hatte anscheinend einen Plan und der war aufgegangen. Mein Verlangen war nach meinem Orgasmus verflogen. Ich störte mich nicht beim Gedanken daran, dass sie ihr Ziel erreicht hatte und ich mehr erwartet hatte. Zufrieden kuschelten wir einige Minuten auf dem Bett und verließen die Wohnung frühzeitig, um den Zug zu erreichen. Am Bahnhof kam, was kommen musste: Der Zug hatte Verspätung. Es blieb uns noch Zeit, die Zweisamkeit zu genießen.

»Du kommst noch mal vorbei?«, fragte ich.

»Das werde ich auf jeden Fall. Wahrscheinlich schon in ein paar Wochen.«

»Ich möchte dich unbedingt wiedersehen«, stellte ich fest und gab ihr einen Kuss.

»Werden wir, Süßer. Ich will wissen, wie so ein Erlebnis richtig endet«, sicherte sie mir zu.

Die Ansage der Bahn unterbrach uns und kündigte den Zug an. Caro und ich genossen den letzten Zungenkuss, den der Zug mit seinen Bremsen unterbrach. Ich lächelte, während ihre Hand aus meiner glitt und Caro sich einen Weg durch das Gedränge bahnte.

Sie hat nicht »Tschüss« gesagt, sie wird wiederkommen. Sympathisch und hübsch. Eine tolle Frau, stimmte mein Kopf zu, während sich mein Herz schon überschlug. *War ich verliebt?*

Ich verließ das Bahnhofsgelände, überglücklich und voller Sehnsucht auf das nächste Treffen. Das Handy vibrierte.

> *Heute ist das Glück auf meiner Seite. Nicht kontrolliert und auch den ICE bekommen und nen Sitzplatz mit Tisch. War schön heute Hdgdl.*

Auf das Handy starrend, kreisten meine Gedanken darum, wie viel »Hab dich ganz doll lieb« in dieser SMS steckte.

War es so viel, wie bei Phebey?

Oder war es doch nur so viel wie bei Sandra? Nur ein Muss am Schluss.

Ich ließ das Handy in meine Hosentasche fallen und ging weiter.

Meine Aufregung war an diesem Abend so groß, dass ich das Erlebnis bereits vollständig für meinen Blog aufschrieb. Kurz vorm Ende erreichte mich wieder eine SMS.

> Hey Sweety - lieg jetzt einsam im Bett und denke nach.
> Ich wünsche dir eine gute Nacht und süße Träume.
> Hab dich lieb

Also war es eine »Sandra-SMS«, schoss es durch meinen Kopf.

Mir hatte sie den Kopf verdreht und sie grübelte.

Das war klar, was herauskommen würde – und das war nicht fair. Warum konnten mir Frauen so schnell den Kopf verdrehen?

Innerlich tobte ich, äußerlich kamen die Tränen.

Zeit zum Schlafengehen.

Innige Blicke

Der Kontakt zwischen Caro und mir verlief in den Tagen darauf nur noch sporadisch. Mit meiner Vorahnung sollte ich Recht behalten. Mittlerweile hatte ich meine Gefühle so unter Kontrolle, dass ich sie unterdrückte, wenn ich mal wieder dabei war, mich hoffnungslos zu verlieben. Caro war das beste Beispiel dafür.

Zwei Wochen später war ich in Rostock bei Phebey. Ihre Mutter hatte mich angerufen und eingeladen. Ich war geschockt, weil Phebey so dünn war, dass man die Knochen sehen konnte. Die Mutter warf mir einige Male einen Blick zu, der mir ein schlechtes Gewissen bereitete.

»Warum hast du sie verlassen? Schau dir an, was aus ihr geworden ist.«

»Ich habe sie nicht verlassen, wir haben uns getrennt, weil sie hierbleiben wollte.«

»Siehst du, wie einsam sie ist. Früher war sie glücklich. Sehr glücklich.«

»Sie wollte mich doch gar nicht zurück.«

»Weil sie nur noch ihre Modelwelt und ihren Schlankheitswahn im Kopf hat. Sie braucht Hilfe.«

Ich schluckte und schob das Kopfkino beiseite.

In der Nacht lag ich Arm in Arm mit Phebey im Bett, spürte dabei jeden einzelnen Knochen, das Becken, die Rippen und jeden Fingerknochen. Meine Gedanken ließen mich nicht los. Ich fragte mich, ob unser Leben so verlaufen musste. Gefühle waren für Phebey noch vorhanden, sonst wäre ich der Einladung nicht gefolgt. Mit Liebe hatte es jedoch nichts mehr zu tun. War es einfach nur Mitleid? Fühlte ich mich noch verantwortlich, weil ich ihr erster Freund war? So aufgewühlt schlief ich erst spät in der Nacht ein.

Am nächsten Tag versuchte ich mit Phebey ein Gespräch zu führen. Sie hatte jedoch kein Interesse, mit mir über ihre Probleme zu sprechen und so endete mein Versuch, etwas Licht ins Dunkel zu bringen, mit einem lautstarken Streit. Ich ging alleine zum Bahnhof und wartete dort auf meinen Zug.

Es stellte sich raus, dass dies nicht mein Tag war. Der geplante Zug fiel aus und der Ersatzzug war ein Regio und fuhr über Kiel, was für mich einen deutlichen Umweg bedeutete. Ich schnaubte wütend, als ich im überfüllten Zug endlich einen Sitzplatz ergatterte.

Am Kieler Hauptbahnhof stieg ich in den Zug Richtung Hamburg und ich suchte mir im Nichtraucher einen Sitzplatz. Der Regio war einer der neueren Züge, ein zweistöckiger, aber ich zog es vor, unten zu sitzen.

Ich saß in Fahrtrichtung, denn entgegengesetzt zu sitzen kann ich überhaupt nicht leiden. Das macht mich immer nervös. Ich hatte gerade meinen Discman hervorgeholt, als ich sah, wie zwei Sitzreihen vor mir eine junge Dame einen Sitzplatz suchte. Sie saß entgegengesetzt der Fahrtrichtung, blickte mich kurz an und tuschelte mit ihrer blonden Freundin, die sich ebenfalls niedergelassen hatte.

Wir saßen beide am Fenster und nach einiger Zeit lehnte sie ihren Kopf an die Fensterscheibe und schloss die Augen. Ich folgte ihrem Beispiel, nur würde ich bei so einer hübschen Dame nie die Augen schließen.

Ich musterte sie.

Ihre braunen glatten Haare lagen locker über den Schultern und diese breiten Lippen wirkten sehr anziehend auf mich. Die blonde Freundin beobachtete mich durch die Fensterscheibe, in der ich mich spiegelte. Sie flüsterte der Braunhaarigen etwas ins Ohr, stand auf und verließ den Waggon.

Von blonden Damen hast du im Moment die Nase voll, dachte ich, wobei meine Gedanken kurz zu Phebey sprangen.

Ich lehnte noch immer an der Fensterscheibe, hörte Musik und beobachtete die Brünette.

Plötzlich riss sie unerwartet die Augen auf und visierte mich an. Verlegen blinzelte ich und schaute nach draußen.

So etwas dummes, ärgerte ich mich, *nächstes Mal schaust du sie gefälligst weiter an.*

Verlegen blickte ich sie an. Sie schaute auf den Boden.

Ziemlich süß, musste ich feststellen.

Ihre blauen Augen blickten mich wieder an. Dieses Mal zog ich mich nicht zurück, sondern schaute ihr genau in die Augen. Mit versteinerter Miene hielt sie meinen Blicken stand.

Ich überlegte, ob ich lächeln sollte.

Nein, jetzt noch nicht. Sie schaute weg.

So ein Mist, wenn sich das nicht wiederholen würde?

Sie schloss die Augen. Tja, dann würde sie wohl schlafen wollen. Es dauerte keine 30 Sekunden, da visierte mich ihr Blick erneut an.

Dieses Mal lächelte ich.

Das Spiel wiederholte sich zehn Minuten. Später schauten wir uns zwei Minuten ununterbrochen an.

Ich ergriff die Chance, bevor ihre Freundin zurück kam und setzte mich auf ihren Platz.

Keiner von uns brachte nach dem gegenseitigen »Hi« noch ein Wort heraus. Wir blickten uns weiter an. Ohne Worte strich meine Hand über ihre Schenkel und mein Mund gab ihren Lippen einen kurzen Kuss.

Ich wartete auf Protest.

»Wie kannst du nur? Hab ich dir das erlaubt?«

Und dann eine Ohrfeige.

Der Protest blieb aus, stattdessen zog sie mich an sich und drückte mir ihre Zunge in meinen Mund.

Als sie den Kuss unterbrach und ich mal durchatmen konnte, fragte sie frech: »Magst du mehr davon?«

Ich nickte, denn mir stockte nach ihrem Kuss der Atem. So leidenschaftlich wurde ich lange nicht mehr geküsst. Sie umarmte mich und ließ ihre Zunge erneut mit der meinen spielen. Doch gerade als es so schön war, wurden wir gestört.

Ihre blonde Freundin …

»Sag mal, dich kann man keine fünf Minuten alleine im Zug lassen, da steckst du nem fremden Kerl deine Zunge in den Hals«, fuhr die Blonde die Brünette an und kicherte.

»Schlimm, schlimm … ich gebe euch einen guten Rat, auch wenn es hier schon schummerig ist, aber verdrückt euch doch aufs Klo, das ist nämlich jetzt frei«, fügte sie augenzwinkernd hinzu.

»Ich heiße übrigens Amy!«

Sie streckte mir die Hand entgegen.

»Don.«

Sie lächelte.

»Und du?«, fragte ich die brünette Schönheit.

»Waaaas?«, fiel uns Amy dazwischen, »Du kennst noch nicht mal ihren Namen?«

»Eva ist mein Name«, sagte die Braunhaarige, nahm meine Hand und zog mich auf den Gang in Richtung Toilette.

»Viel Spaß«, rief uns Amy hinterher.

Kurz vor der Toilette meinte Eva zu mir:

»Ich geh vor, schauen ob jemand da ist. Wenn ich in einer Minute nicht zurück bin, kommst du nach und klopfst viermal an die Tür, wenn keiner im Gang ist.«

Eva ging vor und ich folgte ihr eine Minute später.

Auf dem Gang war niemand zu sehen und ich klopfte. Eva öffnete die Tür und ich drängte mich in den kleinen Raum. Viel Platz war wirklich nicht. Ich war ziemlich erstaunt, als ich Eva ansah, weil sie nur noch Unterwäsche anhatte.

»Ich dachte mir, das geht schneller, vor allen Dingen, weil es hier so eng ist«, flüsterte sie und gab mir einen Kuss.

»Du brauchst ja eh nur die Hose herunterlassen«, sagte sie und kicherte.

Ich ließ meine Hand über ihren blauen Samt-BH gleiten, während sie den Knopf und den Reißverschluss meiner Hose öffnete. Als sie sich nach unten beugte, um meine Hose und die Boxershorts herunterzuziehen, öffnete ich die Verschlüsse des BHs. Eva ließ den BH herunterfallen und schaute nach oben. Sie saß mittlerweile auf der Toilette und wichste meinen Schwanz.

»Mhm, Evaaa ...«, stöhnte ich leise.

»Ich möchte gern was anderes«, schaute sie mich bettelnd an.

»Was denn?«, fragte ich leicht verdutzt.

Sollte sie es doch einfach tun! Ich würde zu allem »ja« sagen.

»Ich möchte dir einen blasen, aber nicht vorher kommen, meine Pussy möchte auch noch etwas erleben.«

»Klar«, antwortete ich.

Eva nahm meinen harten Schwanz und begann damit meine Eichel zu lecken. Sie machte mich wahnsinnig mit der Zunge, weil sie nicht mehr aufhörte. Irgendwann griff ich ihr in die Haare und schob sie weg, da ich es nicht mehr aushalten konnte. Sie stellte sich hin.

»Oaar, Eva, das war richtig heftig!«

»Schön«, grinste sie zufrieden über ihr erreichtes Ziel.

»Nimm mich jetzt endlich«, forderte sie leise, so dass ich es kaum verstehen konnte.

Ich nickte, ließ meine Finger unter ihren String gleiten. Ihr ganzer String war nass vor Erregung.

Sie schaute mich an.

»Sorry, ich kann nichts dafür, aber wenn ich geil bin, werde ich immer so feucht.«

Ich strich über ihr weiches Schamhaar und glitt mit den Fingern ganz leicht in ihre weite Lustgrotte.

»Jaaa, Don … mmmhmm nimm mich endlich«, flehte sie.

Ich schob ihren nassen String herunter, während ich ihre Knospen leckte und daran lutschte.

»Heb mich hoch«, forderte sie mich auf.

Sie sprang hoch und umklammerte meine Hüfte, hielt sich mit einer Hand an mir fest und nahm mit der anderen meinen Schwanz, um ihn in sich gleiten zu lassen. Eva stöhnte kurz auf.

»Siehste Don, das ist der Vorteil, wenn man so feucht ist. Jeder Versuch ein Treffer«, neckte sie und lächelte mich an.

Ihre Bewegungen ließen uns beide stöhnen, während Eva sich an mich klammerte. Sie ließ meinen Schwanz vor jedem Stoß fast herausrutschen, weil sie so feucht war.

»Mmmmhm … Eva«, keuchte ich.

»Ich komm gleich schon, Don …«, stöhnte sie außer Atem.

Auf einmal gab es einen Ruck und der Wagen wackelte. Wir wären dabei fast umgekippt. Anscheinend fuhr der Zug über eine Weiche.

»Alles klar, Süße?«

Ihrem Gesicht konnte man den Schrecken noch ansehen.

»Ja, geht schon! Ich war doch kurz davor«, jammerte sie.

»Macht nichts, dann dauert es länger«, meinte ich.

Sie grinste und ließ sich das nicht zweimal sagen.

Wieder kreiste ihr Becken, ließ sie meinen Schwanz rein und wieder heraus, verwöhnte ihn mit saugenden Bewegungen, sodass er sie langsam zum Höhepunkt trug.

Der Zug hatte mittlerweile angehalten.

»Ich will dich jetzt bis zum Schluss, Don«, stöhnte sie, »Ich komme gleich, Süßer.«

Sie ritt mich weiter.

»Mhm ... noch ein bisschen ... «, stöhnte ich laut, als ich bemerkte, dass der Druck sich immer weiter aufbaute und ich dabei noch geiler wurde. Dann war es da, das Gefühl der Stille vor der großen Explosion. Laut stöhnend kam ich und mein Schwanz ergoss sich in ihrer Lustgrotte.

Ich ließ Eva herunter, die sich zitternd ihre Unterwäsche anzog.

»Man ist das hier kalt«, stellte sie fest.

Ich stimmte zu, denn auch ich nahm die Kälte nach unserem heißen Abenteuer erst jetzt wahr. Unsere Hormone hatten uns so hochgepusht, dass es uns zuvor egal war. Wir zogen uns an und hofften, dass vor der Tür keine lange Schlange war. Eva öffnete langsam die Tür. Ein alter Mann stand draußen.

»Na Fräulein, das hat aber lange gedauert.«

Ich kam hinter der Tür hervor.

Erst jetzt erkannte er, dass wir zur zweit auf Toilette waren und grunzte verärgert.

»So etwas sollte man lieber zu Hause machen, da habt ihr wesentlich mehr Platz.«

Eva zog mich vom Ort des Geschehens weg und wollte anscheinend so schnell wie irgendwie möglich zu ihrem Platz. Amy saß auf ihrem Platz und las ein Buch. Als sie uns bemerkte, blickte sie uns an und grinste.

»Ich frage mal nicht, wie es war. Ihr seht aber gestresst aus. Was ist passiert?«

»Wir sind aufgeflogen. Ein ältere Herr hatte wohl schon etwas länger gewartet.«

Amy musste lachen.

»Dann hoffe ich mal, er kommt hier nicht gleich noch vorbei und verkündet das im ganzen Wagen.«

»Sei bloß still«, fauchte Eva, die das gar nicht lustig fand.

Sie setzte sich auf ihren Platz und starrte aus dem Fenster, als wolle sie nicht erkannt werden. Ich stand noch immer mitten im Gang und war total verunsichert.

»Setze mich dann mal wieder auf meinen Platz«, sagte ich knapp und ging zwei Reihen weiter.

Kurze Zeit später ertönte die Ansage, dass der Zug in den nächsten Minuten den Hamburger Hauptbahnhof erreichen würde. Ich nahm meinen Rucksack und ging zu den beiden, um mich zu verabschieden.

Eva gab nur ein kühles »Bye« von sich, was mich irritierte und den Rest der Fahrt beschäftigte.

War ihr alles im Nachhinein unangenehm? Oder war es nur die Situation mit dem alten Herren? Ich würde es nie erfahren.

In den nächsten Tagen schrieb ich mein Erlebnis auf und veröffentlichte es in meinem Blog. Die Katze kommentierte nach nur einem Tag, aber in diesen Tagen fragte ich mich mehr, wer Eva war und woher sie kam. Klar war, ich würde sie nie wiedersehen.

Freche Spiele

Alles fing an einem Samstagabend auf einem Geburtstag an. Ich hatte morgens noch in unserer Firma gearbeitet und fuhr nachmittags nach Hause, um meine Musikanlage für eine Geburtstagsfeier einzuladen.

In den letzten Monaten hatte ich mit meinen Gehältern eine Musikanlage und eine kleine Lichtanlage gekauft. Ich war früher schon häufiger mit einem Freund zusammen unterwegs und hatte gemerkt, dass sich ein kleiner Nebenverdienst positiv auf das Konto auswirkte. Mein neuer Job war gut, die Bezahlung passte, aber ich wollte am Wochenende etwas erleben, gerne auch damit etwas Geld dazu verdienen.

Diesen Auftrag hatte ich bereits vor zwei Monaten bekommen. Es war mal jemand, der sich früh genug um seine Geburtstagsfeier kümmerte. Von meinem Freund bekam ich öfters mit, dass die Leute kurzfristig anfragten. Erstens war das nervig und zweitens hatte man das angeforderte Wochenende eventuell schon verplant. So ergab sich auch, dass wir uns untereinander immer Aufträge vermittelten – ein angenehmer Nebeneffekt.

Um 17.30 Uhr fuhr ich zum Ort des Geschehens, lud meine Anlage aus und richtete alles her. Eine Stunde später kamen die ersten Gäste und ich passte die Lautstärke der Musik an. Das fanden nicht alle angemessen, denn eine junge Dame forderte mich auf, die Lautstärke etwas herunter zu regeln.

Ich musterte sie und starrte sie an. Dunkelblonde, etwas lockige, schulterlange Haare, himmelblaue Augen und ein hübsches Gesicht.

Eine halbe Stunde später gab es das Essen und mir fiel auf, dass sie mich die ganze Zeit beobachtete. Ich ließ es darauf ankommen, indem ich sie zwischendurch ebenfalls anstarrte, was sie mit einem Grinsen quittierte.

Später am Abend, es gab immer wieder Momente, wo wir uns beobachtet hatten, kam sie zu mir und fragte mich nach einem Lied.

Nicht jeder kommt einfach zu mir und sagt »Mach mal die Musik leiser«, dachte ich grinsend.

»Was bekomme ich denn dafür, wenn ich es spiele?«, fragte ich frech.

»Eine volle Tanzfläche«, entgegnete sie geschickt.

»Die hab ich immer«, sagte ich selbstbewusst.

»Was möchtest du?«, fragte sie.

»Deine Telefonnummer und Adresse«, sagte ich knapp.

»Kannst du haben«, stimmte sie zu und zwinkerte.

Nachdem ich das Lied gespielt hatte, verging etwas Zeit, bevor ich sie sah. Ich rechnete nicht damit, dass sie einhalten würde, was sie zugesagt hatte. Aber es kam anders.

Kurz bevor sie die Feier verließ, gab sie mir einen Zettel mit ihrer Telefonnummer und ihrer Adresse. Ich schaute auf den Namen. Ela hieß sie also.

Am nächsten Tag telefonierten wir miteinander und ich bedankte mich. Sie war sehr nett und so vereinbarten wir, dass wir uns treffen wollten. Im Gespräch stellten wir fest, dass wir in der gleichen Stadt arbeiteten und beschlossen, uns in der Mittagspause zu treffen. Wir telefonierten eine weitere Stunde und verabschiedeten uns voller Erwartung auf unser erstes richtiges Date.

Ela erwartete mich am darauffolgenden Tag bereits an unserem ausgemachten Treffpunkt.

»Hi«, begrüßten wir uns.

Ich überlegte, ob ich sie küssen sollte, ließ es dann aber doch bleiben. *Das hebe ich mir für heute Abend auf,* dachte ich und grinste.

Wir gingen zu einem Bäcker, bestellten uns Kaffee und eine Kleinigkeit zu Essen.

»Warum bist du so früh gegangen, habe ich nicht genügend deiner Musikwünsche erfüllt?«, fragte ich.

»Nein, daran lag es nicht. Ich musste morgens früh aufstehen. Wir hatten am Sonntag die nächste Familienfeier und waren zum Brunch eingeladen.«

Die Bedienung brachte uns den Kaffee.

»Wie alt bist du?«, wollte ich von ihr wissen.

»19« antwortete sie und lächelte verschämt.

»Und du machst hier in der Nähe eine Ausbildung?«, ergänzte ich.

»Richtig, ich bin mittags öfters in der Stadt.«

»Interessant, wir hätten uns schon längst über den Weg laufen müssen«, stellte ich fest.

»Sind wir bestimmt, nur ab sofort kennen wir uns«, sagte sie und musste über ihre Aussage kichern.

Ein paar Sekunden Stille. Wir musterten uns gegenseitig, bis unsere Blicke sich trafen.

»Wir sollten etwas essen, sonst ist die Mittagspause gleich vorbei und der Kaffee kalt«, unterbrach ich die Stille.

Während wir unsere Mahlzeit zu uns nahmen, schauten wir uns immer wieder an. Wir waren uns sympathisch und so lud mich Ela kurzerhand für den Abend ein.

Nach meiner Arbeit und einem kurzem Snack fuhr ich zu ihr. Ela öffnete die Tür, nahm meine Hand und zog mich direkt in ihr Zimmer. Anscheinend sollte die Familie nicht wissen, dass sie zwei Tage später den DJ der Feier zu Besuch hatte.

Ich überlegte kurz, wie weit ich gehen sollte und beschloss, das noch nicht festzulegen. Wir redeten zunächst über allgemeine Dinge, bis wir zu einem Punkt kamen, wo es um die Männer ging.

»Letztes Wochenende kam ein Typ an und hat mir einfach eine Kette geschenkt und wollte mit mir ins Bett. Aber so etwas mache ich nicht! Das dauert, bis ich mit einem Mann im Bett lande.«

Ich schluckte kurz und hoffte, dass sie das nicht bemerkt hatte.

So etwas würde ich doch nie machen! Ich doch nicht.

Ich musste grinsen und beschloss, meine Taktik zu ändern.

Neugierig darüber, wie weit ich gehen konnte, startete ich den ersten Annäherungsversuch. Ela saß mit ihrem Stuhl vor dem Schreibtisch und ich wechselte von meinem Stuhl und setzte mich auf die Schreibtischecke. Sie druckste nervös auf ihrem Stuhl herum.

»Nervös?«, fragte ich.

»Ja, ein wenig!«

»Und wenn ich jetzt näher komme, wird es dann schlimmer?!«

»Jaaaaa«, stammelte sie.

Ich kniete mich neben ihren Stuhl und nahm ihre Hände. Sie zitterte und das konnte ich nun deutlich spüren. Ela nahm die Hände zur Seite, weil es ihr unangenehm war. Wir unterhielten uns weiter und ich versuchte das Gespräch in eine andere Richtung zu lenken, während ich zu ihren Händen griff. Langsam kam ich ihr immer näher. Sie zitterte.

»So nervös?«, fragte ich erneut und setzte meinen bemitleidenden Blick auf.

»Jetzt schau mich nicht so an, du machst mich noch nervöser. Mir ist nun mal seit zwei Jahren keiner so nahe gekommen.«

»Du suchst dir die Jungen wohl ganz genau aus.«

»Ja, du kannst froh sein, dass du meine Hand halten darfst!«

»Und was ist mit dem?«, fragte ich und näherte mich langsam ihren Lippen.

»Weiß nicht!«

»Darf ich noch weitergehen?«, fragte ich.

»Weiß nicht, keine Ahnung! Ich werde schon zutreten, wenn es mir nicht passt«, grinste sie vergnügt.

Davon ließ ich mich nicht abschrecken, näherte mich weiter und küsste sanft ihre Lippen. Sie zitterte wirklich am ganzen Körper. Dass sie so nervös wurde, konnte ich gar nicht begreifen. Ich küsste sie ein weiteres Mal, nun mit der Zunge. Ihre freche Art war anscheinend nur ein Selbstschutz. In Wirklichkeit war sie schüchtern und ängstlich.

»Mmhmm, deine Küsse sind echt gut«, schwärmte sie und ließ sich zu einem weiteren hinreißen.

Ich stand auf, zog Ela an mich und nahm sie mit zum Schreibtisch, um sie erneut zu küssen. Ich schob mein rechtes Bein in ihren Schritt und begann ihre Vulva zu massieren. Ein gewagter Schritt, bei den vorherigen Androhungen, sie beschwerte sich allerdings kein Stück über meine forsche Art. Ich wunderte mich.

»Oh Don, deine Küsse machen echt süchtig«, stöhnte sie mir bei einer kurzen Pause ins Ohr.

Damit hatte ich sie überzeugt, dachte ich und wollte meinen Erfolg auskosten.

Ich drehte Ela zum Schreibtisch und sie setzte sich mit gespreizten Beinen darauf.

Wie es wohl wäre, wenn sie dort nackt säße, ich sie zu mir heranziehen und sie ficken würde, schoss es mir durch den Kopf.

Sie in den Armen haltend, massierte ich mit meinem harten Schwanz durch die Hose ihre Vulva. Mit meinen Händen erkundete ich ihre Brüste.

»Könnte es sein, dass du geil bist?«, fragte sie stöhnend.

»Jaahaa ...«, flüsterte ich ihr ins Ohr.

Ela lehnte sich nach hinten, während ich ihre großen Brüste knetete. Ich verschwand langsam mit meiner Hand unter ihrem Shirt. Sofort war ihre Hand zur Stelle und schob sie wieder über das Shirt.

»Wir wollen nicht zu weit gehen!«

Immer wieder drückte ich meinen harten Schwanz in ihren Schritt. Der Schreibtisch gab währenddessen seine Geräusche dazu.

Ihr Handy klingelte und unterbrach unser Spiel.

»Och nein …«, stöhnte sie abweisend.

Sie ging zu ihrem Handy und nahm ab.

»Ja?«, meldete sie sich verärgert.

»Nichts, aber du störst«, wurde sie lauter.

Ich versuchte mir das Grinsen zu verkneifen. Die Arme, die am Telefon war.

»Nein, ich hab jetzt bestimmt keine Zeit«, sagte sie wütend und legte auf.

»Blöde Ziege«, murmelte sie.

»Wer war es dann?«, fragte ich neugierig.

»Och, nur meine beste Freundin.«

Die Arme fragte sich bestimmt, was in Ela gefahren sei.

Ich grinste.

Ela kam wieder zu mir und dieses Mal übernahm sie die Initiative. Sie küsste mich fordernd mit der Zunge, setzte sich auf den hölzernen Schreibtisch und zog mich zu sich. Unser Spiel begann von neuem, dieses Mal war ich derjenige, der überrascht wurde. Ich ließ mir nichts anmerken, schob ihr Shirt hoch und liebkoste ihre Brüste, während mein Schwanz ihre Vulva massierte. Die Erregung in mir aufsteigend, konnte ich mich nicht mehr zurückhalten und spürte, wie mich meine Stöße zum Orgasmus trugen.

»Elaaaaaaa …«, brachte ich nur heraus, da war es passiert.

»Klingt geil, wenn du kommst …«, flüsterte Ela und lächelte mich an.

»Deine Küsse haben mich so geil gemacht, tut mir leid«, entschuldigte ich mich.

»Schon okay, aber du solltest den Fleck im Schritt verstecken«, entgegnete sie und lachte amüsiert.

Meine Hose zierte im Schritt ein nasser Fleck.

»Wenn das jemand sieht, könnte er dabei etwas anderes denken«, kommentierte sie das Missgeschick weiter und drückte mir einen Kuss auf.

»Du solltest jetzt erst einmal fahren, sonst werden mir gleich dumme Fragen gestellt.«

»Okay, aber wir sehen uns wieder?«, fragte ich unsicher.

»Wir sehen uns wieder«, sagte Ela, lächelte und führte mich aus dem Zimmer.

Ich zog das Sweatshirt noch ein bisschen tiefer, als ich aus dem Zimmer ging, damit man den Fleck nicht so sah.

Bis zum Höhepunkt

Zwei Wochen später besuchte ich Ela erneut. Wir hatten uns in den Mittagspausen häufiger getroffen und wollten an diesem Abend ungestört unserer Kusslust nachkommen. Nachdem sie die Tür geöffnet hatte, verschwanden wir in ihrem Zimmer und fielen uns direkt an. Die Tür war kaum im Schloss und ich spürte bereits Elas Lippen auf meinen. Ich spürte ihr Verlangen nach mehr.

»Don, ich hab deine Küsse so vermisst, die machen voll süchtig«, stöhnte Ela außer Atem.

Mich in den Armen haltend setzte Ela sich breitbeinig auf den Schreibtisch. Ich konnte ihrer Begierde nicht widerstehen und war nach kurzer Zeit bereits sehr erregt. Küssend legten wir uns auf ihr kleines Bett und ich zog ihr Oberteil und den BH aus, um an ihren harten Nippeln zu lutschen. Ela bremste mich.

»Tut mir leid Don, aber das ging mir letztes Mal schon zu weit. Lass uns lieber hier aufhören.«

Ich war etwas verwirrt.

Wir pushten uns so hoch und dann brach sie ab? Warum? War sie noch Jungfrau, schoss es mir durch den Kopf.

Sie zog sich wieder an und ließ mich auf dem Bett liegen. Ich seufzte.

Wir beließen es an diesem Abend beim Küssen und ich fuhr etwas enttäuscht nach Hause.

Am nächsten Montag holte ich Ela von der Arbeit ab. Ich war vorher noch einkaufen und hatte uns Pizza mitgebracht. Dieses Mal fuhren wir zu mir.

Ich stellte den Ofen an und bereitete die Pizza vor, während sich Ela bei mir umsah.

Nachdem wir etwas gegessen hatten, zeigte ich Ela meinen Internetblog und sie las sich ein paar meiner Geschichten durch. Sie schaute zu mir und lächelte.

»Was ist denn?«, fragte ich.

»Deine Geschichten machen mich ziemlich geil!«

Ich ging zu ihr, legte meine Arme auf ihre Schultern und gab ihr einen Zungenkuss.

Küssend standen wir einige Minuten im Raum, bis ich ihre Hand nahm, um sie in mein Schlafzimmer zu führen. Wir landeten direkt in meinem Bett.

Dieses Mal ging es mit dem Ausziehen ziemlich schnell. Wenig später lagen wir nur noch mit Unterwäsche bekleidet im Bett. Ich öffnete ihren BH beim Küssen, um ihre großen Brüste zu kneten. Langsam schob ich ihr Höschen herunter und begann ihre weite Lustgrotte zu fingern.

»Setz dich auf mich, ich möchte dich lecken«, forderte ich sie ganz dreist auf.

Sie gehorchte und ließ mich ihren bitter-süßen Saft lecken, während ich sie fingerte. Ich nahm noch zwei Finger dazu. Ela stöhnte laut auf und mir schoss kurz der Gedanke durch den Kopf, dass wir vorhin noch meine Nachbarin nebenan gehört hatten, aber das war mir jetzt egal! Mittlerweile fistete ich Ela mit der ganzen Hand und ihr Stöhnen war nicht mehr zu überhören. Sie war total geil. Dann klingelte es an der Tür.

Ela stand auf. Ich musste grinsen.

»Willst du nicht aufmachen?«, fragte sie.

»Nö ... komm her!«

Es klingelte ein weiteres Mal.

»Komm wieder her, Süße!«

Es klingelte erneut.

»Ich geh nicht raus, es ist mir egal, wer das ist!«

Ela kam zu mir ins Bett und gab mir einen Kuss. Die Klingel war verstummt und so setzten wir unser aufregendes Spiel fort. Ela streifte meine Boxershorts ab und tastete nach meinem Schwanz. Mit einem langen Zungenkuss starteten ihre Lippen die Reise und wanderten über meinen

Hals und Bauch immer tiefer, bis sie meinen Schwanz erreichten. Erst leckte sie meine Eichel, um ihn dann weiter in den Mund zu nehmen und genüsslich an ihm zu saugen.

»Ich sag dir Bescheid«, meinte ich gutmütig, sie könnte aufhören oder weitermachen – das lag ganz bei ihr.

Ihre geilen Zungenbewegungen erregten mich so sehr, dass meine Eichel sehr empfindlich wurde und ich laut aufstöhnte. Ela ließ nicht von mir ab und umschloss meinen Phallus mit ihren Lippen so fest, dass sie mich damit zum Orgasmus brachte.

»Ich komme ...«, stöhnte ich leise.

»Ich KOMME«, stöhnte ich noch mal etwas lauter.

Ela versuchte noch ihren Kopf wegzunehmen, aber ich kam schon früher und traf Ela ins Gesicht.

»Hast du nen Taschentuch?«, fragte sie und musste lachen.

»Ich hab dich gewarnt, du wolltest nicht hören.«

»War wohl sehr vertieft ... hat mir echt gefallen, das erste Mal blasen bis zum Schluss. Das könnte ich öfters machen«, sagte sie und schaute verlegen zur Seite.

Wir zogen uns an und kehrten ins Wohnzimmer zurück, um etwas zu trinken. Ela übernachtete bei mir, es blieb jedoch beim küssen und schmusen. Sie hielt mich etwas auf Abstand, wie sie es mir vorausgesagt hatte.

Einige Wochen später trafen wir uns bei ihr. Wir redeten erst und saßen uns nur gegenüber. Ela erzählte mir wieder von ihren Abenteuern mit ihrer besten Freundin. Sie hatte sich im letzten Monat wirklich deutlich verändert. Sie dachte nur noch an Sex, wenn sie nur einen hübschen Mann oder eine Frau sah.

Deswegen hatte ich mir auch heute vorgenommen, sie zu ficken, damit sie endlich mal wüsste, wie schön es ist. Ich stand ihr gegenüber und wartete darauf dass sie mich küsste. Irgendwann wagte sie den ersten Schritt, als wenn sie wüsste, dass es jetzt kein zurück mehr gäbe. Sie setzte sich wieder auf den Schreibtisch, den man vom Garten aus durch das Fenster gut erkennen konnte.

Meine Hände wanderten zu ihren großen Brüsten, um sie zu kneten. Ich zog ihr das Shirt aus und massierte ihre Brüste weiter, während ich den Ständer in meiner Hose gegen ihre Hose presste, unter der sich ihre nasse Muschi befand. Ela stöhnte ein wenig und begann damit, mich auszuziehen. Ein paar Minuten später stand ich komplett nackt vor ihr. Sie hatte immer noch ihr Höschen an. Ich schob es langsam herunter und kniete nieder, um sie zu fingern und sie zu lecken. Ela stöhnte laut, während ich mit meinen Fingern immer tiefer in sie eindrang.

»Hast du Lust?«, fragte ich sie vorsichtig.

»Ich weiß nicht ...«, tat sie unentschlossen.

Ich wusste ganz genau, dass sie es wollte. Sie hatte nur Angst vor ihrem ersten Mal. Deswegen hatten wir es letztes Mal auch schon abgebrochen. Aber dieses Mal nicht. Nachher würde sie wieder sagen, sie hätte ja doch gerne ...

Ich zog ein Gummi aus der Tasche und schaute sie an.

»Soll ich aufmachen?«, fragte ich.

»Ich weiß nicht ...«

Ich riss die Verpackung auf und rollte das Gummi über meinen harten Schwanz. Ich spielte mit meinem Ständer an ihrer Vulva. Ela schaute zu und massierte die Brüste mit einer Hand, während sie sich mit der anderen auf dem

Schreibtisch abstützte. Ich ließ meinen Schwanz in ihre Muschi gleiten und fing an sie zu ficken.

»Mmmmhhmm ...«, stöhnte Ela.

Dann wurde ich schneller und zog Ela ganz dicht an mich, um sie richtig tief nehmen zu können.

»Ooooar ... ist das geil«, stöhnte sie nicht ganz so laut.

Ich musste ab und zu zum Fenster schauen, durch das man alles beobachten konnte. Aber wir hatten zum Glück keine ungebetenen Gäste.

Ela stöhnte immer lauter.

»Mhmmhmm ... Ela!«

»Dooon ...«

»Ich komme gleich, Süße!«

Ich stieß noch einmal heftig zu, bevor ich in ihr abspritzte.

»Oooarr Don ... jaaa!«

Wir gaben uns einen langen Zungenkuss und zogen uns danach sofort an. Darauf anlegen, dass die Eltern uns durch Fenster beobachten, wollten wir auch nicht. Ela war es etwas unangenehm und so fuhr ich ein paar Minuten später. Ihre Befürchtungen, dass die Eltern uns gehört oder gesehen hatten, bestätigten sie nicht.

Ela und ich trafen uns noch sporadisch, doch zwei Wochen später sollte ich bereits eine neue Bekanntschaft schließen.

Hamburger Dom

Ein Jahr nach meinem Treffen mit Kathleen und Isabelle auf dem Hamburger Dom verabredete ich mich wieder mit zwei jungen Damen aus dem Chat. Melanie und Caroline waren gleich damit einverstanden, dass wir uns treffen. Wir beschlossen ins Kino zu gehen und danach den Hamburger Dom aufzusuchen.

Ein paar Tage zuvor hatten mich Melanie und Caroline angerufen und wir redeten eineinhalb Stunden am Telefon. Die Zwei standen in einer Telefonzelle in Ahrensburg. Zwischen unserem Telefonat und dem Treffen lagen drei Tage.

Ich fuhr mit dem Zug zum Hamburger Hauptbahnhof. Dort trafen wir uns am Bahnsteig, an dem mein Zug ankam. Beide waren interessiert an mir und so war ich in der glücklichen Lage, mir eine von ihnen aussuchen zu können. Ich war schon sehr gespannt, da ich von beiden kein Foto hatte, war mir aber sicher, dass bestimmt eine von ihnen mein Geschmack war. Am Telefon waren sie beide sehr nett.

Ich verließ den Zug, der direkt vor der Treppe hielt. Melanie und Caroline warteten am Treppenfuß und kamen mir entgegen. Melanie war etwas kleiner, hatte lange braune Haare und braune Augen. Caroline war so groß wie ich, hatte rotblonde Haare und blaue Augen. Optisch war Melanie sofort meine Favoritin. Mein Gefühl sollte mich später in meiner Entscheidung bestärken.

Wir machten uns mit der U-Bahn auf den Weg zum Kino, ohne dass ich etwas über meine Entscheidung sagte. Erst an der Kasse ließ ich Melanie merken, dass ich mich für sie entschieden hatte. Caroline ließ uns alleine an der Kasse stehen und setzte sich in der Nähe auf einen der Stühle.

»Du kannst auch hingehen, wenn du willst«, meinte Melanie.

Wollte sie sehen, für wen ich mich interessiere?

Ich entschied mich zu bleiben.

»Nein, ich bleibe lieber bei dir«, sagte ich zu ihr und hoffte, sie würde verstehen, was ich damit sagen wollte.

Im Kino war es ziemlich leer. Wir gingen die Treppen hinauf und durchquerten den Gang mit den Sesseln, weil wir in der Mitte saßen. Ich setzte mich direkt neben Melanie. Zuerst kam die Werbung und ich schaute immer wieder zu ihr herüber. Als die Vorschau der Filme kam, wurde es dunkel und ich schaute in Richtung Leinwand. Niemand von uns sagte etwas.

Ich muss langsam etwas unternehmen, schoss es mir durch den Kopf.

Ich schielte auf Melanies Oberschenkel. Dort lag ihre Hand. Meine Hand platzierte ich auf der Lehne und wartete bis der Film begann. Nach einigen Minuten wanderten meine Finger, einer nach dem anderen, zu ihrer Hand. Ich atmete tief durch, ohne sie dabei anzuschauen. Sie nahm sie nicht weg.

Nein, sie umfasste meine Hand. Ich schaute zu ihr herüber und sie lächelte mich an. Es vergingen weitere Minuten, bevor ich all meinen Mut zusammen nahm, ihre Hand los ließ und meinen Arm um sie legte.

Die Szene im Film war zu dem Zeitpunkt sehr dunkel und ich konnte nicht erkennen, wie Melanie darauf reagierte.

Ich zog sie ein wenig zu mir und sie kuschelte sich an mich.

Mehr wollte ich doch gar nicht wissen, dachte ich.

Ein paar Minuten später drehte ich mich zu ihr und gab ihr einen Kuss. Melanie war ziemlich vorsichtig und erst nach ein paar weiteren Küssen verschlang sie meine Zunge und ich konnte mit ihrer spielen. Meine Hand wanderte über ihr Sweatshirt und massierte langsam ihre Brüste. Sie wich keinen Augenblick zurück und wir küssten uns weiter. Ich wanderte langsam weiter unter ihrem Shirt und strich langsam über den BH, um ihn nach unten zu ziehen. Jetzt konnte ich unter dem Shirt ihre Brüste fühlen. Melanies Nippel waren hart und ich wäre am liebsten unter den Pulli gekrochen, um sie zu lecken.

Ich zog meine Hand zurück und griff vorsichtig an ihre Hose, um sie zu öffnen. Dann holte ich die Jacke, die neben ihr lag und bedeckte ihre Hose damit. Ich öffnete den Reißverschluss ihrer Hose und glitt hinein, um durch ihren String ihre feuchte Lustgrotte zu massieren. Melanies Küsse wurden intensiver und fordernder. Ich versuchte vorsichtig in sie einzudringen, aber Melanie wies mich mit ihrer Hand zurück. Ich beließ es dabei und zog den Reißverschluss hoch, um weiter an ihren harten Nippeln zu spielen. Melanies Zunge spielte immer noch mit der meinen. Ich zupfte ihren BH zurecht und Melanie knöpfte sich ihre Hose wieder zu.

Wir schauten zu Caroline hinüber, die wie gebannt auf die Leinwand starrte. Ich grinste. Melanie gab mir einen Kuss. Wir schauten den Film zu Ende und fuhren mit der U-Bahn zum Hamburger Winterdom.

Der Dom ist ein großes Volksfest auf dem Heiligengeistfeld, der dreimal im Jahr stattfindet. Als wir ankamen, war es schon sehr voll und wir hatten Mühe uns durch den Eingang zu quetschen. Mitten im Getümmel ergriff ich Melanies Hand und hielt sie die ganze Zeit. Caroline schien das innerlich sehr aufzuregen, ihre Blicke sprachen eine eindeutige Sprache. Aber sie sagte nichts. Erst ein paar Tage später erzählte sie uns, dass es ihr im Kino und auf dem Dom ganz schön peinlich mit uns gewesen war. Hinter uns hätte man schon getuschelt, wie man bei so einem Film nur kuscheln kann, denn schließlich hatten wir Hannibal Rising geschaut.

Melanie verabschiedete mich am Bahnhof mit einem langen Kuss, von Caroline erntete ich nur einen bösen Blick und sie gab mir mit ihrem »Bye« zu verstehen, dass sie sich etwas anderes von dem Tag versprochen hatte. Ich stieg in den Zug, winkte beiden hinterher und suchte mir einen Sitzplatz. Als der Zug den Bahnhof verließ, stieß ich einen Seufzer aus.

Früher oder später hätte ich Caroline verletzen müssen. Lieber am ersten Tag, als ihr noch Wochen Hoffnungen zu machen, die ich zerstören müsste. Melanie wusste, dass ich sie mag und Caroline hielt mich jetzt für ein Arschloch.

In den nächsten Tagen festigte sich der Kontakt zwischen Melanie und mir. Wir schrieben sehr viel und telefonierten jeden zweiten Tag. Melanie erzählte mir, dass sie bislang noch keinen festen Freund hatte und ich erfuhr, dass sie noch Jungfrau war. Hätte ich bei unserem Treffen nicht die Initiative ergriffen, wäre sie mit ihrer schüchternen Art nicht in die Offensive gegangen.

Es dauerte nicht lange und Weihnachten stand vor der Tür. Melanie und ich wollten gerne mehrere Tage miteinander verbringen und da wir zwischen den Feiertagen Urlaub hatten, beschlossen wir, uns zu treffen. Melanie kaufte sich ein Bahnticket und während wir Weihnachten bei der Familie verbrachten, nutzten wir jede freie Minute, um uns SMS zu schicken.

Stille Wasser sind tief

Am Freitagmittag nach Weihnachten holte ich Melanie vom Bahnhof ab. Der Zug hielt an einem anderen Gleis als vorgesehen und so hastete ich den Bahnsteig entlang, um Melanie beim Aussteigen zu empfangen. Ich kam rechtzeitig die Treppe hinauf, der Zug öffnete die Türen der Waggons und die Menschen strömten auf den Bahnsteig. *Zum Glück weiß ich, wen ich suchen muss,* dachte ich und erinnerte mich an Laurie, die ich vermutlich in dieser Menschenmaße nicht gefunden hätte.

Wir begrüßten uns, gingen zum Auto und fuhren zu mir. Melanie sagte wie üblich fast gar nichts.

Ich versuchte mir verzweifelt Fragen auszudenken, um das Gespräch aufrecht zu erhalten. Nach einiger Zeit landeten wir auf dem Sofa. Ich legte meinen Arm um sie und sie kuschelte sich an mich. Es folgte der erste Kuss seit unserem Treffen in Hamburg. Ihre zarten Lippen verlangten schnell nach mehr und so zog ich Melanie an mich. Meine Berührungen wurden frecher und ich begann ihre Brüste zu streicheln. Bei Melanie war ich vorsichtiger. Ich zögerte, weil mich ihre schüchterne Art verunsicherte.

Komischerweise hatte ich mit ihr vorher gar nicht über Sex gesprochen, sowie das immer der Fall war. Meine Hand tastete weiter die Brüste, während sie noch schüchtern mein Bein streichelte. Unsere Zungenküsse wurden derweil immer intensiver, Melanie taute langsam auf und begann zu fordern. Ich glitt langsam unter ihren BH und schob die Körbchen beiseite.

Auf mir sitzend legte sie ihr Shirt ab. Ich küsste sie, ließ meine Lippen ihren Hals erkunden und wanderte tiefer, um an ihren harten Nippeln zu saugen. Nach vorne gebeugt zog mir Melanie mein Shirt aus. Ich tastete mit einer Hand zwischen ihre Beine und massierte ihren Schritt durch ihre enge Jeans. Ihre wilden Küssen ließen uns außer Atem kommen.

»Wollen wir rüber gehen ins Schlafzimmer?«, flüsterte ich.

»Ja«, stimmte Melanie zu.

Ich stand auf und nahm ihre Hand, um sie hinter mir herzuführen. Im Schlafzimmer legten wir uns auf das Bett und ich schaute sie an. Ihre langen dunklen Haare und ihre braunen Augen waren umwerfend, sie wirkte wie ein scheues, neugieriges Rehkitz.

»Das ist also das tolle Bett, was so quietscht?!«, kommentierte sie frech.

»Ja ...«, gab ich leise zu.

Ich zog Melanie an mich und streichelte sie. Wir küssten uns weiter und Melanies Hand wanderte zu meiner Hose, während ich dabei war, ihren Hosenknopf und den Reißverschluss zu öffnen. Ich massierte sie durch den String, als Melanie mir bereits die Hose auszog.

Von wegen scheues Rehkitz ...

Meine Hände umfassten ihren festen Po und strichen ihre enge Jeans nach unten.

Melanie hatte nur noch ihren String an, der umgehend meinen Fingern zum Opfer fiel. Meine Zunge wanderte über ihren Körper zu ihrer feuchten Scham. Da ließ Melanie sich nicht zweimal bitten und spreizte die Beine, damit ich sie lecken konnte. Meine Zunge vergrub sich in ihrer feuchten Grotte und leckte sie mit einzelnen, leichten Schlägen. Ich nahm einen Finger und ließ ihn in ihre Pussy eindringen.

Als sie sich verkrampfte, versuchte ich gar nicht erst, einen weiteren Finger dazuzunehmen. Vorsichtig rutschte ich wieder nach oben, um Melanie zu küssen.

Ihre Hand verschwand unterdessen in meiner Boxershorts und ertastete meinen Schwanz. Dabei schob sie die Boxershorts beiseite und ich holte ein Kondom, um es über meinen Schwanz zu rollen.

Ich versuchte vorsichtig in sie einzudringen, was misslang. Mit meinem Finger hatte ich mehr Erfolg, wobei ich es bei einem beließ. Entweder war sie so eng oder sie verkrampfte sich einfach zu sehr.

»Ist nicht schlimm«, sagte sie.

Ich schmunzelte.

Hätte ich das nicht eigentlich zu ihr sagen müssen?

»Ja«, stimmte ich zu, »wir haben ja noch ganz viel Zeit.«

Während wir uns küssten, versuchte ich es erneut. Irgendwann drehten wir uns um, so dass Melanie oben war und ich holte ein neues Kondom hervor. Melanie saß auf mir und ich knetete mit der einen Hand ihre Brüste. Erregt von meinen Bewegungen lehnte sie sich nach hinten und genoss es. Wir versuchten es erneut und dieses Mal glitt mein Schwanz langsam in sie hinein. Melanie verzog das Gesicht.

»Tut es sehr weh?«, fragte ich, denn auch ich spürte, dass sie sehr eng war.

So eng hatte ich es noch nicht erlebt.

»Es geht... nur am Anfang.«

Sie beugte sich zu mir nach vorne und ich stieß mit meinem harten Ständer vorsichtig erneut in ihre feuchte Lustgrotte. Melanie stöhnte mir leise ins Ohr.

»Tut es noch weh?«, fragte ich, während ich sie umarmte.

»Nein, nicht mehr, ist jetzt ein angenehmes Gefühl.«

Ich küsste ihren Hals und ließ meinen Schwanz sie langsam ficken.

Melanie stöhnte leise. Ihre langen braunen Haare fielen ihr ins Gesicht, wobei meine Bewegungen immer schneller und stärker wurden.

Oh ja, so was ist dir auch noch nicht passiert ... so etwas geiles enges, überlegte ich und genoss jeden Stoß in ihr.

Ich spürte, wie die Endorphine in mir aufstiegen, wie mein Orgasmus langsam anrollte, wie ein Achterbahnzug, der langsam auf den Turm gezogen wird. Auf dem Scheitelpunkt kam er zum Stillstand und ich stieß meinen Schwanz so tief es nur ging in Melanies Lustgrotte. Ihre Enge brachte ihn zur Explosion, zum Zucken und riss mich in eine wilde Fahrt voller Glückshormone.

Ich umarmte Melanie und gab ihr einen langen Kuss. Wir verkrochen uns unter die Decke und schliefen aneinander gekuschelt ein.

Mitten in der Nacht wurde ich wach, drehte mich zu Melanie und fing an, sie zu streicheln und zu küssen. Ich liebkoste ihre harten Nippel, ihre Brüste und fuhr mit meiner Zunge weiter zu ihrem Bauchnabel.

Melanie strich mir über den Rücken und ich wanderte mit meiner Zunge über ihren Venushügel bis zu ihrer Pussy, um sie auszusaugen. Ich fickte sie mit meiner Zunge und Melanie drückte meinen Kopf dabei fest zwischen ihre Beine.

Ich bewegte mich langsam wieder nach oben. Aber jetzt kroch Melanie unter die Decke und nahm meinen Schwanz, wichste ihn hart, um daran zu lutschen und zu saugen.

»Aaaaahmm ... mhmmmm«, stöhnte ich laut, weil ihre Zungenschläge meine empfindliche Eichel trafen.

Damit hatte ich wirklich am allerwenigsten gerechnet. Ich strich mit meiner Hand durch ihre Haare und griff hinein. Nach einigen Minuten kroch Melanie zu mir nach oben, wir kuschelten uns aneinander und schliefen ein.

Am nächsten Morgen duschten wir und genossen den Tag. Es hatte geschneit und wir spazierten durch die weiße Winterlandschaft und sogen die frische, trockene Luft auf.

Am Abend hatten wir das Sofa ausgeklappt und die Decken vom Bett ins Wohnzimmer geholt. Wir lagen auf dem Sofa und schauten fern. Ich hatte für Melanie einige Weihnachtsgeschenke gekauft, die ich ihr über die Tage verteilt geben wollte.

An jenem Abend packte sie einen schwarzen halbdurchsichtigen BH, den dazugehörigen String mit Strapsgürtel und Strümpfen aus. Ich wartete gespannt auf eine ungewöhnliche Reaktion, die jedoch ausblieb. Melanie verschwand im Badezimmer und zog sich die Sachen an.

Ich sorgte für etwas romantische Stimmung und verteilte ein paar Teelichter, zündete sie an und schaltete das Licht aus. Natürlich hatte ich dieses geplant, holte eine Flasche Sekt aus dem Kühlschrank und schlüpfte nur noch mit Boxershorts bekleidet unter die Satinbettdecke, um auf meine Prinzessin zu warten. Melanie kam mit der Unterwäsche in das Wohnzimmer und blickte mich erstaunt an.

Wirklich ein schöner Anblick, dachte ich, als sie sich niederkniete und zu mir gekrochen kam.

»Du siehst richtig süß aus«, meinte ich und gab ihr einen langen Zungenkuss.

Melanie legte sich auf mich und ich berührte ihre Brüste, die durch den schwarzen BH schimmerten. Angetörnt von der schönen Unterwäsche knetete ich sie und begann damit, den BH, den sie sich gerade erst angezogen hatte, wieder auszuziehen. Ein paar Minuten später folgten ihre Strümpfe und der Strapsgürtel.

Melanie ließ einen kleinen Seufzer los, während ich ihr gemächlich in den Schritt fasste und sie mit ihrer Hand in Richtung Boxershorts wanderte. Ich schob langsam den dünnen String herunter und Melanie setzte sich auf mich.

Das würde meine Lieblingsstellung werden, dachte ich.

Sie lehnte sich etwas nach hinten und massierte mit ihrer Vulva meinen harten Schwanz durch die Boxershorts. Ich griff zur geöffneten Sektflasche, die neben dem Sofa stand und ließ einen Schluck vom kalten Sekt über ihre Brüste perlen.

Melanie stöhnte kurz auf, während ich den Sekt von ihrem Bauch, ihren Brüsten und den harten Nippel leckte. Als ich alles abgeleckt hatte, wiederholte ich das Ganze. Ich nahm noch einen Schluck aus der Flasche, gab Melanie einen Kuss und stellte die Flasche beiseite.

Melanie kroch zu mir, um sich auf mein Gesicht zu setzen. Mit meiner Zunge erkundete ich ihren feuchten Schlitz und stieß dabei immer wieder in die Pussy. Melanie lehnte sich nach hinten und stützte sich am Sofa ab. Sie schloss ihre Augen und genoss es, wie ich mit meiner Zunge in sie eindrang.

Gebeugt rutschte Melanie ein paar Minuten später in Richtung Hüfte, um meinen harten Schwanz in ihre feuchte Spalte zu stoßen. Das wollte nicht funktionieren und so schob ich ihren Oberkörper weiter nach hinten, um besser in sie eindringen zu können. Dieser Trick funktionierte bei ihr, wenn ich es in den anderen Stellungen nicht schaffte. Ich drang langsam in sie ein. Melanie verzog ihr Gesicht und ich stoppte.

»Tut es weh?«, fragte ich leise.

»Ja, ein wenig ... aber es geht schon wieder.«

Als ich vollständig in ihr war, beugte sie sich zu mir herunter und wir begannen uns langsam gegenseitig zu ficken. Melanies lange Haare fielen nach vorne in mein Gesicht und sie stöhnte jedes Mal leise auf, wenn sich mein Schwanz in sie hineinbohrte.

Mit jedem Stoß wurde ihr Stöhnen lauter, was mich ziemlich erregte.

Ob sie es ahnte, wie geil ich es fand, von ihr geritten zu werden? So etwas enges hatte ich wirklich noch nicht erlebt.

»Jaaa ... mhmmm«, brachte ich nur heraus und fuhr ihr dabei mit den Fingern über ihre Brustwarzen.

»Ich komme gleich, wenn du so weitermachst, Süße!«

Melanie hatte aber nicht die Absicht aufzuhören und so konnte ich nach ein paar Minuten nicht mehr.

»Ich komme ... mhmm«, stöhnte ich ihr leise ins Ohr, während ich zum Höhepunkt gelangte und danach glücklich und entspannt in ihren Armen lag. Wieder schliefen wir aneinander gekuschelt ein.

Nach einem »Guten-Morgen-Kuss« konnten wir nicht die Finger von einander lassen. Melanie setzte sich nackt auf mich, verwöhnte mich mit ihren Küssen und knüpfte dort an, wo wir in der Nacht aufgehört hatten.

Was hatte ich dort bloß in ihr geweckt? Nach dem ersten Sex in ihrem Leben schien sie nicht mehr genug davon zu bekommen.

Sie massierte mit ihrem Becken meinen Schwanz, bis er hart war und durch ihren schmalen Spalt glitt. Ich schob Melanie etwas weiter nach unten.

»Was hast du vor?«, fragte sie verdutzt.

»Das wirst du gleich sehen, Süße«, dachte ich.

Als mein Schwanz zwischen ihren Brüsten lag, drückte ich sie zusammen und begann damit, sie zu ficken. Melanie half mit ihren Händen nach und ich nahm ihre Brüste so lange, bis ich kam. Ihre Brüste und die Nippel wurden mit meinem Liebessaft übergossen.

Ich musste grinsen. Melanie schaute mich verwundert an, lachte dann jedoch.

Eingesaut, wie wir waren, liefen wir ins Badezimmer und nahmen zusammen eine Dusche. Wir genossen das heiße Wasser und unsere Körper rieben sich bei der Enge aneinander. Melanie blickte mich an.

»Das ist wirklich toll. Ich könnte hier den ganzen Tag mit dir verbringen.«

Ich gab ihr einen Kuss und zum Dank kniff sie mir dafür in den Po. Nach der Dusche kümmerte ich mich um das Frühstück, während Melanie noch im Badezimmer ihre Haare trocknete.

An jenem Tag war es draußen sehr kalt, wir beschlossen jedoch trotzdem spazieren zu gehen, um nicht den ganzen Tag in der Wohnung zu verbringen. Melanie kuschelte sich während des Spazierganges an mich. Sie war eine sehr liebe und kuschelbedürftige Person. Das führte dazu, dass ich mich immer mehr zu ihr hingezogen fühlte. Vor wenigen Wochen war sie für mich ein einfacher Flirt, je mehr Zeit ich mit ihr verbrachte, umso mehr wurde mein Interesse für sie geweckt.

Am Abend bekam Melanie das nächste Geschenk von mir. Dieses Mal war es schwarze Netzunterwäsche. Melanie blickte mich verzückt an und spazierte gleich ins Bad, um sie anzuprobieren. Als sie wiederkam, war ich ziemlich überrascht. Man konnte wirklich alles durch die Wäsche sehen. Nur ein schwarzes Netz, was ihre Brüste und den

Schritt bedeckte. Ich bekam Lust, ihr alles herunterzureißen.

»Sehr hübsch«, meinte ich zurückhaltend, während sie vor mir stand und sich drehte.

Das heizte mich noch mehr ein und so zog ich Melanie aufs Sofa und nahm mir, was ich so begehrte. Ich küsste ihren Hals abwärts, wobei ich den Netz-BH auszog und mich auf ihre Nippel stürzte. Daran saugte ich und Melanie ließ einen kurzen Stöhner los. Ihre Hand wanderte über mein Bein zu meinem harten Phallus. Es dauerte keine fünf Minuten und wir lagen nackt auf dem Sofa, dieses Mal in 69er-Stellung. Ihre Vulva in meinem Gesicht, lag sie auf mir. Ich nahm ihre Einladung an, leckte genüsslich ihre Spalte und bohrte meine Zunge hinein.

Mein harter Schwanz wurde in dem Moment gerade von Melanies Zunge und ihrer Hand verwöhnt. Sie ließ meine Eichel immer wieder in ihren Mund gleiten und leckte mit ihrer Zunge daran, was mich fast zum Wahnsinn trieb. Die Zungenspitze tänzelte auf einer der empfindlichsten Stellen meines Körpers und ließ mich kaum nach Atem ringen, denn Melanie drückte mir erregt ihre Scham in mein Gesicht.

Es waren bestimmt 40 Minuten voller Lust vergangen, als Melanie lächelnd zu mir krabbelte und mir einen Kuss gab. Ein paar Minuten später saß sie auf mir und ritt mich zur Krönung des Abends, wie eine erfahrene Reiterin, die einen jungen wilden Hengst zähmen wollte.

Was hatte ich da bloß erweckt?

Melanies lange Haare fielen mir ins Gesicht und ich strich sie beiseite, um zu sehen wie ihr die Geilheit im Gesicht stand. Ihr Stöhnen wurde immer lauter und meine Bewegungen immer heftiger. Ich konnte mich einfach nicht mehr zurückhalten, kam dem Höhepunkt immer näher, der mich dann mit voller Wucht übermannte und in ihrer Pussy kommen ließ. Völlig erschöpft schlief Melanie auf mir liegend ein.

Am nächsten Morgen bekam sie ihr drittes Weihnachtsgeschenk und nachdem wir damit auch unseren Spaß hatten, zog sie mich wieder ins Badezimmer unter die Dusche. Wir blieben so lange, bis das Wasser kalt wurde. Melanie und ich verließen die Dusche und ich trocknete sie mit meinem großen Handtuch ab. Diesen Tag verbrachten wir kuschelnd auf dem Sofa und inspizierten das Fernsehprogramm. Wir hielten uns zurück, ich genoss es einfach, wie sie sich an mich kuschelte und ihre Wärme uns nicht frieren ließ.

Am Abend bestellten wir beim Lieferservice und aßen im Kerzenschein auf dem Sofa. Nach dem Essen hatte ich noch etwas besonderes mit Melanie vor. Davon ahnte sie allerdings nichts. Wir küssten uns und lagen schon nackt auf dem Sofa, als ich einen Schal hervorholte.

Melanie schaute mich sehr überrascht an.

»Was wird das jetzt?«, fragte sie ungläubig.

»Ich werde dir jetzt die Augen verbinden, Süße«, bekam sie nur als Antwort von mir zu hören.

Sie beschwerte sich nicht, während ich ihr die Augenbinde anlegte. Danach ging ich zum Kühlschrank und holte eine Flasche Sprühsahne, ging zum Tisch und griff zu einer Banane und kehrte zurück.

»Was hast du mit mir vor?«, fragte Melanie verängstigt.

»Lass dich überraschen«, meinte ich nur.

Ich schüttelte die Sprühsahne, beugte mich über ihren nackten Körper und sprühte ihre Brüste mit Sahne voll.

»Das ist kalt«, rief Melanie, von der kalten Sahne überrascht.

Genüsslich leckte ich ihre weißen Sahnekronen ab und lutschte die harten Nippel darunter.

»Und das Ganze noch einmal«, sagte ich verzückt und grinste.

»Es gibt da eine Stelle, da würde ich noch viel lieber lecken.«

Bevor Melanie etwas sagen konnte, hatte ich ihren Schlitz schon mit Sahne eingesprüht. Als nächstes nahm ich die Hälfte von der Banane und schob sie Melanie mit ein paar Stößen in ihre nasse, mit Sahne bedeckte Lustgrotte.

»Oh Gott, Don. Was machst du da?«

Ich antwortete nicht, leckte die Sahne und aß die Banane aus ihrer Muschi. Ihr Liebessaft war jedoch viel süßer als die Sahne oder die Banane.

»Und einmal noch«, entgegnete ich frech, nahm die Sprühdose und die andere Hälfte und genoss den Rest dieses süßen Mahls.

Nachdem ich fertig war, befreite ich Melanie von der Augenbinde und ihren Fesseln.

»Na, was glaubst du, was das war?«, fragte ich neugierig.

»Keine Ahnung«, grinste Melanie.

Ich hielt die Sprühsahne und die Bananenschale hoch.

»Ne Banane?«, schaute sie mich entsetzt an.

»Ja«, grinste ich frech und freute mich meines Lebens.

»Mir hat es geschmeckt!«

»Kann ich mir vorstellen.«

Melanie kroch zu mir und küsste mich.

»Mhm, eindeutig Banane und Sahne«, sagte sie und musste lachen. »Was machst du nur für Dinge mit mir?«

Ich fuhr mit meiner Hand über ihre klebrigen Brüste, leckte sie und lutschte daran, bis nichts mehr von der Sahne übrig war.

»Jetzt will ich aber auch meinen Spaß, wenn ich bitten darf.«

Melanie drehte sich um, während ich mir ein Kondom über meinen harten Schwanz rollte. Sie hielt mir ihren festen Po entgegen. Langsam schob ich meinen Phallus in ihre enge Lustgrotte. Melanie stöhnte laut auf.

Das erste Mal Doggy mit ihr. Es war noch enger.

Jeder Stoß von mir war vorsichtig, weil ich mich ebenfalls an das Gefühl gewöhnen musste und nicht sofort kommen wollte. Das würde nicht so ein aufregender Orgasmus, als wenn ich mich langsam dem Ziel näherte. Diese Orgasmen waren intensiver, wie eine wilde Achterbahnfahrt. Der andere wäre hingegen nur eine langweilige Wasserrutsche. Ich tat alles dafür, wieder in die Achterbahn steigen zu dürfen.

Langsam erhöhte ich das Tempo, wusste ich nun, dass ich nicht überraschend kommen würde. Ihre Pobacken klatschten jedes Mal, wenn ich zustieß. Melanie vergrub ihr Gesicht im Kissen, während ich sie härter fickte. Ich spürte, wie sich der wohlige Druck in meinem Phallus ausbreitete und ich in einer Explosion voller Glücksgefühle zum Orgasmus kam.

Vereint ins neue Jahr

An Silvester verbrachten wir den Tag erneut faul auf dem Sofa beim Fernsehen. Wir kuschelten und knutschten die meiste Zeit, genau das, was ein verliebtes Pärchen in den ersten Wochen tat. Abends, kurz nach 23 Uhr zündete ich ein paar Teelichter an und legte mich zu Melanie auf das Sofa.

Ob sie wohl ahnte, was ich vorhatte?

Um kurz nach halb zwölf wurde ich beim Kuscheln frecher und begann damit, sie auszuziehen und ihre Brüste zu liebkosen. Melanies Hand wanderte zu meinem Schwanz, griff in die Hose und wichste ihn. Kaum eine Minute später hatten meine Finger den Weg zu ihrer Vulva gefunden und fingerten ihren rasierten Schlitz. Wir zogen uns gegenseitig ganz aus, Melanie setzte sich auf mich und ließ meinen Schwanz vorsichtig in ihre enge Pussy gleiten. Sie beugte sich zu mir nach vorne, so dass ich sie von unten stoßen konnte.

»Langsam ...«, bremste sie mich und biss sich dabei auf die Unterlippe.

Mein Ständer drang wieder in die Enge ein, bis Melanie sich zurücklehnte, die Führung übernahm und damit begann, mich ziemlich wild zu reiten. So wild und intensiv, dass mein Gemächt etliche Male aus ihrer nassen Vulva rutschte, was sie nicht davon abhielt, weiterzumachen.

Kurz bevor ich kam, brach sie ab und setzte sich, meinen harten Ständer noch in ihr, auf mich.

»Na, mein Süßer ... gefällt dir das?«, fragte sie frech.

»Mhmm ...«, stöhnte ich.

Nur drei Tage und sie ist so verdorben. Schlummerte es wirklich nur in ihr und ich hatte es aufgeweckt?

Sie fing wieder an, mich zu reiten und wurde immer schneller, bis ich kam.

»Süßeee ... jaaa ... mhmmm ...«, stöhnte ich laut auf.

Ich zog sie langsam zu mir herunter. Draußen hörten wir die Raketen und Böller.

»Frohes neues Jahr, meine süße Maus«, flüsterte ich ihr ins Ohr.

»Dir auch, mein Schatz!«

Wir standen auf, zogen uns etwas über und schauten auf dem Balkon das Feuerwerk an. Als es uns zu kalt wurde, gingen wir ins Wohnzimmer und tranken ein Glas Sekt.

Zusammen waren wir ins neue Jahr »gerutscht«. Es gab keinen Zweifel mehr, wir waren zusammen. Keiner von uns fragte den anderen, ob er es auch wollte. Wir hatten uns in den letzten Tagen gegenseitig oft genug gezeigt, dass wir uns wollten.

Der Neujahrstag verlief ruhig, wir gingen zwischendurch spazieren und belagerten danach wieder die Couch. Es war der letzte Abend, denn am nächsten Tag musste ich Melanie zum Bahnhof bringen. Ich musterte Melanie, die neben mir lag. Ich war erneut in eine Fernbeziehung geschlittert, stellte mein Kopf ohne Umschweife fest.

»Ist irgendwas?«, fragte sie verwundert.

»Ich würde gerne mal Fotos von dir machen«, flüsterte ich leise, weil ich an die Unterwäsche denken musste.

»Dann mach doch«, sagte sie und lächelte.

»In Unterwäsche«, fügte ich hinzu.

»Nee ... das gibt es nicht«, wies sie mich ab.

»Ach komm, bitte«, flehte ich.

»Nein«, kam es nur kurz zurück.

Wir schauten weiter fern und ich sagte nichts mehr zu dem Thema. Wenn sie es nicht wollte, würde ich sie nicht nerven. Zehn Minuten später kam eine plötzliche Wende:

»Okay ... du kannst Fotos machen! Was soll ich anziehen?«

Ich schaute ziemlich verdutzt.

»Die Strümpfe, den Netz-BH und den String dazu«, fügte ich trocken ein, freute mich aber innerlich wie ein kleines Kind.

»Okay.«

Sie stand auf, ohne weitere Worte zu verlieren und verschwand im Badezimmer. Ein paar Minuten später stand sie in Dessous vor mir. Ich holte meine Kamera und konnte dabei kaum meine Augen von ihr lassen.

»Sagst du mir, was ich machen soll?«, fragte mich Melanie ganz süß, während sie unbeholfen im Raum stand.

Wir schossen ein paar Fotos und ich zeigte ihr, wie sie posen sollte. Melanie wechselte nach der ersten Fotoserie die Unterwäsche und kam zurück ins Wohnzimmer.

Nach ein paar Fotos zog ich Melanie an mich, küsste sie und zeigte ihr, wie geil mich das Shooting gemacht hatte. Ich öffnete ihren BH, schob die Träger von ihren Schultern und saugte an ihren harten Brustwarzen. Meine Hand fand den Weg unter den Netzstring, glitt über ihren Venushügel zu ihrer Vulva, um sie zu fingern.

»Don ... du kannst auch nicht einmal artig sein«, flüsterte sie und grinste dabei frech. Im gleichen Augenblick fasste sie mir an die Hose, um meinen Schwanz zu massieren.

»Aber du ...«, stöhnte ich auf.

Sie zog meine Jeans und die Boxershorts aus, legte sich auf mich und rutschte nach unten, um mir genüsslich meinen Schwanz zu blasen.

Du bist ja sooo unschuldig, schoss es mir durch den Kopf.

Ich griff mit meiner Hand in ihre Haare und drückte ihren Kopf zu meinem Schwanz. Das Gefühl ihrer Zunge an meiner Eichel machte mich nur noch geiler. Sämtliche Nervenenden an meiner Eichel überfluteten mein Gehirn mit Signalen und sorgten für einen Rauschzustand. Melanie genoss unterdessen, mich damit halb wahnsinnig zu machen. Nach einiger Zeit rutschte sie nach oben und legte meinen Schwanz zwischen ihre Brüste, um ihn hart zu wichsen.

Ich presste ihre Brüste mit meinen Händen noch weiter zusammen und schob meinen Schwanz so schnell ich konnte durch ihren feuchten Busen. Es dauerte keine Minute und ich kam laut stöhnend zum Orgasmus.

»Hat's dir gefallen?«, freute sie sich.

»Ja, es war total geil! Schade nur, dass du morgen schon wieder fahren musst«, sagte ich etwas traurig.

Melanie kroch zu mir hoch und kuschelte sich an mich.

»Ja. Ich werde dich bestimmt sehr vermissen«, stimmte sie zu.

Ich gab ihr einen Kuss.

»Wir schaffen das schon und können uns bestimmt bald wiedersehen.«

»Das hoffe ich«, sagte sie und blickte mich mit ihren braunen Augen an.

Wir schliefen nach einiger Zeit ein und wachten am nächsten Tag gegen Mittag auf. Nachdem wir zusammen geduscht hatten, kümmerte ich mich um das Frühstück, während Melanie ihre beiden Taschen packte. Die Stimmung war ziemlich bedrückt. Melanie sprach kaum ein Wort.

Am Bahnhof konnte sie die Tränen nicht mehr zurückhalten. Bevor der Zug eintraf, fiel sie mir in die Arme.

»Ich würde am liebsten bei dir bleiben«, schluchzte sie.

»Ich weiß, Prinzessin. Ich hätte dich auch lieber bei mir.«

Wir küssten uns. Es war ein langer Kuss, denn als wir uns trennten, stand der Zug bereits am Bahnsteig.

Melanie kullerten erneut die Tränen von der Wange.

»Muss wohl so sein, Süßer«, brachte sie nur noch heraus und gab mir einen Abschiedskuss.

Sie nahm ihre Taschen und stieg in den Zug, der danach die Türen schloss. Ich sah, wie sie sich einen Platz suchte, als sich der Zug bereits in Bewegung setzte.

Ich verließ den Bahnsteig, der eisige Wind schlug mir entgegen, als ich aus dem Bahnhofsgebäude kam. Ein paar Minuten zuvor hatte ich noch einen wärmenden Körper an meiner Seite. Nun war ich alleine.

Zu Hause angekommen, blickte ich auf die Teller, die noch in der Spüle standen und beschloss, den Nachmittag zu nutzen, um unsere Geschichte aufzuschreiben. Melanie meldete sich zwischendurch per SMS und am Abend schrieben wir über den Messenger. Wir hatten die Tage beide sehr genossen und beschlossen, es mit einer Fernbeziehung zu versuchen.

In den nächsten Wochen lernten wir mit der Situation umzugehen. Mir fiel es etwas leichter, weil ich es schon von Phebey kannte. Wir schrieben täglich nach der Arbeit, manchmal auch zwischendurch, und telefonierten dreimal die Woche. Melanie hatte mit ihrer Ausbildung als Rechtsanwaltsfachangestellte zu tun und so blieb uns nur das Abwarten auf das nächste Treffen.

Melanie hatte es richtig erwischt, sie war über beide Ohren in mich verliebt. Ich hingegen war mit meinen Gefühlen nach der Tragödie mit Phebey etwas zurückhaltend.

Zwischendurch besuchte mich Melanie für ein kurzes Wochenende, bevor wir unseren Osterurlaub gemeinsam bei mir verbrachten.

In der Osterwoche tummelten wir uns nicht nur auf dem Sofa. Gemeinsam unternahmen wir Ausflüge und andere Dinge sowie eine tolle Shoppingtour. Bei jedem Vorschlag, den ich unterbreitete, sagte Melanie fast immer »Entscheide du«.

Je mehr ich darauf achtete, umso mehr störte mich es. Bewusst versuchte ich, auch von ihr eine Meinung einzuholen, jedoch meistens ohne Erfolg.

Sie versuchte mir alles recht zu machen oder hatte sie keine Meinung? War es ihr egal?

So schön die Woche mit Melanie war, am Ende war ich etwas froh, dass sie zurückfuhr. Manchmal brachte sie kaum ein Wort heraus, hatte keine Meinung, war einfach viel zu schüchtern. Im Bett hingegen lief alles wunderbar. Ich beschloss, zu warten und unserer Beziehung noch Zeit zu geben.

Im April fuhr ich mit dem Auto ein Wochenende nach Hamburg, um sie zu besuchen. Sie wohnte noch zu Hause, hatte wegen der geringen Ausbildungsvergütung noch keine Wohnung und so lernte ich auch ihre Eltern kennen.

Ich hatte das Gefühl, dass ihre Eltern uns die ganze Zeit beobachteten und so verbrachten wir unsere gemeinsame Zeit im Kino, in Hamburgs Innenstadt und im Wellenbad. Unsere aufregenden Aktivitäten in der Nacht fielen leise und vorsichtiger aus, als üblicherweise. Melanie war die ganze Situation etwas peinlich. Ich hingegen nahm es mit Humor. Bei den gemeinsamen Essen wurde ich ausgefragt, Melanies Vater wollte anscheinend sicher sein, dass ich zu seiner Tochter passte. Am Sonntag fuhr ich erleichtert zurück, denn ich hatte dieses Wochenende überstanden.

Als ich am Sonntagabend zu Hause war und noch kurz in mein E-Mail-Postfach schaute, entdeckte ich eine Bewerbung.

Hi Don,

wie du weißt, lese ich deinen Blog schon sehr lange und finde es echt aufregend, was du so erlebst. Ich möchte gerne wissen, wer sich hinter Don Ramirez versteckt, würde mich freuen, wenn du mir schreibst.
Lieben Gruß Anita aka die Katze

Die Katze hatte nicht nur weitere Kommentare im Blog hinterlassen, sondern auch auf meinen Aufruf zur Bewerbung reagiert.

Die Katze

Als ich die Nachricht las, dachte ich zuerst noch nicht daran, dass ich diese Anita vielleicht kennen könnte. Am nächsten Tag bekam ich jedoch eine Antwort auf meine E-Mail und angehängt waren zwei Fotos. Ich saß vor dem PC und traute meinen Augen nicht. Fünf Minuten verzog ich keine Miene und starrte auf dieses Gesicht mit den dunkelbraunen großen Augen und den glänzenden schwarzen Haaren.

Es war Anita. Die Anita, die ich so gerne kennenlernen wollte.

Ich schrieb Anita sogleich in der Community an, nachdem sie mir ein weiteres Mal per Mail antwortete. Mein Herz überschlug sich förmlich, als ich wieder ihre Fotos ansah: Diese dunklen, fast schwarzen, großen Augen, ihre langen Haare und ein bezauberndes Lächeln. Sie war nicht schlank wie ein Model, aber auch nicht dick. Als Frau hatte sie die perfekte Figur; ein klein wenig zum Anfassen an jeder Stelle. Einfach perfekt.

Ich bekam schnell zu spüren, dass sie Südländerin war, denn sie hatte die passende Portion Temperament im Blut.

Alles begann damit, dass wir uns etliche Nachrichten in der Community zusandten, bevor wir in einen Messenger wechselten. Hier schrieben wir in Echtzeit, sodass wir nicht so lange auf die Antwort des anderen warten mussten.

Hey Don. Bist du da?

Hey. Ja.

Und deine Geschichten sind alle wahr?

Ja, das sind sie.

Schau nachher bestimmt wieder rein. Muss jetzt erst einen Kuchen backen, weil eine Freundin Geburtstag hat. Wir schreiben uns später.

Wir schrieben am Abend weiter. Jeder von uns stellte viele Fragen, um möglichst viel über den Anderen zu erfahren. Anita wusste natürlich, dass ich mich öfters mit verschiedenen Frauen traf und fragte mich über die Treffen aus. Sie wollte wissen, wie lange ich meine Dates vorher kannte, ob danach weiterhin Kontakt bestehe und ob alles so harmonisch ablief, wie ich es in meinem Blog darstellte.

Nicht alle Dates laufen perfekt, bei den meisten ist es aber genauso, wie ich es geschrieben habe. Klar gibt es vorher immer etwas länger Kontakt, es sei denn ich treffe eine Frau in der Disco oder im Supermarkt. Dann kann daraus auch schnell ein aufregender One-Night-Stand werden.

Ich hätte auch gerne mal wieder jemanden bei mir – und wenn es nur für eine Nacht ist. Kuscheln, Küssen und für Sex. Das ist schon etwas her.

Ich komme gerne vorbei.

Ich wartete gespannt auf ihre Antwort.

Das ist nicht so einfach, aber ich hätte schon Lust dich zu treffen.

Du kannst ja auch zu mir kommen.

Das wäre sogar toll, weil ich ne Chatfreundin in deiner Gegend habe, die ich sowieso besuchen wollte. Aber mir fehlt das nötige Kleingeld. Bin doch noch in der Ausbildung.

> *Warum kann ich nicht zu dir?*

> *Meine Eltern killen mich. Darf hier keinen Deutschen anschleppen. Erst recht nicht, wenn die merken, dass das jemand aus dem Internet ist, der nur für eine Nacht kommt. Mein Vater würde dich einen Kopf kürzer machen.*

»Oh je ...«, schrieb ich nur zurück.

Ich erfuhr mehr über ihre Familiensituation. Anita wurde in Deutschland geboren, ihre Eltern waren bereits viele Jahr zuvor aus Jugoslawien eingereist. Sie waren katholisch, sehr gläubig und weil Anita noch zu Hause lebte, durfte sie unter 20 keinen Freund haben.

Aber sie ist so hübsch. Sie ist einfach toll. Treffen muss ich sie auf jeden Fall mal, drängte es sich mir in den Kopf.

> *Ich mag die Geschichten. Habe mir fast alle durchgelesen. Schreibst du die selbst?*

> *Ja, noch schreibe ich sie alle selbst. Einen Ghostwriter werde ich mir wohl auch nie leisten können. *g**

> *Davon wird man feucht.*

Direkt und versaut ist sie auch noch. Sie wird mir immer sympathischer.

»Kann ich verstehen ...«, tippte ich und grinste freudig.

»Okay, man wird richtig rallig davon«, kam es ein paar Minuten später, als sie die nächste Geschichte gelesen hatte.

»Was ist rallig?«, gab ich unwissend zurück.

»Geil, feucht, ...«

Okay, man lernt nie aus, dachte ich. *Das Wort ist mir auch noch nicht begegnet.*

In den nächsten Stunden erzählten wir uns von unseren Beziehungen und Erlebnissen. Anita hatte eine Affäre auf

215

dem Balkan. Er hieß Luca und die beiden kannten sich schon seit ihrer Kindheit. Da sie im Sommer immer mit den Eltern zu den Großeltern fuhr, sah sie ihn jedes Jahr wieder. Im letzten Sommer hatte sie ihren ersten Sex mit ihm. Sie mussten sich abends heimlich am Strand treffen und suchten sich in einer naheliegenden Düne ein geeignetes Plätzchen.

Das wäre ja auch mal etwas für mich.

Ich rate dir davon ab. Dieser ganze Sand stört ungemein, wenn man feucht ist.

Der Kommentar kam so trocken rüber, dass ich fast lachend vom Stuhl fiel.

Schlagfertig ist sie auch. Was hat sie eigentlich nicht?

Sie erzählte mir davon, dass sie sich ziemlich viele Verehrer hatte, die sich vom Leib halten musste. Niemand außer Luca durfte sie anfassen oder gar küssen.

Aber du möchtest schon gerne küssen und Sex, dachte ich.

Nun schrieb ich einiges zu meinem Beziehungsstatus und den Erlebnissen. Ich erklärte ihr vorsichtig, dass ich bereits fünf Monate mit Melanie zusammen war, jedoch immer mehr an meinen Gefühlen zweifelte. Sie sei einfach zu nett, ließ mich immer alles entscheiden und um es hart auszudrücken: Sie langweilte mich.

»Das würde dir bei mir nicht passieren, ich bin da sehr direkt und habe auch meine eigene Meinung«, schrieb Anita.

So etwas wie sie war genau richtig, schoss es mir durch den Kopf.

Mit diesen Gedanken ging ich an diesem Abend ins Bett, 250 km entfernt von Melanie und 500 km entfernt von

Anita. Meinem Herz sollte die Entfernung jedoch egal sein. Herzen sind so naiv.

Am nächsten Abend schrieben wir wieder im Chat. Anita hatte weitere Geschichten gelesen und unser Gespräch verlief in unsere Lieblingsrichtung: Wissen wollen, was der andere geil findet.

> Anita, bist du rasiert?

Ja, du auch?

> Wer sich nicht rasiert, ist selbst schuld ... oder will nicht geleckt werden.

Ich musste sofort dabei an Phebey denken, die sich zuerst so dagegen gewehrt hatte.

> Wer steht da nicht drauf? Ich liebe es, geleckt zu werden.
>
> Ich mag es auch sehr gerne.
>
> Ich würde es auch selbst tun. Bin nicht abgeneigt, auch mal eine Frau zu lecken.

Mein Gott, wie weit geht sie noch? Will sie, dass ich mich auf der Stelle in sie verliebe. Diese Offenheit machte mich unglaublich an.

> *kizz where ever you want*

Mit jeder Minute, die wir schrieben, brach das Eis noch mehr – nein, es schmolz förmlich wie Butter in einer Pfanne.
Bislang hatten wir noch nicht darüber gesprochen, uns zu treffen. Ein paar Tage später war es jedoch soweit.

*Habe wieder auf deiner Seite gelesen. Jetzt bin ich
rallig und niemand ist hier für Sex.*

Soll ich kommen?

*Ja, das wäre jetzt genau das Richtige. Ich würde gerne
wissen, wie es mit dir ist. Würde gerne deine Haut
spüren, deine Küsse auf meinen Mund.*

Damit war es klar: Sie wollte ein Treffen. Wir überlegten,
wie und wann wir uns treffen könnten, mussten jedoch
feststellen, dass es in den nächsten Wochen unmöglich
war.

»Irgendwann wird es klappen, lass uns einfach noch etwas
warten«, schrieb sie zum Schluss an diesem Abend.

Da war ich mir sicher. Wir würden uns treffen.

Im nächsten Gespräch schaffte es Anita kaum noch, sich zu
zügeln – und riss mich mit. Sie hatte wieder zwei meiner
Geschichten gelesen und kam völlig aufgelöst und rallig in
den Chat.

Oh, wie ich dich geil ficken würde!

Sie nahm mir mit diesem Satz fast dem Atem.

*Wenn sie schon so schreibt ... Was passiert erst, wenn wir uns
treffen? Was für eine wilde Raubkatze würde dort auf mich
warten?*

*Wie ich mich am liebsten jetzt von dir auslecken lassen
würde ...*

Ich schnaubte.

*Boah, meine Finger gleiten da nur noch durch, hab
gerade geschaut wie feucht ich bin ...*

Ich las den Satz mindestens dreimal und schaffte es nicht zu reagieren, da kam schon die nächste Aussage.

> *Man das ist net gut, ich kann bald nemmer die Finger von mir lassen. Meine Jogginghose wird nass.*

> *Du dürftest mich gern als Waschlappen missbrauchen. Ich wär ja jetzt schon gern im Hotel mit dir :**

> *Ich auch. Wir können ja auch Fotos machen ... wenn wir uns treffen.*

Wie kam sie bitte jetzt auf diesen Gedanken? Was hatte sie noch vor? Eine versaute, böse Raubkatze. Unglaublich.

> *Hm ... gerne ... meine Digicam kann auch Videos *fg**

> *Hrhr, ein Video davon, wie ich es mir selbst besorge?? *fg**

Sie wusste, wie man Aussagen toppen konnte. Was würden wir noch anstellen? Und sie gab vor, nur wenig Erfahrung zu haben. Entweder log sie oder sie war einfach viel zu versaut.
Wir schafften es nicht mehr, den Chat normal zu Ende zu führen und telefonierten miteinander. Es war das erste Telefonat und es endete mit Telefonsex. Anita hatte eine richtig aufregende Stimme und ihre Anspielungen trafen bei mir genau ins Schwarze. Irgendwie dämmerte mir, dass sie mehr wollte als nur ein heißes Wochenende. Denn dafür gab es hundert Männer, die schon bei ihr Schlange standen. Mich beruhigte es, zu wissen, dass sie mich so interessant fand – denn ich fühlte das Gleiche.
Natürlich war es nicht fair, zweigleisig zu fahren. Ich schaffte es nicht eine Entscheidung zu treffen und so kam es, wie es kommen musste: Melanie besuchte mich erneut für ein paar Tage und ich hatte nicht den Mut, ihr abzusa-

gen. Es war sicherlich das erste Mal, dass ich wirklich unfair war, indem ich nicht mit offenen Karten spielte. Ich wusste jedoch selbst noch nicht, was ich wollte und solange das nicht feststand, würde ich Melanie nichts sagen. Würde ich mich nach diesem Treffen für Melanie entscheiden, müsste ich den Kontakt zu Anita abbrechen. Unsere Gespräche drehten sich zu 90% um die sexuelle Begierde. Daraus konnte keine Freundschaft entstehen. Wir wollten einander und ich saß dabei zwischen zwei Stühlen: Die Sicherheit eine Freundin zu haben, die zwar ruhig, aber trotzdem aufregend war und die Möglichkeit etwas aufregendes Neues zu beginnen, mit einer temperamentvollen Frau, die mir schon beim ersten Anblick den Kopf verdrehte.

Abend auf der Wiese

Melanie war für ein paar Tage über Himmelfahrt zu Besuch. Ich holte sie am Donnerstag vom Bahnhof ab. Am Samstagabend, an diesem Tag war das Wetter sehr schön und warm, beschlossen wir spazieren zu gehen. Melanie trug einen Rock und ein helles Oberteil. Ihr offenes, langes Haar tanzte durch den warmen Sommerwind, während wir Hand in Hand von der Straße in einen Feldweg einbogen.

Der Weg war nur ein Streifen gemähter Wiese. Ein Auto würde uns bei meinem Vorhaben nicht stören. Es begann zu dämmern. Ich schaute Melanie in ihre Augen, zog sie an mich und gab ihr einen Zungenkuss. Vom Schulgelände nebenan dröhnte die ganze Zeit laute Musik. Melanies Hand wanderte von meinem Rücken hinab zu meinem Po, während ich ihr zwischen die Beine fasste. Ich setzte mich in das lange Gras und zog Melanie mit hinab.

Überrascht durch mein Vorhaben, setzte sie sich auf meinen Schoß und kicherte.

»Was hast du hier vor, Süßer?«, fragte sie.

»Lass dich überraschen, Prinzessin«, entgegnete ich und beugte mich zu ihr, um sie weiter mit wilden Küssen zu verwöhnen. Ihre Hände wanderten langsam in Richtung Hosenknopf und zum Reißverschluss. Melanie saß auf mir und massierte mit ihren kraftvollen Beckenbewegungen meinen Schwanz durch die Jeans.

Nach ein paar Minuten brach sie abrupt ab und rutschte grinsend nach unten. Meine Hose und die Boxershorts wurden Opfer ihres vorhersehbaren Plans. Sie ließ meinen harten Schwanz durch ihre schmalen Finger gleiten und begann damit, ihn mit der ganzen Hand zu wichsen, um mir sofort darauf ein Stöhnen zu entlocken.

»Süße ...«, stöhnte ich auf, weil sie sehr fest zufasste.

Melanie rutschte weiter nach unten und ich spürte, wie ihre Zunge über meine Eichel strich. Mit ihrem Mund umschloss sie meine ganze Eichel und begann damit, sie zu verwöhnen. Sie ließ meinen Schwanz immer weiter in ihren Mund gleiten, um daran zu lutschen und damit zu spielen. Mein Stöhnen wurde lauter. Ich strich mit meiner Hand durch ihre braunen Haare.

»Melanie, du bist so geil ...«, stöhnte ich leise.

Sie nahm ihrem Kopf hoch und wichste meinen Schwanz mit ihrer Hand, bevor sie das ganze Spiel wiederholte.

»Ich komme gleich, wenn du so weitermachst«, stöhnte ich lauter und außer Atem.

»Dann will ich mal lieber aufhören ...«, flüsterte sie und kam zu mir gekrochen.

Wir küssten uns und ich suchte in meiner Hosentasche nach einem Gummi, welches ich über meinen Schwanz rollte. Melanie schob ihren Rock hoch, wobei ich nach ihrer nassen glattrasierten Pussy suchte. Ich konnte nicht widerstehen und tastete mit meinen Fingern nach ihrer Vulva, um sie zu fingern. Melanie stöhnte leise auf.

»Ich will dich«, kommentierte sie nur, als sie meine Finger aus ihrer nassen Pussy zog.

Melanie griff zu meinem Schwanz, während ich den Tanga beiseite schob, damit sie freie Bahn hatte, und ließ sich vorsichtig herab. Mit ihren Bewegungen glitt mein Schwanz in ihre enge Pussy. Zurückgelehnt dehnte Melanie ihre Lustgrotte mit kreisenden Becken.

Ich stöhnte laut auf, weil ich ihre Bewegungen sehr intensiv spürte.

Sie beugte sich wieder nach vorne und ich holte aus, um ihr einen Klaps auf ihren Po zu geben.

Du böses, böses Schulmädchen, schoss es mir durch den Kopf. Mit ihrem Rock, dem Top und den langen Haaren sah sie aus wie ein Highschool-Teenager.

Sie ritt mich weiter und ich strich ihr mit meiner Hand durch die langen Haare, leicht in Gedanken versunken, sie über das Knie zu legen und ihr den Arsch zu versohlen.

Mittlerweile war es schon dunkel geworden und in den Häusern brannte teilweise Licht. Ich zog Melanie zu mir herunter und fickte sie nun von unten.

Melanie stöhnte mir dabei lustvoll ins Ohr. Sie hielt mit ihren Bewegungen dagegen, wenn ich von unten zustieß. Ihre braunen Augen erzählten mir mit jedem Blick, wie geil sie in diesem Moment war. Sie richtete sich erneut auf, ritt meinen harten Ständer und trug mich damit immer näher zu meinem Orgasmus. Ihre Bewegungen wurden schneller, ihre Lustgrotte enger und ihr Stöhnen lauter.

»Süße, ich komme gleich«, brachte ich nur heraus.

Aber Melanie beachtete meine Worte gar nicht und ritt mich stattdessen noch schneller. Als ich kam, überschüttete mein Kopf mich mit Glückshormonen.

Melanie stieg lächelnd von mir herunter und lehnte sich kurz über mich, um mir einen Kuss zu geben.

»Da ist wohl jemand erledigt«, kommentierte sie vergnügt meinen Zustand.

»Kann man so sagen ...«, sagte ich, grinste und zog meine Boxershorts und die Hose wieder an. Melanie zupfte ihren Rock zurecht.

»Lass uns nach Hause gehen«, meinte Melanie und gab mir einen Zungenkuss.

»Ich möchte nicht noch mehr Mückenstiche, die von heute reichen«, grinste sie.

»Okay«, stimmte ich zu, nahm ihre Hand und wir machten uns auf den Heimweg.

Wie es wohl mit Anita wäre, schoss es mir durch den Kopf.

Ich schob den Gedanken sofort beiseite und nahm Melanie noch fester in den Arm. *Das war gerade toll, oder? Es war der Wahnsinn. Warum willst du eine Anita?*

Weil nicht nur der Sex wichtig ist, antwortete ich der Stimme in meinem Kopf, die mich dafür auslachte.

Deine Gespräche mit Anita sind ja auch sehr tiefgründig.

Halt's Maul, Kopf. Anita ist einfach toll, beendete ich das Gespräch.

Die nächsten zwei Tage mit Melanie waren langweilig. Wenn wir nicht gerade aufregenden Sex hatten, durfte ich wieder alles entscheiden und die Vorschläge machen, was wir unternehmen. Eigentlich hätte ich auch sagen können, was wir machen. Melanie war es sowieso recht. Als sie am nächsten Tag abreiste, war ich froh. Das konnte es nicht sein. Das war nicht das, was ich wollte.

Anita, Anita, Anita, … hörte ich immer nur unterschwellig. Ich war verliebt. Ganz klar.

Am nächsten Abend schickte mir Anita neue Fotos von sich. Die Fotos, die ich bislang bekam, waren mit Unterwäsche und kurzer Kleidung. Nun klickte ich mich durch oben-ohne-Fotos, die meine Kinnlade auf den Boden fielen ließ. Ihre Brüste passten perfekt zum Gesamtbild dieser bezaubernden Frau.

Hatte sie das nur gemacht, weil sie wusste, dass Melanie hier war und sie mich wollte?

Beim erneuten Betrachten der Fotos wurde ich so geil, dass mein Nachttraum im Bett nur von einer Person handelte: Anita.

Am nächsten Tag konnte ich es kaum erwarten, mit ihr zu
schreiben.

> Ich war heute Nacht nicht artig, weil ich an dich
> denken musste. Die Fotos waren so heiß ...

Ich auch nicht *fg*, haben wir was gemeinsam. Und
ich glaube, ich werde nachher auch nicht artig sein
fg. Hast denn wenigstens dabei an mich gedacht?

> Oh jaaaaaa ...

Ich erinnerte mich daran, dass ich an ihre Fotos und ihre
süße Stimme denken musste.

> *Zungenkuss geb und dich an die Wand drück*

Du bist fies ... *meine Hand in deine Hose fahren lass*

> *Über deine Brüste streichel*
> mhm ... du bist auch gemein

Anfange deinen Schwanz zu massieren Nein, ich
doch nicht.

> *Dir auch zwischen die Beine geh und über die Hose
> reib*

Ausflipp Lassen wir es, eigentlich will ich dich nur
rallig bekommen, nicht mich auch noch ...

> Wärst du hier, würde ich dich ins Schlafzimmer tragen
> und ...

Stop, ich will nicht wissen, was du machen würdest

> Warum nicht? *fg*

Weil ich schon rallig genug bin :P

Am Abend telefonierten wir jedoch wieder und es kam, wie es kommen musste: Wir hatten erneut Telefonsex, weil wir es einfach nicht lassen konnten, den anderen anzuheizen.

Gefühlswelt

In den nächsten Tagen telefonierten wir jeden Abend miteinander. Auf der einen Seite war das schön, auf der anderen Seite hatte ich eine Freundin und ich dachte immer daran, dass das nicht fair war.

Ich musste einen Schlussstrich ziehen.

Das fiel mir besonders schwer, weil ich wusste, wie sehr sie mich liebte. Aber die letzten Tage hatten mir gezeigt, dass meine Gefühle für Melanie fast gar nicht mehr vorhanden waren. Mein Herz hatte sich völlig Anita hingegeben. In den nächsten Tagen musste ich eine Entscheidung fällen. Ich wollte Anita aber ich wollte Melanie nicht weh tun. Doch eines von Beiden konnte ich nicht bekommen. Ich dachte daran, wie ich Melanie kennengelernt hatte. Es war ein völlig verrücktes Date gewesen, denn eigentlich hatte ich dieses mit ihrer Freundin Caroline.

Ich hatte ein gewisses Talent, Freundinnen zu Rivalinnen zu verwandeln und eine der beiden Frauen zu enttäuschen. Jetzt würde ich sogar beide Freundinnen enttäuschen.

War das meine Rache, weil ich so oft enttäuscht wurde? Oder war es einfach der Lauf des Lebens?

In den nächsten Tagen enthielten unsere Chats nicht nur unser Begehren, mit dem anderen Sex haben zu wollen, was üblicherweise beim Telefonsex endete.

Ich gestand Anita endlich, dass ich mich in sie verliebt hatte, obwohl ich zwischendurch von ihr erfahren hatte, dass sie noch Gefühle für ihren Urlaubsflirt hatte. Außerdem wollten sie zwei Männer aus der Umgebung kennenlernen. Anita fragte nach meinen Gefühlen für Melanie und ich erklärte ihr, dass es mir ähnlich ging wie ihr. Darauf folgte das erste richtige Signal, dass Anita und ich nicht nur auf eine Affäre aus waren.

> *Hab dich lieb Süßer *kizz**
>
>> *Ich dich auch meine Maus. Eigentlich nenn ich dich schon immer in Gedanken so ... schlimm? *g**
>
> *Nein, so lange es nicht Schatz ist. Ich mag Schatz nicht. Mich kann man nennen, wie man will. Nur nicht Schatz.*
>
>> *Mhm, okay.*
>
> *So, nun bin dein Babe.*
>
>> *Mein Babe? Wo? Wie?*
>
> *Hab mich in der Community umbenannt in Donsbabe :-**

Sie hatte soeben ihren Nick für mich geändert? Mir fiel ein Stein vom Herzen. Sie hatte Gefühle für mich! Ich war so überwältigt, dass ich ein paar Minuten nicht schrieb.

> *Don, bist du noch da?*
>
>> *Ja, bin noch da *knutsch**
>
> **reknutsch**

über deine Lippen leck *g*

sfz ... ich will ...

Was willst du, Maus?

Sex mit meinem Schatzi!

Und wer ist das? *fg*

Wenn du da nicht drauf kommst, hast du Pech gehabt *fg*

Sie war so unglaublich frech aber das mochte ich an ihr. Dieses Temperament und ihr loses Mundwerk fand ich einfach nur sexy.

Ich brachte es jedoch die nächsten Tage nicht übers Herz, mit Melanie Schluss zu machen. Meine Entscheidung stand fest. Ich hatte mich für Anita entschieden. Aber ich wollte Melanie nicht weh tun. Irgendwann eskalierte die Situation, weil Anita mich am Telefon vor die Entscheidung stellte: Sie oder Melanie.

»Ich will mit dir zusammen sein. Lieb dich doch, meine Maus«, sagte ich traurig.

»Dann legen wir jetzt auf und du rufst bei Melanie an und klärst das. Vorher wird es auf keinen Fall ein uns geben«, sagte sie verärgert.

Anita war sehr sauer und brach das Telefonat ab. Mit meiner Unentschlossenheit war ich kurz davor, beide Frauen zu verlieren.

Ich nahm den Hörer in die Hand und wählte Melanies Nummer. Nachdem wir ein paar Minuten gesprochen hatten, versuchte ich sie vorsichtig darauf vorzubereiten.

»Irgendwie ist der Kontakt in der letzten Zeit etwas weniger geworden ...«, fing ich an.

»Ich weiß, das habe ich wohl gemerkt. Was ist denn los?«

»Melanie, meine Gefühle sind einfach nicht mehr so, wie sie früher ...«, schaffte ich nur zu sagen.

Melanie begann zu schluchzen. Eines war klar: Von Anita brauchte ich ihr nichts zu erzählen, das würde sie nur noch mehr kränken.

»Es tut mir echt leid, ich kann das nicht weiter. Und es hat auch keinen Zweck, wenn die Gefühle doch nicht mehr da sind. Das tut dir nur noch mehr weh.«

Ich hörte sie am Telefon weinen, anfangs war es ein leises Schluchzen, später ließ sie es einfach geschehen. Ich brachte kaum noch ein Wort heraus und mir tat es so weh, zu hören wie ich ihr Herz zerbrochen hatte, dass ich selbst begann zu weinen.

»Aber ... aber ... wir können doch ein paar Wochen warten, vielleicht renkt es sich wieder ein. Warum so plötzlich?«, schluchzte sie weiter.

»Es wird sich nichts mehr ändern, Melanie. Es gibt da bei mir Gefühle für eine andere.«

Ihr Weinen wurde wieder stärker und nun fühlte ich mich richtig mies. *Eine Notlüge zu erfinden, hätte es auch nicht besser gemacht. Besser sie weiß es.*

Ich beendete das Telefonat, so gut ich es konnte. Nachdem ich tief durchgeatmet hatte, nahm ich mein Handy in die Hand und suchte Anitas Nummer.

»Es ist alles klärt. Ich habe Schluss gemacht und gehöre nun ganz dir. Lass uns aber lieber morgen telefonieren«, schrieb ich Anita per SMS.

*Das war das Schlimmste, was du bis jetzt machen musstest.
Aber es war richtig,* versuchte ich mir einzureden, während
mir die Tränen die Wangen herunterliefen.

Ja, sie tat mir leid. Nein, ich wollte das nicht. Aber mein
Herz sprach inzwischen eine andere Sprache. Eine mit süd-
ländischem Akzent und viel Temperament.

Anitas kleine Lüge

Am nächsten Abend telefonierten Anita und ich miteinander. Ich hatte mich mittlerweile gefangen und hoffte, dass
es Melanie ein ganz kleines bisschen besser ging. Natürlich
war es nicht so und ich versuchte nur, mein Gewissen zu
beruhigen. Es war klar, dass Melanie und ich in der nächsten Zeit keinen Kontakt haben würden, auch wenn ich ihr
angeboten hatte, dass wir befreundet bleiben könnten. Sie
brauchte ihre Zeit und ich hoffte, sie würde es gut verkraf-
ten.

Anita erzählte ich an diesem Abend ausführlicher von dem
Telefonat und sie hörte aufmerksam zu.

»Hab dich lieb, mein Schatzi«, bekräftigte sie meine Entscheidung.

»Ich dich auch. Ich möchte nur dich, meine Katze.«

Ich hörte ein Schnurren durch den Telefonhörer und wir
mussten beide lachen.

»Hast du schon überlegt, wie wir das mit dem Treffen machen können?«, fragte ich.

»Ja, wir haben im August einen Lehrgang. Der ist in der Nähe von Karlsruhe und wir sind da in der Zeit in einem Internat untergebracht.«

»Ich könnte meinen Urlaub dann nehmen, ein Bekannter von mir studiert in Karlsruhe und hat dort eine WG. Da könnte ich bestimmt ein paar Tage bleiben.«

»Geil, richtig geil. Wüsste auch nicht, wo ich dich verstecken sollte. Auf dem Zimmer geht das schlecht. Dann hättest du dir ein Hotel nehmen müssen.«

»Und wenn ich dich besuche, ist es ja warm. Dann bringe ich ein Zelt mit und wir suchen uns irgendwo einen Platz.«

» ... und da haben wir dann wilden, hemmungslosen Sex, gell?!«, führte Anita meine Äußerung mit ihrem sexy schwäbischen Akzent zu Ende.

»Mit dir werde ich überall wilden, hemmungslosen Sex haben«, kommentierte ich ihre Aussage.

»Erzähl mir mehr davon ...«, forderte mich Anita heraus und bekam selbstverständlich, wonach sie verlangte.

Innerhalb einer Woche hatten wir alles geplant. Ende August hatte ich Urlaub, am Wochenende vorher war ich bei meinen Onkel in Würzburg eingeladen. Danach würde ich noch vier Tage meines Urlaubs in München verbringen. Anita erwartete mich abends immer im Messenger und ich freute mich schon den ganzen Tag darauf. Manchmal schickte sie mir neue Fotos oder Videos, die mich noch mehr von ihr träumen ließen. Wir schrieben stundenlang und telefonierten häufig danach. Meine Sehnsucht, sie endlich in den Armen zu halten, stieg ins Unermessliche.

Eines Abends kam beim Schreiben das Thema Exfreunde auf.

> *Meine Exfreundinnen waren immer jünger.*
>
> *Das ist ja auch normal zwischen Männer und Frauen, wenn ich aber bedenke, dass mein Ex deutlich jünger war als ich und du nun einiges älter bist als ich... *lol**
>
> *Mhm, wie alt war er denn?*
>
> *Er wird am 30.7 erst 16*
>
> **hust**
>
> *Was? Sag nichts falsches ...*
>
> *Und dem hast du es beigebracht?*
>
> *Hm ... eigentlich haben wir uns es gegenseitig beigebracht. Ich hatte mit ihm mein erstes Mal ... waren oft mal zusammen und wieder auseinander. Naja das letzte Mal war es 'nen Monat und das war am 22.2. zu Ende.*
>
> *Ach Schatz, hab dich lieb und du hast nun mich <3*

Sie hatte bislang also nur einen Freund?
Mein Kopf wollte das nicht glauben. Ich fragte nach und erfuhr, dass sie alle anderen Kerle immer hatte abblitzen lassen. Mit dem einen oder anderen hatte sie geknutscht, aber da ihre Familie streng war, durfte sie niemanden mit nach Hause bringen.

Ich erfuhr mit der Zeit viel über ihre Vergangenheit und trotz, dass wir erst drei Monate zusammen waren und uns noch nicht einmal gesehen hatten, kam uns immer häufiger ein »Ich liebe dich« über die Lippen. Manchmal spürte ich jedoch auch ihr Temperament.

Kurz vor unserem Treffen gab es unseren ersten Streit, weil sie einen Verehrer hatte und ihm nicht eine eindeutige Abfuhr erteilte. Sie schien es zu genießen oder hatte Angst davor, ihm wehzutun. Von mir hatte sie jedoch verlangt, mit Melanie ehrlich zu sein und so schrieb ich ihr dieses im Chat ebenfalls.

Aber wenn du ihm nen bisschen helfen willst, mach ihm keine Hoffnung ... das soll nur ein guter Rat sein okay? ich habe mich bei meinem ersten Schwarm damals an jeden Strohhalm geklammert

Woher willst du wissen, dass ich ihm Hoffnungen mache ... Woher???? Woher willst du wissen, wie ich manchmal wirklich bin??? Wenn du manchmal nicht mal bemerkst, dass es mir nicht gut geht ...*grml*

Ich hab nicht gesagt, dass du das machst ... wo hab ich das geschrieben??

Das hört sich aber für mich so an ...

Ich will halt für dich da sein ... und nicht sagen, ja Schatz, ich merk es geht dir scheiße, dann reden wir mal übers Wetter...

ich liebe dich

Das verlange ich doch gar nicht ...

Nur ich lasse nicht über Menschen urteilen, die ich mag ... egal wer das ist, ob es meine Cousinen, ob es Freundinnen oder ob es mein Ex ist, auch wenn es für dich nicht so war, war es für mich so.....

Ich mag es nicht wenn's dir so scheiße geht

Manchmal merkst du es nicht mal, wenn es mir scheiße geht

Du weißt auch nicht, wann es mir scheiße geht, Maus

Wenn du mal manchmal mehr schreiben würdest ...

Ich mag nicht, dass du mir das vorwirfst. Wenn wir zusammenleben würden und ich würd es nicht peilen, darfste das gerne tun aber nicht übers Internet

Mhm ...

Ich sehe deine Emotionen nicht, ich sehe nur, wenn du herumdruckst und wenig schreibst. Dann weiß ich, es ist was ... Was glaubst du, wie ich im Moment drauf bin? Weißt du das, ohne mir ins Gesicht zu schauen, meine Stimme zu hören?

So wie ich, denk ich mal

... ich heule... ich hoffe du nicht

Wieso heulst du???? Hm ... bei mir machen sich Tränen bemerkbar, aber ich unterdrücke sie

Weil ich mich angegriffen fühle ... dass ich nicht fähig bin, deine Gefühlswelt zu deuten und zu verstehen

Tut mir leid ...

Ich fühl mich gerade wie nen Idiot, ein Elefant im Porzellanladen

Nur wenige Leute können meine Gefühlswelt verstehen. Es tut mir leid ... aber ich denke, du kannst mich verstehen und kannst es manchmal nicht umwandeln und du merkst es manchmal nicht, da ich von einer Minute auf die andere anders sein kann

Ich hab ja angefangen. Tut mir leid.

Tut mir trotzdem leid

An diesem Abend telefonierten wir nicht. Jeder von uns wollte seine Ruhe. Es war der erste große Streit, bei dem Tränen flossen aber am nächsten Tag war am Telefon alles in Ordnung. Sogar noch mehr, wir hatten beide das Gefühl, dieser Streit hatte uns näher zusammengebracht, weil jeder etwas mehr von sich preisgegeben hatte.

Vier Tage später packte ich meine Sachen für meine Reise. Das Zelt und meinen Schlafsack hatte ich auch dabei. Mit dem Auto fuhr ich Richtung Würzburg, wo ich meinen Onkel und meine Tante besuchte, die ich schon ein paar Jahre nicht mehr gesehen hatte. Dort blieb ich zwei Tage und dann fuhr ich weiter nach München.

In München verbrachte ich vier Tage, wobei ich einige kulturelle Erlebnisse hatte, mir den englischen Garten anschaute und am Abend auch das Münchener Nachtleben. Kurz vor dem Wochenende bekam ich von Anita eine SMS. Zuerst traute ich mich gar nicht, sie zu öffnen, weil ich Angst vor einer schlechten Nachricht hatte.

In der SMS stand jedoch, dass sie am Wochenende bei ihrer Freundin übernachten könnte und deren Eltern nicht zu Hause wären. So verabredeten wir uns schon für den Samstagabend.

Auf dem Weg von München nach Stuttgart stieg meine Aufregung ins Unermessliche.

Was, wenn Anita und ich uns gar nicht verstanden? Unsere Internetbeziehung eine einzige Lüge war? Wir uns nicht riechen konnten? Tausend Gedanken, die sich in meinem Kopf festsetzten. *Was hatte Anita mal gesagt?*

»Du brauchst keine Angst haben, wir verstehen uns jetzt schon so gut. Es kann nichts passieren.«

Anita und Sandra, ihre Freundin, kamen zum Bahnhof, wo ich mit dem Auto wartete, da ich nicht wusste, wo Sandra wohnte. Ich hatte meine kleine Digicam auf dem Auto platziert und sie filmte unser erstes Treffen.

Wie wir aufeinander zugingen, Anita und ich uns umarmten und wir uns das erste Mal einen Kuss gaben.

Ich schaute in ihre dunkelbraunen Augen, von denen ich mich kaum noch abwenden konnte.

»Ist irgendwas?«, fragte Anita.

»Nein, schon gut. Alles wunderbar!«

Ich berührte noch einmal sanft ihre Lippen.

»Ich liebe dich«, flüsterte Anita.

»Ich dich auch, mein Schatz.«

Beim nächsten Kuss spielten unsere Zungenspitzen schon miteinander.

»Wollen wir jetzt fahren?«

»Okay.«

Wir stiegen ins Auto und fuhren zu Sandra. Anita und ich setzten uns ins Wohnzimmer. Sandra rief ihren Freund an, der kurze Zeit später vor der Tür stand.

»Und was machen wir heute?« fragte er neugierig.

»Wir wollten doch Billard spielen in der Stadt«, entgegnete Sandra.

»Ja, lass uns mal so gegen 9 Uhr fahren«, sagte Anita etwas gelangweilt und beugte sich über mich, um mich zu küssen.

»Wir gehen mal rüber«, meinte Sandra und deutete in die Richtung ihres Zimmer.

Anita und ich machten es uns auf dem Sofa gemütlich. Keine Minute später kam Maggy, Sandras Hund, zu uns.

»Geh zu Sandra, Maggy«, grummelte Anita und gab mir einen langen Zungenkuss.

Maggy war verschwunden. Wir lagen mittlerweile zusammen auf dem Sofa und meine Hand wanderte bei unseren heißen Zungenküssen unter Anitas Oberteil.

»Du Ferkel«, sagte Anita scharf, musste aber anschließend grinsen.

Ich schob ihr Oberteil noch weiter nach oben und ihren BH etwas zur Seite, um ihre festen Brüste zu kneten. Meine Küsse wanderten ihren Hals entlang. Nebenan schrie Sandra plötzlich.

»Maggy!«

Sie kam herübergelaufen, den Hund im Arm. Ich hatte das Oberteil schnell heruntergezogen und Anita zupfte noch alles ein wenig zurecht.

»Du bleibst jetzt hier«, fauchte Sandra.

Anita und ich grinsten unschuldig.

Sandra ging zurück in ihr Zimmer.

»Wo waren wir?«, lachte ich.

Anita schaute mich mit einen süßen Blick an. Ich gab ihr einen Zungenkuss und ließ meine Hand über ihr Oberteil gleiten.

»Ralliges Ferkel«, flüsterte Anita.

»Geile Sau, du!«

Ich schob den BH beiseite und lutschte an ihren harten Nippeln.

»Jaja, ralliges Ferkel«, bemerkte Anita nur und strich mir über den Kopf.

Maggy lag zwischen Anitas Füßen und gab nur eifersüchtige Geräusche von sich. Nach einiger Zeit hatte Maggy genug von dem Anblick und verzog sich auf den Boden. Ich legte mein Bein zwischen Anitas und drückte es ein wenig an ihre Muschi. Anita saugte vorsichtig beim Küssen an meiner Zunge. Ihre Küsse schmeckten nach süßen Kirschen. Meine Hand wanderte weiter unter Anitas Hose bis zu ihrer feuchten Muschi. Anita zog mich näher zu sich.

Unsere Küsse wurden immer heißer und ich vergrub mich weiter in ihre Hose, um ihre nasse Pussy zu massieren. Dann hörten wir plötzlich nur eine Tür und ein »Ich komme!« von Sandra. Ich zog schnell die Hand aus der Hose und Anita zupfte ihr Oberteil zurecht.

»Wollen wir jetzt los?«, fragte Sandra begeistert.

»Meinetwegen«, gab Anita etwas gleichgültig vor.

»Nachher bekommen wir aber das Zimmer«, flüsterte ich Anita ins Ohr.

»Ja, ich mach das schon …«

Meine Finger waren immer noch feucht, so nass wie Anita war. Ich konnte einfach nicht anders und leckte unauffällig einen Finger ab. Ich grinste.

»Schaaaatz«, setzte ich an.

»Ja, Don?«, fragte sie.

Unser Gesprächsverlauf würde jetzt eigentlich ein »Ich liebe dich« vorsehen. Stattdessen grinste ich nur breit und meinte: »Du schmeckst geil!«

Empört sprang Anita auf und schrie:

»Du bist pervers, Schatz!«

Sie grinste. Sandra und ihr Freund verstanden in dem Augenblick gar nichts.

Nach dem Billard in der Stadt setzten wir uns wieder in das Wohnzimmer. Wir schauten fern, unterhielten uns und machten Fotos. Dann zog Anita mich vom Sofa und warf nur noch mal kurz in den Raum »Ich zeig dir mal Sandras

Zimmer.«

Dort angekommen, schloss sie die Tür und drückte mir einen Kuss auf die Lippen.

»Soll ich das Licht anlassen?«

»Mach doch das kleine an«, schlug ich vor.

Wir legten uns auf Sandras Bett. Anita gab mir einen langen Zungenkuss und biss mir dabei leicht auf die Zunge.

»Ich liebe dich«, flüsterte sie.

»Ich dich auch, Schatz.«

Kurze Zeit später lagen ihr und mein Oberteil in der Ecke und ich öffnete ihren weißen BH, wobei wir uns weiter küssten. Der BH fand seinen Platz ebenfalls neben dem Bett. Ich zog Anita auf mich, küsste ihren Hals, um weiter zu ihren festen hübschen Brüsten zu wandern, sie zu lecken und an ihren kleinen harten Nippeln zu saugen.

Anitas dunkle lange Haare fielen mir dabei immer wieder ins Gesicht.

»Das mag ich nicht an den langen Haaren«, grummelte sie.

»Mach dir doch nen Pferdeschwanz.«

»Ich hab den Haargummi im Wohnzimmer in meiner Handtasche.«

Sie holte ihr Oberteil, warf es sich über und meinte nur: »Bin gleich wieder da.«

Eine Minute später war sie zurück, streifte ihr Oberteil ab und setzte sich auf mich. Ich zog Anita zu mir runter und wir küssten uns. Meine Hände wanderten über ihre festen Brüste, um sie zu kneten. Ich konnte einfach nicht anders und musste an ihren Brustwarzen lutschen.

Meine Hände vergriffen sich in der Zeit an ihrer Hose und zogen diese aus. Ich hatte meine Hände bereits unter ihrem nassen String, begann sie zu streicheln und ihre Pussy zu fingern. Anita stöhnte leise auf. Ich streifte den String ab und gab Anita einen langen Zungenkuss, wobei ich an ihrer Unterlippe saugte. Meine Finger vergruben sich in ihre nasse Pussy. Mit meinen Lippen wanderte ich ihren Hals entlang zu ihren Nippeln.

Sie wusste, was ich wollte, wie oft hatte ich ihr das schon gesagt? Wie oft hatten wir schon am Telefon darüber gesprochen und diesen Augenblick herbeigesehnt. Ich gab ihrem Bauchnabel einen Kuss und verschwand zwischen ihren Beinen, um ihren süßen Saft zu lecken und ihre Pussy immer und immer wieder mit meiner Zunge zu ficken. Anitas Stöhnen wurde lauter und sie drückte meinen Kopf an ihre Vulva. Ich spürte, wie sie ab und zu in meine Haare griff und daran zog - aber das störte mich nicht - im Gegenteil, das zeigte mir nur, wie erregt sie war.

Von ihrer forschen Art angetrieben, genoss ich das Lecken noch viel mehr. Ich nahm meine Finger dazu, um damit in ihre Pussy einzudringen. Während ich sie fingerte, leckte ich mit meiner Zungenspitze über ihren Kitzler. Anitas Körper begann zu beben.

Ich schaute nach oben. Sie sah so geil aus, wie sie dort lag und es genoss. Ihr Atmen wurde immer schneller und stockte dann irgendwann. Ich wanderte mit meiner Zunge langsam nach oben und gab ihr einen Kuss.

»Hast du Kondome mit, Schatz?«, fragte sie.

»Ja.«

Anita griff mir unter die Boxershorts und begann damit, meinen harten Schwanz zu wichsen.

»Schatz, nicht so viel, ich bin schon so geil, dass ich gleich komme!

»Ich merk es, Süßer«, meinte Anita und grinste.

Sie zog ihre Hand zurück und meine Boxershorts aus. Nebenan gingen die Türen.

»Oh nee, die kommen ja wohl jetzt nicht herein«, bemerkte Anita.

»Das will ich nicht hoffen«, grinste ich.

»Schaaatz?«, fragte Anita.

»Ja?«

»Ich muss dir was sagen. Was ist, wenn ich dich angelogen habe und noch Jungfrau bin?«

Mit so etwas hatte ich in dieser Situation nicht gerechnet. *Sie hatte mir doch gesagt, dass sie schon Sex hatte. Und davon geschwärmt, wie geil es mit ihrer Urlaubsliebe gewesen war. Und jetzt so eine Frage.*

Etwas durcheinander war ich schon.

»Ist doch egal, ob du noch Jungfrau bist. Ist doch nicht schlimm. Bist du wirklich noch?«, fragte ich, weil ich es nicht glauben konnte.

Sie schaute mich mit ihren großen braunen Augen an.

»Ja ... ich hab dich angelogen. Ich hatte noch keinen Sex.«

»Nicht schlimm«, sagte ich und verkniff mir die Frage, warum sie so eine Angst hatte, mir die Wahrheit zu sagen.

Ich gab ihr einen Kuss und holte das Kondom aus der Tasche, um es über meinen Schwanz zu rollen.

»Nicht, dass wir noch Sandras Bett einsauen. Dann bekommen wir Ärger«, kommentierte Anita trocken.

Ich musste grinsen.

Vorsichtig tastete ich nach Anitas nasser Pussy, um meinen harten Schwanz hineingleiten zu lassen.

»Autsch.«

Anita verzog ihr Gesicht.

»Das tut weh und es zieht!«

Ich stoppte.

»Tut es immer noch weh, Maus?« fragte ich, während ich erneut einen Vorstoß wagte.

»Nein, es zieht nur etwas.«

Wir küssten uns und ich drang weiter in sie ein.

»Tut es weh?«

»Nein, alles okay.« Sie lächelte.

Ich nahm sie langsam, immer ein Stück tiefer, bis ich ganz in ihr war.

Anita sieht so süß aus, wenn sie rallig ist, dachte ich, als ich sie dabei ansah.

Ich zog ihre Beine auf meinen Rücken und fickte sie schneller und tiefer. Anitas Fingernägel vergruben sich in meinen Rücken und sie stöhnte leise.

»Mhmm, Schatz, ich liebe dich!«

»Ich dich auch!«

Anita zog mich noch näher an sich.

»Ich komme gleich«, stöhnte sie.

Ihre Fingernägel gruben sich tiefer in meinen Rücken und meine Bewegungen wurden noch schneller. Sie stöhnte laut auf und erlebte ihren Orgasmus. Ein paar Sekunden später erreichte mich ebenfalls dieses Glücksgefühl und ich kam tief in ihrem Inneren. Sie umarmte mich und strich mir durch die Haare. Ich war der erste Mann, der diese wunderschöne Frau so tief spüren durfte. Das wusste ich jetzt.

»Ich hatte mein erstes Mal im Bett meiner Freundin«, unterbrach mich Anita in meinen Gedanken und lachte amüsiert.

Wir kuschelten ein paar Minuten, zogen uns dann jedoch an und kehrten ins Wohnzimmer zurück. Sandra beobachtete uns aufmerksam. Auf der Fahrt in die Stadt hatten die beiden getuschelt und wahrscheinlich ausgehandelt, dass Anita ihr Zimmer benutzen konnte.

Es war schon spät, als Sandras Freund und ich das Haus verließen. Ich fuhr Richtung Karlsruhe, um meine Sachen bei meinem Bekannten zu deponieren. Außerdem würde ich Anita erst am Montag vom Bahnhof abholen, um sie zum Internat zu bringen. Das hatte ich mit ihr ausgemacht. Ich schlief auf dem Weg zu meinem Bekannten im Auto, weil ich mit ihm verabredet hatte, dass ich erst am nächsten Tag zu ihm kommen würde. Warm war es nicht, aber meine Gedanken an Anita ließen mich gut träumen. Es war schließlich ein sehr schöner Tag gewesen.

Abenteuer Zelten

Am Montag fuhr ich zum Stuttgarter Bahnhof, um Anita abzuholen. Es dauerte, bis ich einen Parkplatz gefunden hatte und kam dadurch zu spät zum Bahnsteig. Anita stand mit einer Zigarette in der Hand an einer Bank lehnend und wartete. Als sie mich sah, drückte sie die Zigarette aus und kam auf mich zugelaufen.

»Uff ...«, stöhnte ich, als sie mir in die Arme sprang. »Willst du mich umschmeißen, Maus?«

Anita gab mir einen Kuss.

»Ja, dann können wir gleich die nächste Stellung ausprobieren«, flüsterte sie in mein Ohr und kicherte.

»Jetzt hat da wohl jemand Blut geleckt, was?«

»Worauf du einen lassen kannst, Schatzi. Ich will jetzt alles ausprobieren. Es macht mich schon wieder rallig, wenn ich nur in deinen Armen bin.«

»Dann nehm ich mal deine Sachen und wir verschwinden hier schnell.«

Sie blickte mich mit ihren großen Augen an.

»Erst noch einen Kuss, bitte«, flehte sie und formte ihre Lippen zu einem Schmollmund.

Ich umarmte sie und wir küssten uns ein paar Minuten, bevor wir aufbrachen. Anita erzählte mir, was Sandra und sie am Wochenende unternommen hatten, dass sie unsere Aktion wohl sehr süß fand und hoffte, dass wir in dieser Woche noch viel zusammen erleben würden.

Nachdem ich Anita auf dem Parkplatz vom Internat abgesetzt hatte, gaben wir uns einen Kuss und verabschiedeten uns. Am Abend trafen wir uns auf dem Parkplatz.

»Boar, ich bin so kaputt, Schatz«, seufzte Anita.

Ich schloss Anita in die Arme und küsste sie.

»Hast du die Geschichte von unserem ersten Treffen schon fertig geschrieben?«, fragte sie ungeduldig.

»Nicht ganz. Fehlt noch etwas«, entgegnete ich.

»Willst du sie lesen?«, fragte ich voller Absicht.

»Hast du sie mit? Klar!«

Ich holte einen kleinen Block aus dem Auto, auf welchem ich in den letzten Tagen begonnen hatte, unser erstes Mal aufzuschreiben. Anita lehnte sich mit dem Rücken ans Auto und fing an zu lesen. Ich stellte mich direkt vor sie und beobachtete sie dabei. Nach einem kurzen Blick zu mir schaute Anita wieder auf das Papier. Ich musterte sie und freute mich innerlich, endlich wieder in ihrer Nähe zu sein.

Sie war einfach nur süß. Ihre langen dunklen Haare, diese geheimnisvollen Augen und ihre Lippen, die mich bei jedem Kuss sofort rallig machten.

»Das, was ich eigentlich lesen wollte, steht aber noch gar nicht drin«, sagte sie scharf.

Ach Schatz, du bist ne geile Sau, dachte ich.

»Das schreibst du bis morgen zu Ende«, sagte sie und blickte mich dabei ernst an.

»Ja, mein Schatz«, entgegnete ich und grinste vergnügt.

»Ich will mich jetzt ein bisschen ausruhen ...«, beschloss Anita, öffnete die Tür vom Auto und machte es sich auf der Rücksitzbank bequem.

Wir kuschelten zusammen auf der Rücksitzbank. Anita lag mit ihrem Kopf auf meiner Brust.

»Ich kann deinen Herzschlag hören, Schatz ...«, flüsterte sie.

Meine Hand strich durch ihr langes Haar.

»Ich liebe dich, Maus!«

»Ich dich auch.«

Langsam dämmerte es draußen. Auf dem Parkplatz liefen immer wieder Leute aus Anitas Lehrgang herum, die weg wollten oder gerade zurückkamen. Ich verkroch mich weiter nach unten zu Anita und küsste sie.

»Schatz, bist du rallig?«, fragte sie mich.

»Bis jetzt noch nicht«, entgegnete ich.

Das ließ aber nicht lange auf sich warten. Unsere Küsse wurden erregender, fordernder. Anita saugte beim Küssen an meinen Lippen und meiner Zunge, was mich noch mehr antörnte.

»Ich werde voll rallig bei deinen Küssen, Schatz«, flüsterte sie mir ins Ohr. Ich strich über ihre Brüste.

»Du ... ralliges Ferkel«, bemerkte Anita, »hier sind doch Leute.«

Mittlerweile war es schon fast dunkel, aber es kamen immer noch Autos zurück.

»Ich hab ne Idee«, grinste ich.

Ich zog eine dunkelbraune Decke aus dem Fußraum und legte sie über uns. Anitas Augen wurden noch größer als sonst.

»Das sieht jetzt gar nicht aus, als würden wir was machen«, lachte sie.

»Wenigstens sieht man nix«, grinste ich vergnügt und küsste Anitas Brüste noch einmal.

»Ferkel«, stöhnte sie leise und küsste mich.

Ich öffnete langsam den Reißverschluss ihrer Jacke. Es folgte das Oberteil, welches ich über den BH schob. Sie schaute mich an.

»Schatz, du hast wieder deinen ralligen Blick drauf!«

»Ist das so?«, fragte ich.

»Ja«, sagte Anita und zog mich zu ihr, um mich zu küssen.

Ich schob ihren BH zur Seite und wanderte mit meinen Küssen abwärts, bis ich bei ihren harten Nippeln angekommen war, um daran zu saugen.

»Ich liebe deine Nippel!«

Anita kicherte.

»Echt«, fügte ich nur hinzu und saugte weiter.

Anita streichelte mit ihrer Hand über meinen Kopf. Meine wanderte indessen zu ihrer Hose und vergrub sich langsam darin. Anita schloss die Augen und fing leise an zu stöhnen, als ich ihre Muschi massierte.

»Wenn uns hier einer erwischt, kannst du mich heute noch nach Hause bringen«, stöhnte sie besorgt.

»Oder wir nehmen uns für drei Tage ein Hotel ...«

Meine Finger gruben sich immer tiefer ein. Plötzlich wieder ein Auto, wobei die gesamte Flutlichtanlage des Parkplatzes ansprang. Wir zogen die Decke etwas höher.

»Tun wir einfach so, als würden wir schlafen«, grinste ich.

»Das nimmt uns bestimmt jeder ab«, flüsterte Anita und deutete auf die beschlagene Heckscheibe.

»Na wenigstens sieht man dadurch nichts mehr«, lachte ich.

Während eines langen Kusses massierte ich ihren Kitzler.

»Ich bekomm einfach nicht genug von dir ...«

Als Antwort darauf wanderte Anita mit ihren Küssen meinen Hals entlang und hauchte mir ins Ohr »Rate mal, wer noch ...«

Als ich ihren Kitzler immer schneller rieb, stoppte sie an einer Stelle. Ihre Hand griff unter mein T-Shirt und ihre Fingernägel gruben sich in meinen Rücken. Anita stöhnte laut auf als meine Bewegungen noch schneller wurden. Ich zog meine Hand zurück.

Don massierte meinen Kitzler. Ich wurde immer geiler, mein Atem immer schwerer und heftiger. Er erhöhte sein Tempo. Seinen Hals küssend bemerkte ich, dass ich bald kommen würde. Ich stöhnte immer lauter, saugte mich an seinem Hals fest und kam zu meinem Orgasmus. Dieses ungemeine Glücksgefühl überkam mich und ließ mich mehrere Minuten nicht mehr los. Erschöpft kuschelte ich mich in seine Arme.

»Bist du rallig?«, fragte ich.

»Jaaa.«

»Ich kann dich ja zappeln lassen.«

»Das machst du nicht, oder Schatz?«, fragte Don.

»Tja, ich hatte ja meine Erleichterung«, sagte ich und grinste.

Ich küsste ihn weiter und machte ihn noch geiler.

»Es macht dir wohl Spaß, mich zu quälen!«

»Ja, macht es«, antwortete ich und musste lachen.

Eine Hand seinem Körper herunter wandernd öffnete ich seine Hose. Anschließend ließ ich meine Hand unter seine Boxershorts gleiten, umschloss seinen Schwanz und wichste ihn, erst langsam danach etwas schneller. Don stöhnte mir ins Ohr. Ich verstärkte meinen Druck auf seinen Schwanz. Er stöhnte immer lauter bis er zu seinem Orgasmus kam und in seiner Boxershorts abspritzte. Ich lächelte vergnügt, war es mir doch egal, dass er sich eingesaut hatte. Wir verabschiedeten uns, küssten uns mehrere Minuten, bevor Don mich verließ.

Am nächsten Tag würde ich ihn wiedersehen und ich wusste, da würde er nicht so einfach davonkommen. Ich wollte endlich wieder Sex mit ihm. Nach dem ersten Mal war ich noch viel neugieriger auf die Dinge, die er mir noch zeigen konnte. Völlig erschöpft fiel ich in mein Bett und schlief schnell ein.

Am nächsten Abend fuhr ich wieder zum Internat, wo Anita bereits sehnsüchtig auf mich wartete. Wir begrüßten uns mit einem Kuss und Anita wollte gleich die Geschichte vom Parkplatz lesen. Ich gab ihr den Notizblock, während Anita sich an die Autotür lehnte und eine Zigarette anzündete.

»Und wie war es heute?«, fragte ich.

»Wir haben heute die ganze Zeit nur Gesetzestexte im Unterricht gewälzt.«

»Wie spannend ...«

Anita fing an zu lesen. Um ihr dabei zuzusehen, beugte ich mich über sie. Nach einiger Zeit war sie fertig und schaute zu mir hoch.

»Ist gut geworden«, grinste sie.

»Was machen wir jetzt, Schatz?«, fragte ich.

»Keine Ahnung.«

»Wollen wir zelten?«, fragte ich.

Ich hatte mich schon vorher etwas umgeschaut und in der Nähe ein passendes Plätzchen im Wald gefunden.

»Okay«, stimmte sie zu.

Wir stiegen ins Auto und fuhren los. Im Wald angekommen packten wir Zelt, Decke und Schlafsack unter den Arm und machten uns auf der Suche nach einem Platz abseits vom Wanderweg. Wir fanden etwas geeignetes, nur zwei Minuten vom Auto entfernt.

Nachdem ich das Zelt schon halb aufgebaut hatte, beschlossen wir den Zeltplatz zu verlegen und uns etwas weiter vom Weg entfernt, in einer kleinen Ecke umgeben von Tannen niederzulassen. Ich baute das Zelt zu Ende auf und legte den Schlafsack und die Decke hinein.

Kurze Zeit später krochen wir hinein und legten uns auf die Decke. Wir küssten uns, ich entfernte ihr nach den ersten Küssen bereits voller Begierde ihr Oberteil und den BH. Danach setzte sich Anita auf mich, um mir mein Sweatshirt und das T-Shirt auszuziehen. Unsere Zungenküsse wurden immer fordernder. Wir wollten beide nur eines: Uns spüren und dabei so nah wie möglich sein.

Ich küsste Anita am Hals, leckte über ihre harten Nippel, wobei sie mir über den Kopf strich. Meine Hand grub sich langsam in ihre Hose, öffnete diese ein paar Minuten später und zog sie aus.

Anita lag bis auf den Tanga und ihre Socken nackt vor mir. Ich küsste sie, ließ meine Hand unter ihren Tanga wandern, glitt langsam dabei über ihre nasse Scham und spürte den Faden von ihrem o.b., den ich versuchte, nicht zu berühren.

Eigentlich hatte Anita immer gesagt, sie wollte auf keinen Fall während ihrer Regel Sex und jetzt das! Sie hatte gestern ihre Tage bekommen und mir das schon mitgeteilt. Aber wir hatten ja nur die Möglichkeit uns die nächsten Tage zu sehen. Den Gedanken beiseite schiebend genoss ich es einfach, ihre Nähe wahrzunehmen. Ich spürte, wie sehr sie mich wollte. Meine Finger massierten ihre Pussy. Nachdem ich ihren Tanga über die Beine gestreift hatte, beschäftigte sich Anita mit meiner Hose.

Als meine Boxershorts nicht mehr an meinem Körper waren, setzte sie sich auf mich und ließ meinen harten Schwanz durch ihren feuchten Schlitz gleiten. Ihre langen Haare fielen ihr ins Gesicht und sie konnte sich ein Grinsen nicht verkneifen, als ich leise anfing zu stöhnen. Sie rieb meinen Schwanz weiter mit ihrer nassen Pussy, beugte sich zu mir herunter und gab mir einen Kuss.

»Ich will dich in mir spüren, Schatz«, stöhnte sie mir leise ins Ohr.

»Holst du nen Kondom aus deiner Tasche?«

»Ja, meine geile Sau.«

Ich wusste genau, warum sie mich ablenken wollte, aber das klappte nicht so, wie sie es wollte. Sie hockte sich hin.

»Juhu, jetzt muss nur noch der Tampon raus«, grinste sie. Ich versuchte nicht allzu auffällig zu schauen, damit sie mich nicht deswegen anfuhr. Sie nahm den Faden in die Hand und zog langsam den o.b. heraus. Ich schaute weg und kramte nach dem Kondom. Anita öffnete das Zelt und warf den o.b. nach draußen. Ich rollte das Kondom über meinen Schwanz, während Anita sich breitbeinig vor mich legte.

»Du gehst nach oben, Schatz«, grinste sie.

Ich krabbelte über sie und ließ meinen Schwanz dabei in ihre Pussy gleiten. Anita stöhnte auf.

»Mhmm, das zieht!«

Sie verzog das Gesicht. Ich wartete.

»Geht es?«

»Ja«, sagte sie leise.

Ich ließ ihn weiter hineingleiten.

»Das wird weggehen, wenn wir öfters Sex haben«, sagte ich und grinste.

»Mhmm ... und das werden wir!«

Zuerst stieß ich langsam zu, dann etwas schneller.

»Mein ralliges Ferkel«, stöhnte Anita erregt und fuhr mit ihren Fingernägeln über meinen Rücken.

»Meine geile Sau ...«

Ich zog meinen Schwanz heraus und drehte Anita auf die Seite, um sie von hinten zu ficken.

»Gefällt dir die Stellung?«

»Ja ...«, stöhnte Anita.

Meine Hände streichelten ihren Körper und kneteten ihre Brüste. Mein Schwanz drang immer und immer wieder in sie ein. Ich erhöhte mein Tempo.

Anitas Stöhnen wurde lauter und ich bemerkte, dass sie kurz vorm Orgasmus war. Ich wurde noch schneller, bis ich ebenfalls laut stöhnend kam.

»Mhmm ... geile Sau. Ich liebe dich, Schatz!«

»Ich dich auch, mein ralliges Ferkel!«

Mein Schwanz rutschte langsam aus ihrer nassen Pussy. Als ich auf die andere Seite krabbelte, bemerkte ich, dass Anitas Beine etwas von dem Blut abbekommen hatten. Ich dachte eigentlich, dass ich nur etwas auf dem Kondom hatte, aber durch die verschiedenen Stellungen war es zu einer kleinen Sauerei gekommen.

»Schatz, deine Beine haben auch was abbekommen.«

Sie schaute mich etwas erschreckt an.

»Na toll …«

Ich entsorgte das Gummi, legte mich wieder zu Anita und wir kuschelten noch ein wenig. Langsam wurde es kälter, weil die Sonne unterging und wir zogen es vor, zusammenzupacken und mit dem Auto zurückzufahren. Auf dem Parkplatz kuschelten wir im Auto, bevor Anita ausstieg und im Haus verschwand. Ich fuhr zurück nach Karlsruhe, hielt an einem Imbiss, um noch etwas zu essen und machte es mir dann auf dem Sofa der WG gemütlich. Mein Bekannter fragte mich über Anita und unsere Beziehung aus, weil ich ihm vorher noch nicht so viel erzählt hatte.

»Das das über das Internet so klappt«, wunderte er sich.

»Sie ist nicht meine erste Beziehung über das Netz.«

»Aber dieses Mal hat es dich wohl richtig erwischt. Und wenn ich das so höre, muss sie wohl ein ganz heißer Feger sein. Man, du hast echt Glück.«

»Das stimmt. Sie hat echt alles. Ist hübsch, intelligent, temperamentvoll und mittlerweile sexsüchtig, dank mir«, sagte ich und grinste.

Ja, Anita war einfach perfekt für mich.

Don und ich verabredeten uns für den Abend. Ich war bereits auf dem Parkplatz, als er vorfuhr. Wir begrüßten uns mit einem zärtlichen Kuss. Ich wollte die nächste Story von ihm lesen und er gab mir den Notizblock.

»Wollen wir zelten?«, fragte Don.

»Ja, können wir«, grinste ich.

Nachdem ich mit dem Lesen fertig war, fuhren wir zu unserem alten Zeltplatz. Don fing an das Zelt aufzubauen, während ich mich auf einen Baumstamm setzte und ihm dabei zusah. Dann krochen wir ins Zelt.

»Schatz, kannst du massieren?«, fragte ich ihn.

»Weiß nicht ...«

Ich legte mich auf den Bauch und meinte:

»Testen wir es mal.«

Er fing an mich zu massieren. Ich bemerkte, dass meine Jacke störte und zog sie aus. Nach einer Weile folgte auch meine Bluse.

»Wenn der BH stört, kannst du ihn aufmachen«, sagte ich.

Er tat es auch gleich und massierte mich weiter. Seine warmen Hände waren sehr angenehm und ich konnte dabei gut entspannen. Er verteilte kleine Küsse auf meinem Rücken und massierte dabei meine Brüste.

»Das ist aber nicht mein Rücken!«

Ich lächelte.

»Ich weiß, kann es einfach nicht lassen.«

Ich drehte mich, küsste ihn und zog ihn halb auf mich. Er schob sein Bein in meinen Schritt und rieb meine Vulva, was mich augenblicklich geil machte.

Wie schaffte er das nur?

Ich entfernte ihm das Shirt. Don streichelte meine Brust und wanderte mit seiner Hand tiefer, um mir die Hose zu öffnen und auszuziehen. Er streichelte meine Scham durch den String, während ich mit meiner Hand seine Hose auszog. Unsere Küsse wurden wilder.

Don strich mir über die Pussy und streifte den String ab. Ich ließ meine Hand in seine Boxershorts gleiten. Dabei zuckte er zusammen, weil meine Hand so kalt war. Ich wärmte meine Hand an seinem Oberkörper auf, bevor ich weitermachte und seinen harten Schwanz genüsslich wichste.

Wir drehten uns, so dass er auf dem Rücken lag. Dabei küssten wir uns wieder und ich bewegte meinen Unterkörper über seinen Schwanz. Das erregte Don noch mehr, das konnte ich in seinen Augen sehen. Nach einer Weile küsste ich mich seinen Hals hinunter, über seinen Bauch, weiter zum Bauchnabel und umschloss dann seinen Schwanz mit meinem Mund und saugte leicht daran.

Don stöhnte auf und ich nahm seinen Schwanz etwas mehr in den Mund und verwöhnte ihn. Ich leckte mit der Zungenspitze an seiner Eichel und er vergrub sich mit seinen Händen in meinen Haaren. Er war sehr rallig, denn ich schmeckte schon seine Lusttropfen, die leicht bitter waren. Meine Haare hatte er um die Hand gewickelt und zog nun fester daran, wenn ich seinen Phallus etwas enger mit meinem Mund aufnahm. Nach einer Weile zeigte er mir mit seiner Bewegung, dass ich über ihn kriechen sollte.

Meine Pussy war direkt über seinem Gesicht und er fing an mich zu lecken. Ich konnte mich nicht lang beherrschen und fing an zu stöhnen. Er leckte immer weiter und saugte an meinem Kitzler. Mein Höhepunkt war nicht mehr weit entfernt und ich drückte ihm meinen Kitzler noch stärker ins Gesicht. Ihm schien das zu gefallen, was mich endgültig kommen ließ. Seine Zungenschläge waren

so kraftvoll, dass ich bei meinem Orgasmus laut auf-
schrie. Erschöpft krabbelte ich zurück und gab ihm einen
Kuss. Das war mir aber nicht genug, ich wollte ihn wieder
in mir spüren.

»Ich will, dass du mich fickst«, flüsterte ich ihm ins Ohr.
Er holte ein Kondom aus der Hosentasche und ich kümmerte mich um den o.b. Ich kniete über ihn und küsste
ihn. Er ließ dabei seinen Schwanz in mich gleiten und ich
würde nun meinen ersten Ritt erleben. Ich stöhnte auf,
weil es sehr tief war, aber es war geil. Mit geschlossenen
Augen bewegte mich auf und ab, um dieses Gefühl zu genießen. Noch nie war Don so tief in mir.
Ich wurde immer geiler, stöhnte lauter und hörte ihn
ebenfalls. Kurze Zeit später kam ich ein weiteres Mal und
ritt Don so lange, bis er laut stöhnend zum Orgasmus
kam. Ich spürte, wie sein Glied in mir zuckte und genoss
dieses Gefühl, ausgefüllt zu sein. Wir kuschelten uns aneinander und brachen auf, als es uns zu kalt wurde. Die
Sonne war schon untergegangen und Don parkte auf dem
Parkplatz hinter dem Internat. Dort saßen wir noch im
Auto und ich fragte ihn:
»Und bist du wieder rallig?«
»Nein, Schatz. Noch nicht.«
Ich grinste und meinte: »Das können wir ändern.«
Und ich ließ meine Hand zu seiner Hose wandern. Dabei
massierte ich seinen Schwanz durch die Hose. Ich küsste
ihn leidenschaftlich und öffnete dabei seine Hose, wobei
meine Hand unter seine Boxershorts wanderte und ich
seinen Schwanz wichste.

Nach einiger Zeit war Don kurz vor seinem Orgasmus, aber meine Hand hatte keine Kraft mehr und ich musste aufhören.

»Tut mir leid Schatz, aber ich kann nicht mehr«, sagte ich und küsste ihn.

»Ist ja nicht schlimm, Schatz!«

Das war das erste Mal, dass mir bewusst wurde, dass er mich Schatz nannte. Ich hasste es früher. Aber ich nannte ihn seit Wochen selbst so. Es war einfach normal und störte mich nicht mehr. Ich hatte selbst damit begonnen.

Wir mussten uns leider schon verabschieden, gaben uns einen Kuss und verabredeten uns für den nächsten Abend.

Es war der letzte Abend, bevor ich Anita wieder zum Bahnhof bringen musste und wir uns verabschieden sollten. Wie gewohnt holte ich Anita vom Parkplatz beim Internat ab. Wir fuhren gleich los zu unserem »privaten« Zeltplatz.

Dummerweise fuhr genau nach uns jemand auf den Parkplatz. Die beiden Männer folgten uns. Wir gingen immer weiter, wurden aber langsam und als uns die beiden überholten machten wir kehrt und suchten unseren Zeltplatz auf.

Mit dem Aufbau ging es mittlerweile ziemlich schnell. Anita saß auf einem Baumstumpf und ich holte meine Kamera hervor, um ein Foto von ihr zu machen. Weil ihr das nicht gefiel, legte Anita sich quer ins Zelt, so dass kein Platz mehr für mich blieb.

»Sonst geht's dir gut, oder?«, fragte ich.

»Ja«, grinste sie mich an.

»Wenn du meinst ...«, sagte ich nur und legte mich quer über sie. Anita kicherte und flehte um Gnade. Ich beließ es dabei und krabbelte zu ihr. Wir kuschelten uns aneinander und küssten uns.

»Ich liebe dich, Schatz«, flüsterte ich ihr ins Ohr.

»Ich dich auch.«

Ich beugte mich über Anita. Während unserer leidenschaftlichen Küsse entkleideten wir uns. Meine Lippen wanderten über ihren Hals bis zu ihren Brustwarzen, an denen ich genüsslich lutschte. Anita setzte sich auf mich und begann grinsend, meinen Schwanz mit ihrer nassen Pussy zu massieren.

Sie beugte sich zu mir herunter und gab mir einen Zungenkuss. Dann rieb sie ihre Lustgrotte weiter an meinem harten Ständer. Ich wurde immer ralliger von dem Gefühl. Ich gab ihr zu verstehen, dass sie weiter hochrutschen sollte, damit ich ihre Klitoris lecken konnte.

Ich strich den Faden von ihrem Tampon zur Seite und begann ihre feuchte Pussy zu liebkosen. Anita stöhnte leise auf, während ich sie mit meiner Zunge verwöhnte. Mit der Zeit drückte sie ihre Pussy immer stärker in mein Gesicht und ihr Stöhnen wurde lauter. Als der Druck nachließ, wusste ich, dass sie gekommen sein musste. Sie kroch etwas nach unten, legte sich auf mich und gab mir einen Kuss.

»Fickst du mich, Schatz?«, fragte sie ganz dreist.

Ich gab ihr einen Kuss.

»Klar, meine geile Sau. Du nimmst auch kein Blatt vor den Mund«, grinste ich nur.

»Kennst mich doch, mein ralliges Ferkel ... ich mach dann gerad mal nen Tampon-Weitwurf«, grinste sie.

Ich holte in der Zeit ein Kondom aus meiner Hosentasche.

»Du gehst nach oben Schatz«, meinte Anita nur und legte sich breitbeinig vor mir auf den Schlafsack.

Ich beugte mich über sie und ließ langsam meinen harten Schwanz in ihre nasse Pussy eintauchen.

»Mein ralliges Ferkel«, brachte Anita nur hervor.

»Geile Sau, du«, stöhnte ich auf, während ich sie immer schneller und schneller fickte. Anitas große Brüste wippten im Takt mit und Anitas Stöhnen wurde von Stoß zu Stoß lauter.

»Schatz, probieren wir mal Hündchen?«, fragte sie keuchend und lächelte mich an.

Ich zog meinen Schwanz langsam aus ihrer nassen Pussy und Anita drehte sich um, um mir ihren drallen Po entgegen zu strecken. Mit meinen Fingern strich ich über ihre Vulva.

Mein Schwanz glitt langsam in ihre Lustgrotte und ich stieß zu. Anita stöhnte auf und legte ihren Kopf auf das Kissen, während ich sie fickte. Ich umfasste ihre Oberschenkel und zog sie bei jedem Stoß fest an mich. So erregt, wie ich war, konnte ich mich nicht mehr zurückhalten und kam schon nach wenigen Stößen.

Anita schaute mich an.

»Tut mir leid Schatz! Ich weiß auch nicht, warum das jetzt so schnell ging.«

»Schon okay, Süßer!«

Ich legte mich neben Anita und wir kuschelten uns aneinander, wobei meine Hand zu ihrer Pussy wanderte und ich begann ihren Kitzler zu massieren.

Anitas Stöhnen wurde immer lauter.

»Maus, ich liebe dich«, flüsterte ich ihr ins Ohr.

»Ich dich auch«, hauchte sie zurück.

Ich massierte ihren Kitzler immer schneller mit kreisenden Bewegungen. Anita stöhnte laut auf und bekam ihren Orgasmus.

Wir küssten uns und kuschelten uns eng aneinander.

»Und morgen bist du weg«, sagte sie und schaute mich traurig an.

»Ja leider, ich wäre auch lieber bei dir, Schatz«, seufzte ich.

Ich kuschelte mich an sie. Anita wanderte mit ihrer Hand über meinen Bauch zu meinem Schwanz und begann ihn zärtlich zu wichsen. Wir küssten uns und ich fuhr mit meiner Hand langsam zu ihrer Brust, um sie zu kneten und dann an ihren harten Nippeln zu lutschen.

Meine Hand wanderte wieder zu ihrer Pussy ...

Es waren nur zehn Minuten vergangen und sie hatte mich schon wieder geil bekommen. Anita lag grinsend vor mir und ich stieß mit meinem Schwanz wieder in ihre Pussy.

»Mhmmmmm«, stöhnte Anita leise. »Es zieht wenigstens nicht mehr so wie beim ersten Mal.«

Wir gaben uns wieder einen langen Zungenkuss, während ich Anita immer schneller fickte. Sie schloss ihre Arme noch fester um mich.

Ihren Hals küssend bemerkte ich, wie Anita sich aus der Umarmung löste. Sie war schon wieder gekommen. Ich zog meinen Schwanz aus ihrer Pussy.

»Schatz, du läufst aus«, grinste ich.

»Depp«, grummelte sie.

»Ich liebe dich.«

»Ich dich auch«, sagte sie nur und schmiegte sich an mich.

»Schatz, du bist wirklich ganz schön feucht«, konnte ich mir nicht verkneifen.

»Ich weiß. Du bist ja immer noch geil, Schatz.«

Ich grinste.

Anita fing an, mit ihrer Muschi meinen Schwanz zu massieren. Ich strich ihre Haare zur Seite, die ihr im Gesicht hingen und gab ihr einen Kuss.

»Schatz, ich würde gern, dass du mich reitest«, schaute ich sie ganz lieb an.

»Dann hol ein Kondom, mein ralliges Ferkel«, grinste sie frech.

Ich griff in meine Hosentasche und suchte ein Kondom, packte es aus und rollte es über meinen Schwanz, wobei mich Anita beobachtete. Danach setzte sie sich auf mich und ließ meinen Schwanz langsam in ihre nasse Pussy gleiten.

»Mhmm, das ist so tief«, stöhnte sie leise.

Anita ritt mich langsam. Ich wusste, dass sie es liebte, weil es so tief war. Ihr Stöhnen wurde lauter und ich musste kurz an die Fußgänger denken, schob den Gedanken aber gleich wieder zur Seite. Ich strich mit meinen Händen über ihre Brüste und knetete sie, während Anita mich noch schneller ritt.

»Ich liebe dich, meine geile Sau«, stöhnte ich.

Anita beugte sich zu mir herunter und gab mir einen Kuss.

»Liebe dich auch, mein ralliges Ferkel!«

Kurze Zeit später kuschelte sie sich an mich.

Anita schaute mich an.

»Wollen wir noch mal von hinten probieren, Schatz?«

»Ja«, stimmte ich zu und gab ihr einen Kuss.

»Aber nicht wieder so schnell kommen«, ermahnte sie mich.

Anita drehte sich um und streckte mir ihren Po entgegen, damit ich meinen Schwanz in ihre Lustgrotte schieben konnte. Ich zog Anitas Oberschenkel ein paar Mal zu mir und fickte sie ... und kam schon wieder. Etwas enttäuscht schaute ich Anita an.

»Tut mir leid, Schatz. Es ist einfach so intensiv«, stammelte ich.

»Schon gut«, sagte Anita und gab mir einen Kuss. Ich legte mich zu ihr und kuschelte mich an sie.

Wir schmiegten uns aneinander, bis es wieder kalt wurde, weil die Sonne unterging. Wir bauten das Zelt ab und machten uns auf dem Weg zum Auto. Das andere Auto war schon weg, dafür stand jetzt ein Jeep dort.

»Bloß weg«, flüsterte ich zu Anita, »Nachher ist das der Förster oder so!«

Wir packten die Sachen ins Auto und fuhren zurück. Der Abschiedskuss an diesem Abend fiel besonders lang aus, wussten wir beide doch, dass wir uns in 12 Stunden für längere Zeit verabschieden mussten.

Am nächsten Tag brachte ich Anita zum Zug nach Stuttgart. Auf beiden Seiten flossen Tränen, keiner von uns wollte den anderen gehen lassen. Mir fiel es besonders schwer, denn seit unseren Treffen liebte ich Anita noch mehr. Ich wusste nun, wie es im realen Leben mit ihr war, wusste dass meine Gefühle deutlich intensiver waren, als ich sie für Phebey jemals erlebt hatte. Meine Trennung von Melanie bereute ich nicht. Anita war genau die, die meinen Vorstellungen entsprach. Und der Sex war die Krönung, denn dieser war mehr als aufregend und leidenschaftlich. Auf der Fahrt zurück musste ich einige Tränen verdrücken. Unsere Sehnsucht nacheinander war so groß, dass wir bereits am ersten Abend wieder miteinander telefonierten. Am nächsten Tag musste ich arbeiten und bekam während der Arbeitszeit eine SMS von Anita:

> *Auch wenn ich sterbe. Ein Teil von mir wird dich immer lieben. Ich werde dich nie vergessen, denn nicht mein Körper liebt dich, sondern meine Seele.*

Am nächsten Tag waren wir volle drei Monate zusammen und schickten uns weitere SMS mit tiefen Liebeserklärungen. Eine SMS von Anita war diese:

> *Ich will dir so viel sagen, aber Worte können nicht ausdrücken, wie sehr ich dich liebe. Es ist einfach mehr als diese drei Worte. Es ist unbeschreiblich mit dir. Ich liebe dich.*

Ja, es waren mehr als diese drei Worte. Ich war einfach überglücklich mit dieser Frau, trotz der Entfernung. In dieser Zeit hatten wir schon über 700 DinA4 Seiten im Messenger geschrieben, die SMS nicht mitgezählt.
Wir hatten uns entschlossen, eine offene Beziehung zu führen. Falls jemand von uns einmal Sex haben sollte, war dies nicht gleich das Ende der Beziehung. Wir liebten beide den Sex und wussten, dass aufgrund der Entfernung und der großen Abstände, in denen wir uns sahen, One-Night-

Stands akzeptabel waren. Ausgeschlossen waren Affären und Ex-Freunde. Trotz der Freiheit, dieses tun zu können, hatte niemand von uns Verlangen danach. Wir überlegten, wie wir uns möglichst schnell wiedersehen konnten. Dieses war uns viel wichtiger, denn wir liebten uns und vermissten einander. Durch Anitas Eltern war alles etwas komplizierter.

Dann gehen wir nächstes Mal ins Hotel ... Ich weiß zwar nicht, was ich den Rest der Zeit machen soll, wenn du arbeitest ... aber wir sehen uns endlich mal wieder.

Mhm ... ja, ich könnte vielleicht Urlaub nehmen, dann würden wir uns nicht nur für ein paar Stunden sehen. Wir könnten den ganzen Tag miteinander verbringen.

Im Hotel gibt es ein warmes Bett für uns, Schatz und wir rennen nicht durch die Gegend :-) Ich kann ja mal anfragen, ob es bei mehreren Tagen günstiger ist.

Mhm, endlich ein warmes Bett und kein Zelt. Dann bekomm ich auch keine Blasenentzündung danach. Weißt du, was meine Mutter damals als Kommentar dazu meinte?

Nein, was hat sie denn gesagt?

*Sie meinte: Das hast du nun davon, dass du immer barfuß durchs Haus rennst. Hab dir schon 100Mal gesagt, du sollst dir deine Hausschuhe anziehen *fg**

*lach * Ich hatte dafür zum Glück nichts. Außer deinen Knutschflecken, Schatz

g ... muss ja mein Revier markieren

Das mit dem Hotel wird wohl 250 EUR für die Woche kosten ... Egal

Ein paar Tage später stand alles fest. Anita und ich hatten Anfang Dezember Urlaub genommen und ich das Hotelzimmer gebucht. Anitas Eltern wussten nichts davon. Wir wollten die drei Tage zusammen in ihrer Nähe verbringen. Abends musste sie jedoch wieder zurück, damit die Eltern nichts erfuhren. So hatten wir jeden Tag neun Stunden zusammen.

Hotelzimmerspaß

Ich war wieder auf dem Weg zu Anita. Wir hatten uns für zweieinhalb Tage verabredet, wobei ich eineinhalb Tage zusätzlich geschäftlich eingeplant hatte. Mein Chef hatte mich gebeten, zwei Termine wahrzunehmen, wofür er mir einen Tag zusätzlichen Urlaub schenkte.
Mittlerweile war es schon dunkel und ich hatte die Autobahn auf dem Weg zum Hotel hinter mir gelassen.
Was das wohl geben sollte?!
Am nächsten Tag wollte Anita nachmittags bei mir sein, da sie vorher Schule hatte. Ich hatte für den Vormittag meinen ersten Geschäftstermin geplant. Die weiteren zwei Tage im Hotel gehörten Anita und mir. Auf meiner Rückfahrt würde ich den zweiten Termin wahrnehmen.
Im Hotel angekommen, checkte ich ein und bezog grinsend mein Zimmer. Es lag in einem Nachbargebäude. Mit dem erhaltenen Schlüssel konnte ich Zimmer und auch Haustüre öffnen. Es gab dort keine weitere Rezeption, was mich sehr erfreute, denn so kam Anita nicht in Bedrängnis,

etwas sagen zu müssen, wenn sie zu mir wollte. Ich packte meine Sachen aus und rief bei Anita an, um ihr die Neuigkeiten zu erzählen. Sie hatte ebenfalls Neuigkeiten, leider schlechte. Am nächsten Tag musste sie nach der Schule noch einmal ins Büro, um ein paar Sachen aufzuarbeiten. Ich seufzte. Wir hatten an dem Tag sowieso nur zwei Stunden für uns und nun das.

Am nächsten Tag fuhr ich zu meinem Geschäftstermin, während Anita in der Schule war. Gegen Mittag war ich zurück im Hotelzimmer und wartete darauf, dass es 15.15 Uhr wurde. Anita wollte vor dem Hotel warten, damit ich sie zur Firma fahren konnte. Zwischendurch schrieben wir uns immer SMS. Bei einer SMS musste ich grinsen.

Ich glaube, ich brauch nachher nen Quickie, bevor wir fahren. Liebe dich.

Anita und ich hatten uns die Tage zuvor bereits eingeheizt, sodass wir es kaum erwarten konnten, übereinander herzufallen.

Um 15.25 Uhr war es endlich soweit. Anita stand vor dem Hotel und ich ging nach draußen, um sie mit einem Kuss zu begrüßen. Sie kam kurz mit hinein und wir tauschten unsere Weihnachtsgeschenke.

»Einen Quickie schaffen wir wohl nicht mehr vorher ...«, sagte sie, hatte dabei jedoch einen Plan für später.

»Ja, wir sollten erst ins Geschäft fahren«, stimmte ich zu.

Wir machten uns auf den Weg und während Anita arbeitete, holte ich mir etwas zu essen und tankte. Ich konnte mir etwas Zeit nehmen, denn Anita war eine Stunde beschäftigt. Bei McDonalds herrschte trotz Nachmittag auch reges Treiben und so beobachtete ich die Leute, um mir die Zeit zu vertreiben. In meinem Kopf kreisten die Gedanken jedoch immer um Anita. Ich konnte es kaum abwarten, sie in die Arme zu schließen, zu küssen und mit ihr den schönsten Sex der Welt zu haben. Wie ein kleines Kind vor der Bescherung, rutschte ich nervös auf dem roten Stuhl bei McDonalds hin und her, bis die erlösende SMS kam.

Ich bin fertig, du kannst mich abholen, Schatz :)

Ich stürmte hinaus ins Auto, fuhr die wenigen Meter bis zum Bürogebäude, wo Anita schon an der Straße wartete.

»Jetzt aber schnell ins Hotel, bevor noch jemand was von mir will. Fahr, los, los!«, herrschte mich Anita an und kicherte.

Ihr lüsterner Blick sagte alles.

»Nimm mich. Ich will kein Vorspiel. Ich habe lange genug mit dir Vorspiel am Telefon gehabt.«

Im Hotelzimmer angekommen, nahm Anita auf dem Bett Platz. Ich setzte mich auf sie.

»Schatz, du nimmst mal wieder das ganze Bett für dich ein.«

Anita grinste.

Dann fielen wir küssend übereinander her und Anita rückte auf dem Bett zur Seite, sodass ich auch Platz hatte. Ich legte mich auf Anita und küsste sie fordernd, was sie umgehend erwiderte. Wir hatten so lange aufeinander warten müssen. Ich fuhr mit meiner Hand unter Anitas Pulli und knetete ihre Brüste, Anitas Finger wanderten unter meinen Pulli und kratzten vor Geilheit meinen Rücken.

»Ralliges Ferkel«, hauchte sie mir ins Ohr und entblößte meinen Oberkörper.

Ich setzte mich aufrecht hin und zog Anita mit hoch, um ihr den Pulli auszuziehen. Wir küssten uns weiter, immer leidenschaftlicher und ich strich durch ihre langen Haare. Anitas BH fand den Weg vom Bett auf den Fußboden. Küssend wanderte ich ihren Hals entlang, zu ihren kleinen aber harten Brustwarzen, um daran zu saugen.

Sie schaute mir dabei zu und schloss jedoch die Augen, um zu genießen. Kurze Zeit später hielt Anita nichts mehr zurück, sie öffnete den Gürtel, meine Hose und führte ihre Hand unter der Boxershorts hindurch zu meinem Schwanz, um ihn zu wichsen.

Ein paar Minuten später lagen wir nackt auf dem Bett, meine Finger ergründeten Anitas Vulva, während Anita meinen Phallus massierte.

»Schatz«, flüsterte ich, »du bist total nass!«

»Ich weiß ...«, kam es leise zurück.

Ich überlegte, nach unten zu krabbeln und sie zu lecken, aber ich wusste, die Zeit würde dafür nicht ausreichen. Ich schob den Gedanken beiseite.

»Fick mich endlich«, hauchte Anita mir ins Ohr.

Ich holte ein Kondom aus meiner Hosentasche, um dieses über meinen harten Schwanz zu rollen. Anita lag breitbeinig auf dem Hotelbett. Ich beugte mich über sie und ließ langsam meinen Schwanz in ihre Pussy gleiten. Anita verzog kurz ihr Gesicht.

»Tat es weh, Schatz?«, fragte ich.

»Nein, nur ein Ziehen«, flüsterte sie, während ich sie langsam fickte.

»Liebe dich, meine geile Sau.«

»Ich dich auch, mein ralliges Ferkel.«

Ich zog meinen Schwanz zurück und stieß tiefer zu. Stöhnend teilte mir Anita mit, dass sie mehr davon wollte. Ihre Beine klammerten sich auf meinem Rücken fest und sie ließ mich ihre Fingernägel spüren. Das alte Hotelbett gab mit jedem Stoß sein Knarren dazu.

»Mhmmm … jaaa …«, stöhnte Anita leise, während ich immer wieder zustieß.

Ihr Stöhnen wurde lauter, je näher sie ihrem Orgasmus kam und sie krallte sich in meinem Rücken fest, als sie kam. Ein paar Sekunden später kam ich ebenfalls, laut stöhnend, zum Höhepunkt. Ich hielt Anita fest, spürte immer noch ihre Fingernägel, die sie erst von meinem Rücken nahm, als sie spürte, wie mein Liebessaft in sie strömte. Ich ließ von ihr ab und schaute ihr tief in die Augen.

»Wieder kommt die Kuschelrunde zu kurz«, seufzte ich.

»Wir sehen uns ja morgen und übermorgen noch. Da haben wir den ganzen Tag für uns«, grinste sie, während sie sich ihre Sachen zusammensuchte.

Wir zogen uns an und ich begleitete Anita ein Stück nach draußen, wo wir uns mit einem Kuss verabschiedeten.

Am nächsten Morgen wartete ich vor der Hoteltür auf Anita. An der Rezeption hatte ich bereits geklärt, dass das Zimmermädchen zwischen 10.00 Uhr und 10.30 Uhr das Zimmer saubermachen sollte. Um 7.30 Uhr kam Anita um die Ecke.

Wir gingen gleich ins Zimmer, Anita legte ihre Jacke ab und setzte sich aufs Bett. Sie hatte mich schon am Tag zuvor gewarnt, dass morgens nicht viel mit ihr los sei. Ich grinste. Wir legten uns aufs Bett und kuschelten miteinander.

»Hast du das mit dem Zimmermädchen geklärt?«

»Ja, die kommt um 10 Uhr! Wir gehen am besten um 9.45 Uhr raus.«

»Okay.«

Ich gab Anita einen Kuss. Sie schaute mich mit ihren großen braunen Augen an.

»Ich liebe dich, Schatz«, flüsterte ich ihr ins Ohr.

Anita gab mir einen langen und intensiven Zungenkuss. Das allein genügte, um uns auf einander rallig zu machen. Ich zog Anita auf mich und küsste sie weiter, während meine Hände unter ihre Kleidung fuhren und ich nach ihren Brüsten tastete.

Kurze Zeit später trennte Anita sich von ihrem Oberteil und ich öffnete ihren BH, der ebenfalls auf dem Boden des Hotelzimmers landete. Wir wechselten die Positionen und Anita riss mir eilig meine Sachen vom Körper.

Sie legte sich vor mir auf das Bett und schaute mich voller Erwartung an. Ich küsste mich ihren Hals herunter zu ihren weichen Brüsten.

Meine Finger strichen sanft über ihre Scham und drangen in ihre Pussy ein, um sie zu fingern. Ihre Brustwarzen waren vor Erregung hart. Ich umkreiste sie mit meiner Zunge und saugte daran, wobei Anita leise aufstöhnte. Nach unten rutschend bedeckte ich ihre Haut mit Küssen und versank zwischen ihren Schenkeln, um ihren süßen Saft zu lecken. Ich strich mit meiner Zungenspitze über den Kitzler und umkreiste ihn, während ich sie mit meinen Fingern fickte.

Anita stöhnte auf und drehte den Kopf von der einen Seite zur anderen. Sonst würde sie nach ein paar Minuten kommen. Aber das wollte ich nicht. Dieses Mal sollte sie warten.

Ich brach ab und Anita schaute etwas verwirrt. Ich gab ihr einen Kuss und streichelte langsam ihre Pussy.

»Fick mich, bitte« hauchte sie mir ins Ohr.

Das hättest du wohl gerne, dachte ich und sagte einfach nur »Nein.«

Anitas Hand griff in meine Boxershorts und fing an meinen harten Schwanz zu wichsen. Dann streifte sie meine Boxershorts ab und griff noch etwas fester zu.

Ob ihr das nützen würde?

»Fick mich endlich«, flehte sie, während ich ihre Pussy rieb.

»Nein, Schatz ... jetzt noch nicht!«

»Warum nicht? Du bist doch auch rallig?«

»Darum nicht.«

Ich krabbelte nach unten und begann wieder ihre Pussy zu lecken und diese mit meiner Zunge zu ficken. Anita griff mit ihren Fingern in meine Haare und drückte mich an ihre Pussy.

Sie stöhnte, drehte dabei den Kopf im Kissen von der einen Seite auf die andere.

Ich brach wieder ab.

»Fick - mich - endlich«, flehte sie.

»Wirklich?«

»Fick mich bitte, Schatz. Ich will nicht mehr warten«, hauchte sie.

Ich beugte mich aus dem Bett und zog ein Kondom aus meiner Tasche, riss die Verpackung auf und rollte es über meinen harten Schwanz.

»Komm her, ich will dich«, flehte Anita.

Ich überlegte kurz, ob ich sie noch weiter hinhalten sollte, aber ich wollte sie ebenfalls gerne spüren. Einladend spreizte sie ihre Beine, sodass ich nicht widerstehen konnte. Ich ließ meinen harten Schwanz in ihre Pussy gleiten und schaute dabei in ihre weit aufgerissen Augen.

Anita zog mich an sich, fuhr mit ihren Händen über meinen Rücken und ließ mich ihre Fingernägel spüren, während ich immer fester zustieß.

»Mhmm … mhmm ...«, stöhnte sie lauter.

Mit ihren Beinen zog sie mich noch näher an ihren Körper und umklammerte dabei meinen Po, bis sie einmal laut aufstöhnte. Ich zog mich erschöpft zurück, legte mich zu ihr und gab ihr einen Kuss.

»Du bist gar nicht gekommen, oder Schatz?« fragte Anita.

»Nein, bin ich noch nicht«, grinste ich. »Möchtest du Hündchen?«

»Ja«, willigte Anita ein und ich sah wie ihre Augen vor Freude glänzten.

Wir gaben uns einen langen Zungenkuss, bevor Anita sich umdrehte und mir ihren Po entgegenstreckte.

Ich gab ihr einen Kuss auf den Allerwertesten. Dann zog ich sie an mich und versenkte meinen Ständer in ihrer nassen Pussy. Anita vergrub ihr Gesicht im Kissen, während ich sie immer wieder zu mir heranzog und tief in sie eindrang. Ein paar Minuten später kam ich ebenfalls und stieß dabei noch einmal richtig zu. Anita erhob sich von dem Kissen.

»Gut, dass wir nen Kissen haben, sonst wäre es bestimmt lauter geworden«, sagte sie und gab mir einen Kuss.

Ich war ziemlich außer Atem.

»Bist du noch mal gekommen, Schatz?«

»Jaaaaa«, sagte sie und rollte ihre braunen Augen. »Endlich bin ich auch mal gekommen, wenn wir Hündchen machen.«

»Ja.«

»Schatz ...« setzte Anita an. »Ich find es richtig geil, wenn du kommst, dass du dann noch mal tief zustößt und ich spüre, wie du kommst!«

Wir zogen die Bettdecke an uns und genossen die Wärme der Zweisamkeit. Um 9.45 Uhr zogen wir uns an und verließen das Zimmer, weil die Putzfrau das Zimmer um 10 Uhr machen sollte. Ziellos gingen wir in die Stadt und holten uns bei der nächsten Bäckerei etwas zu essen, setzten uns auf eine Bank in der Fußgängerzone und kuschelten.

Um 10.45 Uhr gingen wir zurück. Als ich das Zimmer aufschloss, sah ich schon, was passiert war: Nichts! Das Zimmermädchen war nicht im Zimmer gewesen. Ich seufzte und schaute zu Anita herüber. Wir setzten uns aufs Bett.

Zehn Minuten später, wir hatten gerade den Fernseher angeschaltet, klopfte es an der Tür. Etwas angesäuert schloss ich auf und blickte die beiden Zimmermädchen an. Die eine war vielleicht gerade 18 oder 19.

»Wir würden gerne das Zimmer machen«, sagte sie ziemlich schüchtern.

»Hallo. Das Zimmer brauchen Sie nicht machen«, sagte ich und versuchte dabei freundlich zu bleiben.

»Okay.«

»Danke.«

Ich schloss die Tür und ging zum Bett, wo Anita lag.

»Wollen wir ins Bett gehen und kuscheln?«, fragte ich.

»Ja«, lächelte sie.

Wir zogen uns bis auf die Unterwäsche aus und schlüpften unter die dicke Bettdecke um zu schmusen und fernzusehen. Anita lag vor mir und ich genoss es, ihre Wärme zu fühlen und sie zu umarmen. Nach einiger Zeit drehte sich Anita zu mir um und gab mir einem langen Zungenkuss. Ihre Hand wanderte zu meiner Boxershorts und umschloss meinen Schwanz, um ihn langsam zu wichsen.

Ich küsste Anitas Hals und öffnete ihren BH. Dieser landete, wie die anderen Sachen, auf dem Fußboden. Dann klingelte plötzlich das Handy.

Der Azubi aus der Firma.

Ich hatte kaum ein paar Worte gesprochen, da spielte Anita schon wieder an meinem Schwanz. Ich versuchte mich auf das Gespräch zu konzentrieren.

»Ich will ihn auch noch sprechen«, meinte Anita.

Ich gab ihr das Handy.

Rache ist süß, dachte ich und legte mich auf sie, um an Nippeln zu lutschen.

Anita wehrte sie.

Nach ein paar weiteren Sätzen wie »Don hat Urlaub und möchte nicht gestört werden«, legte sie auf.

Meine Hand glitt unter ihren Tanga, um ihre rasierte Pussy zu reiben. Anita griff wieder zu meinem Schwanz und

274

wichste ihn. Ich schob die Decke beiseite und schob den Tanga zur Seite.

»Fick mich bitte ...«, kam es von Anita leise.

»Nein ...«, entgegnete ich nur.

»Bitte... fick mich«, flehte sie.

»Nö, aber wir können ja mal was anderes probieren.«

Ich lehnte mich aus dem Bett und holte einen großen blauen Vibrator aus meiner Reisetasche. Anita schaute mich ziemlich überrascht an.

»Und?«, fragte ich.

»Okaaaay ...«, willigte sie leise ein.

Anita lag breitbeinig auf dem Bett und streckte mir ihre feuchte Pussy entgegen.

Vorsichtig glitt ich mit dem Vibrator über ihren Schlitz und ließ ihn langsam in ihrer Lustgrotte verschwinden. Als er von ihrer Pussy umschlossen war, begann ich sie damit zu ficken. Anita stöhnte erst leise, dann immer lauter. Ich stoppte.

»Nicht erschrecken, Schatz«, sagte ich nur und schaltete den Vibrator ein, der jetzt ein leises Surren von sich gab.

»Schön?«, fragte ich.

»Mhmmmmm«, stöhnte Anita.

Ich schaltete den Vibrator aus und stoppte.

»Mach weiter, Schatz«, flehte mich Anita an.

»Nur, wenn ich dich filmen darf«, grinste ich.

»Na gut ...«, blinzelte sie.

Ich holte die Digitalkamera aus der Reisetasche, schaltete sie ein und schob Anita wieder den Vibrator in die nasse Pussy. Anita krallte sich mit den Händen im Kopfkissen fest, während ich sie fickte. Ihr Stöhnen wurde lauter und sie rollte ihren Kopf von der einen Seite zur anderen.

»Mhmmmmm ... jaa ...«, brachte sie hervor, als sie kam.

Ich schaltete die Kamera und Vibrator aus, um diesen ganz vorsichtig aus ihrer Pussy zu ziehen. Anita und ich kuschelten uns wieder in die Bettdecke und schauten uns das Video an.

»Hehe und du bist rallig Schatz«, grinste sie schadenfroh und ließ ihre Hand unter die Boxershorts gleiten, um meinen Schwanz zu wichsen.

»Ficken kannst du mich jetzt bestimmt nicht, meine Pussy tut im Moment voll weh«, fügte sie noch hinzu.

Aber trotzdem zog sie meine Boxershorts aus und begann meinen Schwanz zu wichsen, während sie auf mir lag. Ich zeigte Anita, dass sie etwas weiter herunterrutschen sollte.

»Ich weiß, was du willst Schatz«, grinste sie frech.

Anita nahm meinen Schwanz zwischen ihre großen Brüste und ich begann, sie zu ficken. Ich drückte ihre Brüste etwas mehr zusammen und spürte die Bewegungen noch intensiver. Anita rutschte hin und her und schaute mich ganz fasziniert an. Ich konnte mich nicht mehr beherrschen und fing leise an zu stöhnen, während Anitas Bewegungen immer schneller wurden.

Ich presste ihre Brüste noch fester an meinen Schwanz und kam nach ein paar Stößen. Mein Schwanz spritzte das Sperma in ihren Busen und der Rest verteilte sich auf meiner Lendengegend.

»Ich hol mal was zum Abwischen«, grinste Anita und verschwand im Bad, um einige Blatt Toilettenpapier zu holen.

Nachdem wir beide uns abgetrocknet hatten, legten wir uns ins Bett und schauten fern. Ich umfasste Anitas Hüfte und zog sie an mich, während ich meinen Kopf an ihren Nacken lehnte und mich einkuschelte.

Anita drehte sich zu mir und schaute mich mit ihren großen dunkelbraunen Augen an. Küssend zog ich Anita an mich. Sie spielte mit meiner Zunge, hielt sie fest und saugte an ihr. Ich strich Anita durch ihre langen dunklen Haare.

Meine Hand wanderte über ihren Rücken zu ihrem Po. Anita strich mir mit ihrer Hand über den Bauch und umfasste meinen Schwanz, um ihn erneut zu wichsen. Ich tauchte mit meinen Fingern in ihre feuchte Lustgrotte ein und fingerte sie. Anitas Bewegung wurde immer schneller und ich hielt sie etwas zurück.

»Ich liebe dich, Schatz«, flüsterte ich und beugte mich über den Rand des Betts hinaus, um ein Kondom zu suchen.

»Liebe dich auch, Schatz«, sagte Anita und gab mir einen Kuss, als ich wieder im Bett lag.

Sie beobachtete mich dabei, während ich das Kondom über meinen Schwanz rollte. Wir zogen die Decke etwas zur Seite und ich legte mich auf sie, um mit meinem Schwanz in ihre Pussy einzudringen. Ich stieß langsam zu und leckte dabei ihre harten Nippel.

Anitas Finger fanden den Weg zu meinem Rücken und zeigten mir mit den Fingernägeln, wie geil sie war. Ich liebte es, zu erleben, wie ihre Geilheit beim Sex ständig stieg, bis sie schließlich zum Orgasmus kam. Auf der Decke liegend umschloss Anita mit den Beine meinen Po, während ich sie immer schneller und tiefer nahm. Anita umarmte mich und zog mich an sich.

»Mhmmm«, stöhnte sie auf.

Mein Stöhnen wurde ebenfalls lauter und ich fickte sie noch heftiger, bis ich kam. Wir legten uns etwas erschöpft nebeneinander und küssten uns. Ich zog die Decke über uns und keine zwei Minuten später hatte Anita schon erneut ihre Hand an meinem Schwanz und massierte ihn.

»Das schaffst auch nur du, Schatz«, seufzte ich, »so schnell hat mich noch niemand nach dem Sex wieder geil bekommen.«

»Nicht?«, fragte sie etwas ungläubig.

»Nein, normalerweise dauert das erst eine halbe Stunde. Vor allen Dingen nach dem vierten Mal, meine Katze.«

Anita grinste und ließ nicht von meinem Schwanz ab.

»Schatz, du bist wirklich mehr als feucht«, grinste ich.

»Dann fick mich doch ...«, setzte sie an und gab mir einen Kuss.

Ich holte das nächste Kondom. Beim Aufziehen verließ es meinen Schwanz dann ein wenig.

»Na, keine Lust mehr?«, fragte Anita.

»Ich schon. Aber für ihn geht das zu schnell. Aber ich hab eine Idee.«

Mit dem Kondom auf meinem Schwanz zog ich Anita auf mich. Sie setzte sich genau auf meinen Schwanz und rieb ihn mit ihrem feuchten Schlitz, so dass er ziemlich schnell hart wurde.

»Ich will Hündchen, Schatz«, sagte Anita und schaute mich dabei ganz lieb an.

»Dann dreh dich um«, forderte ich sie auf.

Anita drehte sich und streckte mir ihren zarten Po entgegen. Ich ließ meinen Schwanz in ihre Muschi gleiten, während sich Anita ins Kissen fallen ließ, als ich begann sie an mich zu ziehen und zu ficken. Immer wieder zog ich ihre Oberschenkel an mich und stieß mit meinem Schwanz in sie hinein.

Anitas Stöhnen im Kissen wurde von Mal zu Mal lauter. Das Gefühl, sie von hinten zu nehmen, war so intensiv. Ich konnte jede Bewegung von ihr spüren. Mit dieser Stellung trieb sie mich zum Wahnsinn und es war eine Garantie dafür, dass ich einen Orgasmus bekam.

»Mhmm ... jaaa ...«, stöhnte Anita ins Kissen und konnte sich nicht mehr beherrschen.

Ich rutschte plötzlich mit meinem Schwanz aus ihrer Pussy, weil er nicht mehr so hart war.

»Tut mir leid, Schatz ...«, flüsterte ich nur und suchte ihre nasse Lustgrotte, um darin einzutauchen.

Ich fickte sie nun etwas vorsichtiger. Anita krallte sich im Kissen fest und als ich sah, wie sie losließ und gekommen war, stieß ich noch ein paar Mal zu und kam ebenfalls zum Orgasmus. Ich gab ihr noch einen letzten Stoß und fuhr mit meinen Händen bis zu ihren Schultern.

Anita richtete sich auf, lächelte und gab mir einen Kuss. Wir ließen uns beide ins Bett fallen, etwas erschöpft, aber glücklich. Wie schon am Morgen kuschelten wir und schauten fern. Ich genoss es einfach, wieder bei ihr zu sein und sie zu spüren. Aber auch dieses Mal dauerte es nicht lange, bis wir die Finger nicht voneinander lassen konnten. Es schien, als wollten wir alles nachholen, was wir in den letzten Monaten nicht zusammen erleben konnten.

Mit dem Streicheln fing es an, dann folgten wieder ein paar Zungenküsse und das Spüren ihrer sanften Haut, was mich erregte. Anita setzte sich auf mich und wichste meinen Schwanz. Sie liebte es anscheinend, mit ihm zu spielen und mich so richtig geil zu machen.

»Soll ich dich reiten, Schatz?«, fragte sie.

»Jaa ...«, sagte ich nur und verdrehte die Augen.

»Dann hol nen Gummi!«

Anita wartete gespannt, bis ich meinem Schwanz das Kondom übergezogen hatte und nahm ihn dann mit ihrer Vulva auf. Sie hob und senkte ihr Becken, wurde mit ihren Bewegungen immer schneller. Dann hielt sie inne, lehnte sich zurück und ritt mich weiter.

»Mhmmm ... Schatz, das ist so richtig schön tief ...«, stöhnte sie.

Ihre Bewegungen wurde intensiver und schneller.

Plötzlich stoppte sie und ließ meinen Schwanz aus ihrer Pussy. Sie zog ihm das Kondom ab, während ich ganz entsetzt schaute.

Was hatte sie nun vor? Wollte sie mich etwa ohne Gummi reiten?

Sie grinste.

»Was hast du vor Schatz?«

»Rate mal!«

»Ich weiß es nicht!«

Sie kroch weiter nach unten. Jetzt konnte ich es mir denken. Sie nahm meinen Schwanz in die Hand, leckte erst an der Eichel bis sie mit ihrem Mund den oberen Teil umschloss und den unteren mit der Hand wichste. Anitas Zungenspitze spielte mit meiner Eichel und trieb mich damit fast zur Besinnungslosigkeit. Anita massierte meinen Schwanz immer stärker und schneller.

Ich war ein paar Mal kurz vorm Orgasmus und dachte daran, dass es passiert, aber es ging noch weiter, bis Anita ihn so schnell rieb, dass ich nicht mehr konnte. Ich kam und spritzte Anita über die Hand.

Sie lächelte zufrieden, stand auf und holte von der Toilette wieder etwas Papier, um den Liebessaft abzuwischen. Danach legten wir uns ein paar Minuten zum Kuscheln hin, bevor wir uns anzogen, weil ich Anita zum Bahnhof bringen musste.

Am nächsten Tag ging ich morgens zum Frühstück und fragte an der Rezeption, ob es auch dabei bliebe, dass das Zimmermädchen gleich das Zimmer machen würde.

Die Dame meinte, dass das Zimmermädchen erst die Zimmer im Haus machen würde und danach nebenan ins Gebäude kommen würde. Ich fragte nach der Uhrzeit, aber sie konnte mir nichts sagen.

Ich grummelte.

Gestern und vorgestern hieß es noch, sie würde gleich um sieben Uhr kommen. Dann würde ich sie halt wieder wegscheuchen.

Ich frühstückte, ging zurück ins andere Gebäude und wartete auf Anita, die wenig später eintraf. Wir gaben uns einen Zungenkuss zur Begrüßung und gingen ins Zimmer.

Ich erzählte Anita von der Sache mit dem Zimmermädchen und wir beschlossen, etwas zu warten. Ich schaltete den Fernseher ein und wir legten uns auf das Bett.

Es waren zwei Stunden vergangen und das Zimmermädchen war immer noch nicht erschienen. Am liebsten wären wir schon längst im Bett verschwunden. Aber ich wollte auf keinem Fall, dass das Zimmermädchen auf einmal im Zimmer stand, während wir Sex hatten.

Nach unseren ersten Küssen wurde es uns jedoch egal, ob wir erwischt wurden. Anita saugte an meiner Zunge, während wir uns küssten und ließ nicht mehr los. Sie zog mich auf sich und befreite mich von meinem Oberteil. Mit ihren Küssen den Hals entlangwandern verpasste sie mir auf der Brust einen Knutschfleck.

Wir wechselten die Positionen und Anita war über mir. Ihre langen dunklen Haare fielen mir ins Gesicht. Ich zog ihr das Oberteil aus und griff zum Verschluss des BHs, um diesen zu öffnen. Anita schob den BH zur Seite und ließ ihn auf den Boden fallen.

Ich wanderte mit meinen Lippen zu ihren großen Brüsten, um an ihren harten Nippeln zu lutschen. Dabei umfasste ich ihre Brüste und knetete sie. Wir zogen beide unsere Hosen und Strümpfe aus. Meine Hand vergrub sich unter ihrem Tanga und Anita griff in meine Boxershorts. Ich streifte Anita ihren schwarzen Tanga ab, streichelte sie über ihren Schlitz, um dann in ihre Pussy einzudringen und sie langsam mit zwei Fingern zu ficken.

Anita streifte meine Boxershorts ab und wichste meinen Schwanz. Ich zog meine Finger aus ihrer Pussy und suchte ein Kondom.

»Komm her, Schatz«, winkte mich Anita zu ihr.

Mein Schwanz spießte ihre Pussy auf und ich begann sie gleich etwas schneller zu ficken. Anita ließ mich wie immer, wenn ich auf ihr war, ihre Fingernägel spüren. Ich schaute ihr in ihre wundervollen dunklen Augen, küsste mich ihren Hals entlang und legte meinen Kopf auf ihre Schulter, während ich sie tiefer und heftiger nahm. Anitas Stöhnen wurde lauter.

»Mhmm, meine geile Sau«, stöhnte ich ihr leise ins Ohr.

»Ralliges Ferkel«, kam es von ihr.

Ich spürte wie die Anspannung sich bei Anita löste, weil sie gekommen war.

»Ich glaub, ich zieh mich an, falls die Putze gleich kommt«, seufzte ich.

Ich zog mir meine Boxershorts und die Hose an, legte mich wieder zu Anita ins Bett und kuschelte mich an sie. Wir schauten weiter fern und hofften, dass das Zimmermädchen bald auftauchen würde. Aber es passierte nichts.

Die könnte sich auch etwas beeilen. Dann bräuchte ich nicht mehr die ganze Zeit daran denken.

Anita stupste mich an und riss mich aus meinen Gedanken.

»Du wolltest doch Fotos machen, Don!«

»Ja«, entgegnete ich.

»Dann lass uns das doch jetzt machen!«

»Okay.«

Ich holte meine Digitalkamera und das schwarze Halsband, welches ich Anita geschenkt hatte. Anita legte das Halsband an.

»Und was machen wir jetzt für Fotos?«, fragte sie.

Ich sagte ihr, was ich gerne sehen wollte und so schoss ich einige Fotos auf dem Bett, an der Wand und auf dem Tisch, der im Zimmer stand. Dann machten wir noch ein paar Fotos, auf denen Anita Handschellen trug und ich sie gefesselt hatte.

Das würde ich mit dir gerne auch mal beim Sex machen, wenn du bei mir deinen Urlaub verbringst, dachte ich.

Anita war mittlerweile nackt und legte sich auf das Bett. Ich setzte mich neben ihre Beine. Sie lag auf dem Bauch und nach einiger Zeit glitt ihre Hand über ihren Po und sie begann ihre Muschi, die bereits feucht war, zu streicheln. Ich konnte meinen Blick nicht von ihr abwenden. Ihre Finger drangen langsam in ihre Pussy ein und verschwanden nacheinander darin.

»Ich würde dich jetzt gerne lecken ...«, flüsterte ich.

»Nein, gibt's nicht. Aber du kannst meinen Finger lecken!«

Sie hielt mir ihren nassen Finger hin und ich leckte genüsslich ihren Saft davon. Nach ein paar Minuten ließ sie wieder ihren Finger in ihrer Pussy verschwinden.

»Darf ich dich filmen, Schatz?«, fragte ich Anita ganz dreist.

Sie schaute mich an.

»Okay, wenn du möchtest.«

Ich holte wieder meine Digitalkamera und filmte, wie sie auf dem Bauch lag und sich dabei von hinten fingerte. Sie drehte sich auf den Rücken und ließ ihre Finger schmatzend in ihre Pussy eindringen. Ihr lasziver Blick sorgte dafür, dass ich sie am liebsten auf der Stelle genommen hätte. Bevor sie kam, massierte sie ihren Kitzler mit kreisenden Bewegungen und knetete mit der anderen Hand ihre Brüste. Ich filmte genüsslich jedes Detail bis zu dem Augenblick, an dem sie ihren Orgasmus bekam.

Anita schaute mich etwas verlegen an und grinste breit.
»… und du bist immer noch geil.«

Ich schaute sie böse an, musste aber an das reizende Video denken und konnte mich über diese Erinnerung nur freuen. Anita und ich legten uns wieder ins Bett und vergnügten uns unter der Decke.

Anita drehte sich zu mir und ihre Hand ließ meinen Schwanz nicht los.

Ich liebe deine Art, Schatz, dachte ich nur und grinste ein wenig, während sie zärtlich meinen Schwanz massierte.

»Das macht dir wohl Spaß, Schatz?«, frage ich leise.

»Ja«, antwortete Anita und ich spürte ihr Grinsen auf meiner Haut.

Ihre Hand fasste fester zu und wichste ihn schneller. Ich stöhnte immer lauter und genoss es, wie sie mich verwöhnte. Ihren Rücken streichelnd zog ich Anita an mich. Ich kam und spritzte alles über ihre Hand und meinen Bauch.

Anita lächelte.

»Ich hol mal lieber etwas zum Abputzen«, sagte sie und verschwand kurz im Bad.

Unsere Kuschelstunde ging in die nächste Runde und meine unersättliche Anita ließ nicht von mir ab. Irgendwann versiegten ihre Bewegungen. Anita war eingeschlafen.

Ich schaute ihr dabei zu, wie sie ganz süß da lag und kam gleich wieder auf versaute Gedanken.

Nach einer halben Stunde legte ich die Bettdecke beiseite und zog ihr vorsichtig den Tanga aus. Sie schlief wirklich tief und fest. Ich musste grinsen. Anita wollte immer so gerne mal wach gefickt werden und jetzt hatte ich die Gelegenheit dazu.

Anita lag auf der Seite, während ich vorsichtig in sie eindrang. Weil das aber doch ein bisschen umständlich war, drehte ich Anita, während sie schlief auf den Rücken, immer mit der Angst, dass sie aufwachen würde.

Ihre Pussy war total nass und ich krabbelte nach unten, um ihren süßen Saft zu lecken. Ich wanderte mit meinen Lippen hoch zu ihren Brustwarzen und saugte daran. Sie sah so süß und unschuldig aus, wie sie dort lag. Ich wollte gerade in sie einzudringen, da vibrierte mein Handy und Anita schreckte auf. Ich legte meinen Kopf auf ihre Schulter und seufzte.

»Och man ...«

Ich ging ans Handy. Es war unser Azubi. Er entschuldigte gleich zehnmal. Aber nach meinen Worten, nahm auch Anita noch das Handy und gab ihre Meinung dazu ab. Ich musste grinsen.

Der ruft bestimmt nie wieder an, dachte ich.

»Schatz, ich war kurz davor dich wachzuficken«, grinste ich.

»Dann mach doch weiter, Schatz.«

Wir küssten uns und ohne weitere Worte wanderte Anitas Hand zu meinem Schwanz und begann ihn zu wichsen. Plötzlich klopfte es an der Tür. Wir schauten uns ziemlich verblüfft an.

Das Zimmermädchen, dachte ich nur.

»Ja«, rief ich, sprang aus dem Bett und zog mir etwas über. Das Zimmermädchen drehte schon den Schlüssel im Schloss.

Hatte ich nicht »Ja« gerufen?

Mein Herz raste und Anita warf sich hastig die Bettdecke über ihren nackten Körper.

»Kleinen Moment, ich komme«, schrie ich etwas wütend. Ich hörte nichts mehr an der Tür und zog mich weiter an. Dann ging ich vor die Tür, um dem Zimmermädchen zu sagen, dass sie auch heute nicht putzen brauchte. Wieder im Zimmer, schloss ich die Tür ab, um mich erneut an Anita ins warme Bett zu kuscheln.

»Jetzt hab ich auch keine Lust mehr«, grummelte ich.

»Ist ja nicht schlimm ...«

Wir lagen einander eine halbe Stunde in den Armen, dann war Anitas Begierde jedoch wieder größer als das Verlangen nach Ruhe. Nach ein paar Minuten griff ich in die Tasche und holte ein Kondom.

Anita beugte sich zu mir herunter und gab mir einen Kuss.

»Ich liebe dich, Schatz«, flüsterte sie und ließ meinen Schwanz in ihre feuchte Pussy gleiten und begann mich zu reiten.

Sie lehnte sich nach hinten und bewegte sich etwas langsamer. Ich strich mit meiner Hand über ihre Beine und dann den Körper entlang zu ihren großen Brüsten. Anita beugte sich zu mir und ihre dunklen langen Haare fielen mir ins Gesicht, während sie mich immer schneller ritt.

»Möchtest du Hündchen?«, fragte ich und wusste schon ihre Antwort.

»Ja«, kam es von ihr und dabei blitzten ihre braunen Augen auf.

Anita ließ meinen Schwanz vorsichtig aus ihrer Lustgrotte gleiten und drehte sich um, damit ich sie von hinten aufspießen konnte.

Ich umfasste ihre Oberschenkel und zog sie an mich. Ich fickte sie erst langsam und dann immer schneller.

Das Aufeinanderklatschen der Haut wurde lauter und wir konnten uns kaum noch zurückhalten, obwohl wir wussten, dass im Zimmer nebenan die Putzfrau ihrer Arbeit nachging.

Anita stöhnte lauter und verstummte erst langsam, als sie kam. Ich fickte sie weiter, bis ich ebenfalls kam und drang noch einmal tief in sie ein.

Wir wussten, dass es für die nächsten Monate das letzte Mal war, bei dem wir uns spüren, berühren, schmusen und küssen konnten. Nachdem wir uns angezogen hatten, ging ich mit Anita durch die Stadt zum Bahnhof. Die Buden des Weihnachtsmarktes waren hell erleuchtet und ich hätte so gerne noch zwei oder drei Stunden mit ihr verbracht, lachend über den Weihnachtsmarkt gehen, sich bei der Kälte aneinander schmiegend. Stattdessen verdrückte ich die ersten Tränen, als der Bahnhof in Sichtweite kam. Ich schaute Anita ins Gesicht, ihre Augen glänzten vor Traurigkeit. Sie schaffte es nicht, mich anzuschauen, sie blickte auf das Kopfsteinpflaster und begann zu schluchzen.

Wie lange würde es dieses Mal sein? Drei Monate? Vier Monate? Es wäre auf jeden Fall wieder eine gefühlte Ewigkeit.

Wir weinten beide, lagen uns in den Armen und küssten uns.

»Ich muss jetzt, sonst verpasse ich den Zug, Schatz«, schluchzte Anita.

Ein letzter Kuss, ein »Ich liebe dich« und wir gingen beide in verschiedene Richtungen weiter.

Auf dem Rückweg ins Hotel vibrierte mein Handy. Eine neue SMS.

Liebe dich über alles und nun schau net so traurig – kizz – es war mal wieder wunderschön mit dir.

Das zauberte mir ein kleines Lächeln aufs Gesicht. Es würde nicht einfach werden, aber wir würden es zusammen schaffen.

Am nächsten Tag hatte ich einen Termin bei einem Automobilhersteller in der Stadt. Der Termin und die aufregende Führung durch das Werk lenkten mich etwas ab. Auf dem Rückweg versuchte ich mir mit Musik die gute Laune zu erhalten. Selbstverständlich hatte ich schon wieder eine SMS von Anita bekommen und ich freute mich bereits während der Autofahrt auf das Telefonat am Abend.

Wollte dir nur sagen, dass ich dich über alles liebe und dich nicht verlieren will – kizz where ever u want –

Nach über fünf Stunden Autofahrt hatte ich es geschafft, war zurück in meiner Wohnung und hatte meine Sachen schnell verstaut. Der PC war mein nächstes Ziel, denn Anita war bereits von der Arbeit zu Hause. Wir setzten unseren Chat- und Telefonmarathon fort, immer mit dem Kopfkino, wie es wohl sei, täglich den Partner zu sehen.

Harte Zeiten

Es vergingen mehrere Wochen, wir hatten Weihnachten und Silvester gut überstanden – auch wenn wir getrennt feiern mussten. Im neuen Jahr überbrachte mir Anita eine nicht so erfreuliche Nachricht. Sie musste sich einer Kieferoperation unterziehen, was wir schon Ende des Jahres wussten. Was uns beide jedoch nicht klar war, war, dass sie keinen Kontakt zu mir aufnehmen konnte und dass der Krankenhausaufenthalt wegen mehreren Eingriffen insgesamt drei Wochen dauern würde. Dadurch würden wir nicht chatten und telefonieren können. Wegen der Operation durfte sie zwei Wochen nicht viel sprechen. Die einzige Kommunikationsmöglichkeit bestand darin, SMS zu schicken. Ein Dauerkontakt war durch das Handyverbot im Krankenhaus nicht möglich.

»Wir schaffen das schon, Schatz«, meinte Anita.

»Du hast ja recht, es sind nur drei Wochen und ich werde dich im Februar besuchen. Wir nehmen noch einmal das Hotel und es kann uns keiner trennen.«

»Auch nicht das Zimmermädchen?«, flüsterte Anita in den Telefonhörer und lachte danach.

»Auch die nicht. Die nehmen wir dann mit dazu«, scherzte ich.

»Ich fand die ganz süß, du weißt ja. Ich habe nichts gegen einen Dreier. Vielleicht schaffen wir das im Sommer mal mit Saskia. Ich komme dich dann zwei Wochen besuchen. Wahrscheinlich bist du froh, wenn du mich danach wieder los bist.«

»Ich bin bestimmt traurig, wenn du wieder fährst. Das wird jetzt schon sehr schwer ohne deine Stimme einzuschlafen. Aber das mit Saskia würde das natürlich entschädigen.«

Saskia war eine gute Freundin von mir, die ebenfalls in der Community angemeldet war und in meiner Nähe wohnte. Sie war noch recht jung, aber ziemlich süß. Anita und ich hatten sie beide sehr gerne, weil sie ein so herzlicher und lieber Mensch war.

»Ich habe etwas Angst vor der Operation, vor allem weil ich in den ersten Tagen kaum etwas sagen kann. Wie soll ich mit den Schwestern reden?«

»Die kennen sich damit aus und machen das tagtäglich, mein Schatz. Mach dir da keine Sorgen«, sagte ich, um sie zu beruhigen.

Mir machte die Sehnsucht am meisten Sorgen. Dass in der Zeit etwas anderes passieren könnte, damit rechnete ich nicht. Es war alles viel zu perfekt. Was oder wer sollte uns schon trennen können? Es passte einfach alles und wir gehörten zusammen. Niemals hatte ich das mehr gespürt, als zu diesem Zeitpunkt.

Zwei Tage später führten wir unser letztes Telefonat und ich bekam am nächsten Tag von Anita noch zwei SMS geschickt.

Bin gut angekommen im Klinikum, gleich ist das Vorgespräch und dann muss ich bis morgen warten. Vermisse dich, Schatz :*

Einen Tag später:

Gleich geht es los, Schatzi. Drück mir die Daumen. Ich liebe dich über alles :****

Es vergingen zwei Tage und ich hatte nichts von Anita gehört. Mit jeder Stunde, die verstrich, wurden meine Sorgen größer. Erst zwei Tage darauf kam die erste Nachricht von Anita, dass sie alles gut überstanden hatte und es ihr den Umständen entsprechend gut gehen würde. Sie war an dem Tag das erste Mal außerhalb vom Klinikum unterwegs und so konnten wir ein paar SMS schreiben. Die nächsten Wochen war der Kontakt spärlich. In der dritten Woche konnte ich endlich mit ihr telefonieren. Ich rief sie im Krankenhaus an, jedoch konnte sie nur wenig und leise sprechen. Eine Woche später wurde sie entlassen und für weitere drei Wochen krankgeschrieben. Wir telefonierten weiterhin wenig, schrieben mehr über den Chat.

Insgesamt hatten wir in diesen Monaten 900 Seiten geschrieben. Seit dem Krankenhaus war jedoch etwas anders. Ich führte dieses zuerst auf den Gesundheitszustand zurück, weil ich wusste, dass sie noch immer Probleme mit dem Sprechen hatte. Zwei Wochen später rief Anita mich an und sie hörte sich endlich wieder normal an. Ihre Stimme klang kräftig und wir redeten eine ganze Zeit miteinander.

Unser Gespräch verlief jedoch sehr oberflächlich und so fragte ich sie nach dem Grund für ihr Verhalten.

»Was ist los mit dir, du bist irgendwie anders zu mir?«

»Ich weiß, du hast recht. Es hat sich was verändert.«

Ich schluckte.

Was wollte sie mir jetzt damit sagen?

»Ich habe in den letzten Wochen gemerkt, dass die Gefühle nicht mehr so da sind. Es ist nicht mehr wie früher.«

Ich erstarrte und brachte kein Wort heraus.

»Als ich im Krankenhaus war, habe ich gemerkt, dass du mir nicht so fehlst, wie ich erwartet hatte. Und mit jedem Tag wurde es weniger. Ich habe gemerkt, dass es auch ohne dich geht. So schlimm das klingen mag. Ich weiß, dass ich dir jetzt sehr weh tue.«

»Meinst du, es gibt noch eine Chance, dass sich das wieder ändert?«, fragte ich und bemerkte, wie mir die Tränen über die Wange liefen.

Das ist so wie bei Melanie. So hast du ihr das Herz gebrochen und nun bist du dran, schoss es durch meinen Kopf.

»Ich kann es dir nicht sagen. Wir können befreundet bleiben, wenn du akzeptierst, dass Schluss ist. Sicher könnte sich was ändern, aber ich glaube, das wird vermutlich nicht der Fall sein.«

»Hätte ich was anders machen sollen? Hätte ich dich besuchen sollen?«, wollte ich wissen.

»Nein, das wäre nicht möglich gewesen, schließlich hätte immer jemand von der Familie kommen können. Wir haben da doch im Dezember drüber gesprochen.«

»Gib uns doch noch eine Chance ...«, flehte ich und wusste bereits, nachdem ich es ausgesprochen hatte, dass es eine dumme Idee war, das zu sagen.

»Lass mir Zeit und hör auf mich zu bedrängen. Das hilft gar nichts.«

»Okay ... ich brauch jetzt erst einmal gerade Luft ... und eine Zigarette«, druckste ich um meine geplante nächste Aussage herum.

Es war besser so. Besser das Gespräch vorerst zu beenden, damit es nicht schlimmer wurde.

»Es tut mir echt leid, ich habe das auch nicht gewollt.«

Dann könntest du uns verflucht noch mal eine zweite Chance geben, schoss es durch meinen Kopf. Ich biss mir auf die Lippen.

Wir beendeten das Gespräch und ich öffnete die Balkontür, um nach draußen zu stolpern und mir eine Zigarette anzuzünden. Das Gespräch verlief so schnell und vor allem unerwartet, dass ich noch gar nicht realisierte, was passiert war.

Anita hat Schluss gemacht. Sie will dich nicht mehr, versuchte mein Kopf nachzuhelfen. *Es war doch alles gut, was habe ich denn falsch gemacht?*

In der Nacht war an Schlaf kaum zu denken. Ich grübelte, brach immer wieder in Tränen aus und konnte die verdammte Welt nicht verstehen. Sollte ich wirklich jetzt das durchmachen, was Melanie erlebt hatte. War das eine Strafe? Es war doch alles gut zwischen Anita und mir. Aber das hatte Melanie sicherlich auch gedacht.

Die nächsten Wochen trug ich den Kopf unter dem Arm. Mein bester Freund nahm sich meiner an und unternahm drei- bis viermal in der Woche etwas mit mir, um mich abzulenken. Wir suchten nach der Arbeit eine Kneipe auf, tranken etwas, spielten Billard und unterhielten uns. Er lenkte die Themen im großen Bogen um Anita und die Liebe. Zwischendurch musste ich meine Gedanken freien Lauf lassen, musste mir von der Seele reden, was mich bedrückte. Das half für einige Stunden, in der Nacht waren jedoch wieder alle Gedanken und Zweifel zurück. Ich versuchte Anita zu hassen, so wie es mir bei anderen gelang, die mir wehgetan hatten. Aber Anita hatte mir nichts getan und so ging meine Strategie nicht auf. Ich wollte sie zurück und würde jede kleine Chance dazu nutzen.

Verzweifelt versuchte ich den Kontakt zu halten, um eine kleine Chance zu erhaschen, Anita zurückzugewinnen. Ein paar Wochen später sah ich eine Möglichkeit. Ich hatte zwei geschäftliche Termine in Frankfurt und Anita musste zu einem weiteren Lehrgang ihrer Ausbildung ins Internat. Für diese Tage nahm ich mir Urlaub und ich konnte Anita davon überzeugen, dass wir uns abends in einem nahegelegenen Hotel treffen.

Ich buchte das Hotel für zwei Nächte, in der Hoffnung, die Zeit würde ausreichen, um sie zu überzeugen. Wir wollten beide eine Nacht miteinander verbringen, darüber hatten wir ganz offen gesprochen. Ich war mir sehr sicher, dass es mir gelingen würde, sie zu begeistern, war ich doch wie früher und hatte nichts falsch gemacht. Im letzten Jahr hatte ich ihr Herz auch gewonnen.

Drei Wochen später checkte ich nachmittags im Hotel nahe Karlsruhe ein. Die Termine in Frankfurt waren sehr gut verlaufen und meine Laune war bestens. Nachdem ich mein Zimmer bezogen hatte, aß ich im hoteleigenen Restaurant eine Kleinigkeit und fuhr die kurze Strecke zum Internat, um Anita abzuholen.

Anita stand auf dem Parkplatz und wartete bereits. Unsere Begrüßung fiel recht kühl aus, eine kurze Umarmung und wir fuhren zurück zum Hotel. Anita fragte mich, wie die Termine waren und ob das Hotel okay wäre. Die Fahrt dauerte nur fünf Minuten und bevor wir richtig ins Gespräch kamen, standen wir bereits auf dem Hotelparkplatz.

Mir war es recht, denn ich hatte vor, im Hotelzimmer in die Offensive zu gehen.

Anita folgte mir die Treppe hinauf, ich schloss die Tür auf und als wir im Zimmer waren, startete Anita ihren Überraschungsangriff.

»Ich muss dir vorher noch was, sagen ...«, setzte sie an.

Du hast deine Tage, das ist aber kein Problem – das kennen wir ja, meinte mein Kopf als Antwort geben zu müssen.

»Ich bin seit vorgestern wieder vergeben.«

Ich starrte sie fassungslos an.

Was. Zum. Teufel.

»Hm, du weißt, warum wir uns treffen wollten?«

»Wir können ja reden.«

Über das Wetter? Über dieses upgefuckte Spiel? Was zum Teufel geht in dir vor?

»Über was willst du bitte reden? Ich bin hier hingekommen, um dich zurückzugewinnen. Ja, auch um Sex zu haben. Weil ich noch etwas Hoffnung hatte. Und du sagst mir nun, du hast nen Freund? Das hättest du mir auch vorher mitteilen können!«

»Ich konnte dich nicht anrufen.«

»Eine SMS hätte es auch getan.«

»Ich hatte keine Zeit.«

»Verdammt, du hättest mir vom Klo schreiben können. Jeder muss mal in zwei Tagen. Dann hätte ich Bescheid gewusst.«

»Dann wärst du nicht mehr gekommen, gell?«

»Nein, wäre ich nicht.«

»Ich wollte dich aber sehen und mich mit dir unterhalten.«

»Kannst du jetzt, auf der Rückfahrt zum Internat«, sagte ich verärgert.

Anita schaute mich nun ängstlich an. So wütend hatte sie mich noch nicht gesehen. So wütend hatte mich noch niemand gesehen.

Wütend, verletzt und enttäuscht.

»Komm, wir fahren«, sagte ich kurz und zog Anita aus dem Zimmer.

Wütend schritt ich mit ihr die Treppe hinab. Ich war verärgert über meine Gutgläubigkeit, ihr Verhalten und über diese sinnlose Reise. Ich hatte alles genau geplant, mich um alles gekümmert und sie setzte sich vor mich, um mir zu verkünden, dass sie wieder vergeben sei.

Im Auto verlor ich kein Wort, ich schaute Anita nur böse an. Ich trat das Gaspedal durch und fuhr mit überhöhter Geschwindigkeit über den Feldweg. Anita saß verängstigt im Sitz und klammerte sich am Türgriff fest. Ich schnitt die nächste Kurve.

»Don, bitte … du machst mir Angst. Fahr vernünftig.«

»Warum? Wozu? Ist doch egal«, fuhr ich sie mit Tränen in den Augen an.

»Wie scheiße bist du eigentlich? Lässt mich hier antanzen?«, setzte ich nach.

»Tut mir leid, wirklich. Don, bitte fahr vernünftig.«

Ich trat das Gaspedal erneut durch und beschleunigte auf den letzten 100 Metern Richtung Internat. Anita schaute mich panisch an und hielt sich fest. Mit einer Vollbremsung kam ich auf dem Parkplatz zum Stehen.

»Raus«, sagte ich nur.

Anita versuchte mich in den Arm zu nehmen, aber ich saß wie versteinert hinter dem Lenkrad.

»Bitte, bitte fahr heute so nicht nach Hause. Fahr zum Hotel und morgen zurück.«

»Das kann dir schon scheißegal sein«, brüllte ich sie an.

»Das ist mir nicht egal, Don«, sagte sie betrübt, blickte auf den Boden und rührte sich nicht.

»Steig – jetzt – aus«, sagte ich und betonte jedes einzelne Wort.

»Es war nicht meine Absicht dir wehzutun. Ich dachte, du hättest die Trennung schon etwas verkraftet.«

Ich blickte zu ihr, sie hob den Kopf und unsere Blicke trafen sich.

»Ist das dein Ernst? Glaubst du, ich kann das mit uns einfach innerhalb von zwei Monaten vergessen?«, zischte ich.

»Ich … ich …«

»Steig aus. Lass mich fahren.«

»Nur, wenn du mir versprichst heute nicht nach Hause zu fahren.«

Ich nickte. Wortlose Sekunden vergingen.

»Tut mir leid. Fahr vorsichtig. Mach's gut«, sagte Anita nach einer gefühlten Ewigkeit.

Ich fuhr, noch immer wütend, zum Hotel, stornierte die Buchung für die zweite Nacht und erzählte dem Portier unter Tränen, dass ich dringend am nächsten Tag nach Hause müsste.

Epilog

Ich trete mit voller Wucht auf das Bremspedal und schaue ängstlich in den Rückspiegel. Die nächsten Autos sind zum Glück einige 100 Meter entfernt.

Das Auto schlingert, bricht aus und rutscht mit dem linken Hinterrad auf den Grünstreifen. Mit den Vorderreifen bleibe ich auf der Straße und kann durch das Gegenlenken den Wagen wieder einfangen.

Ich schaue auf den Tacho und atme tief durch: 70km/h

Das war knapp!

Die nächste Ausfahrt fahre ich ab und suche mir einen Parkplatz, um mich zu beruhigen.

Was fällt dir ein, dich wegen der Frau fast umzubringen? Hast du den Verstand verloren? Was stimmt mit dir nicht, will mein Kopf wissen.

Ich hole mein Handy aus der Hosentasche. Mit zitternden Fingern wähle ich die Nummer von Saskia.

»Ja, hallo?!«, meldet sich ihre Stimme.

»Hier ist Don. Hast du gerade einen Moment. Ich brauche jemanden zum Reden«, sage ich mit zitternder Stimme.

»Klar, für dich immer. Was ist los? Du klingst fürchterlich. Bist du nicht bei Anita? Alles okay mit dir?«

»Nein, bin auf dem Rückweg. Fast ein Unfall gehabt. Mir geht's gut. Sonst alles okay. Nur nicht mit Anita«, stottere ich noch unter Schock stehend.

»Was ist passiert? Bist du sicher, dass alles okay ist?«, fragt sie besorgt.

»Ja, Anita hat mich praktisch stehengelassen. Sie meinte, sie hat seit zwei Tagen einen neuen Freund. Das hätte sie mir doch schreiben können. Schreiben, wenn sie mir es schon nicht erzählen kann«, sage ich und breche in Tränen aus.

»Scheiße. Das ist wirklich scheiße. Man, das hätte ich nicht von ihr gedacht. Und du bist jetzt ganz runter gefahren?«

»Ja, völlig umsonst«, bringe ich kaum über die Lippen.

»Don, du setzt sich jetzt in dein Auto, fährst vernünftig zurück. Hörst du? Vernünftig! Und wenn du zu Hause bist, dann rufst du mich noch einmal an und dann können wir den ganzen Abend reden. Fahr aber vernünftig, ja?!«

»Ja, du hast mein Wort. Bis später, Saskia.«

»Bis später, ruf mich an, Süßer ja? Mach keinen Scheiß, fahr vernünftig! Ciaui.«

Saskia.
Sie ist einfach so verständnisvoll, humorvoll, intelligent und hübsch.

to be continued ...

Liebe Leserin, lieber Leser,
wenn dir mein Buch gefallen hat, freue ich mich sehr über eine Rezension in den bekannten Buch-Shops und auf Buchseiten.

Werde Fan und verpasse nicht den nächsten Teil:
- www.facebook.com/DonRamirezAuthor
- www.lovelybooks.de/autor/Don-Ramirez/